主编：郑润良
符浩勇

雄关漫道

陈位洲 ◎ 著

黄河出版传媒集团
宁夏人民出版社

图书在版编目（CIP）数据

雄关漫道 / 陈位洲著 . —银川：宁夏人民出版社，
2017.11
　（中短篇小说选 / 郑润良，符浩勇主编 . 第一辑）
　ISBN 978-7-227-06779-5

　Ⅰ . ①雄… Ⅱ . ①陈… Ⅲ . ①短篇小说—小说集—
中国—当代 Ⅳ . ① I247.7

中国版本图书馆 CIP 数据核字（2017）第 289680 号

中短篇小说选（第一辑）　　　　　　　　　郑润良　符浩勇　主编
雄关漫道　　　　　　　　　　　　　　　　　　　　陈位洲　著

责任编辑　管世献
责任校对　王　艳
封面设计　格　林
责任印制　肖　艳

黄河出版传媒集团
宁夏人民出版社　出版发行

出 版 人　王杨宝
地　　址　宁夏银川市北京东路 139 号出版大厦（750001）
网　　址　http://www.nxpph.com　　　　　http://www.yrpubm.com
网上书店　http://shop126547358.taobao.com　http://www.hh-book.com
电子信箱　nxrmcbs@126.com　　　　　　　renminshe@yrpubm.com
邮购电话　0951-5019391　5052104
经　　销　全国新华书店
印刷装订　泰安市恒彩印务有限公司
印刷委托书号　（宁）0007204

开　　本　690 mm × 960 mm　　　1/16
印　　张　20
字　　数　238 千字
版　　次　2018 年 1 月第 1 版
印　　次　2018 年 1 月第 1 次印刷
书　　号　ISBN 978-7-227-06779-5
定　　价　46.00 元

目 录

豆饼忠

　　乌市也就三条小街，一横一竖一横，成"工"字布局。小街虽小，也是有名称的，各家各户门楣上皆有巴掌大一块门牌，上面写着呢。可这里的人不管这些，只依照自己的习惯，三条小街，分别叫潮市、客市和新街。

　　准确地说，乌市其实就是个镇，而且是个小镇，或者说，也就是个圩，可这里的人不叫它乌镇，也不叫它乌圩，口口声声，总叫它乌市。外人听了，别扭，说全海南也就海口勉强可以叫市，你一个小地方，也敢叫市？这一点，镇里的干部纠正过，学校的教书先生也纠正过，他们就是不改口，还叫乌市。看他们大多淳朴、谦卑，这样固执，不像是夜郎自大，倒像是因为言语上还存留些古风。

　　虽说是个小地方，乌市也算丰饶之地，市列珠玑、户盈罗绮谈不上，但地里的出产养活百姓是不成问题的。肚子吃饱了，便要搞点花样，于是就有了各色小吃：花生饼、萝卜糕、木薯卷、豆腐花、腌粉、酸粉、姜糖、芝麻糖……林林总总，说起来都是平常之物，但讲的是口腹之乐，样样精致，色香味俱全，见了，准会让人流口水。单说一个煎堆，外表金黄，咬一口，先是爽脆，然后是糯香，再往里面，是花生米做的馅，又酥又甜，享受啊！

乌市的特色小吃远近闻名。

说起乌市的小吃，上了年纪的人常感慨："早年的煎堆那才叫好吃呢！"他们认为一代不如一代，现在的小吃全变味了，那种味道回不来了。末了，又说："也只有豆饼忠的豆饼还算原汁原味。"

豆饼忠是客市街角处那个卖豆饼的半小老头。他短平头，矮个子，脸膛黝黑，大概是长年烟熏火燎的缘故。据老一辈的人说，潮市是早年潮州客商聚居的地方，而客市则是早年顺德番禺客商聚居的地方。那时候，客市的人讲粤语，潮市的人讲潮州话。当然，不久他们都学会了讲海南话。到现在，潮市没人懂潮州话，客市也没人懂粤语，忘得这么彻底，没个三五代，恐怕做不到。

豆饼忠说他的祖上是广东人，至于是什么时候迁来乌市的，他说不清。人们只知道，他爷就在这屋子里炸豆饼，人称豆饼昌；他父亲子承父业，人称豆饼富；到了他，就变成豆饼忠了。高姓大名，倒被忽略，一说豆饼忠，全乌市的人都认识。

每天早上，豆饼忠照例总是先将门板卸下，一块一块码放好，然后拖出一张长条桌，上面置几个大口径的玻璃瓶。门外的走廊上有一个风炉，他在上面架一口铁锅，又从后院搬来一些劈柴。生火之后，往铁锅里倒半锅花生油，待油烧开，接下来就开始炸豆饼。

豆饼也就是花生饼。乌市一带出产的花生，人称"乌市豆"，壳薄、颗粒饱满、油分大且香味特别，很有名气。方圆二百里，每年都有不少人前来乌市求购花生种子，希望在自己地里也能种出乌市豆。当然，种子一样，地不一样，种出来的也只能像乌市豆，而不是真正的乌市豆。一个花生，乌市人变着花样吃：煮、炒、炸、煲汤、做馅……极尽所能，不过也算稀疏平常，而做成花生饼，大概是绝无仅有的了。

炸豆饼卖的小商贩，在乌市也有三五家，可大家都说，就数豆饼忠的豆饼最好吃。这样说，别的同行不爱听，可事实面前，不服也不行。他们就是不解，一样的东西，何以豆饼忠做出来的就比他们的要好吃？难道他有什么绝招？问豆饼忠，他没说什么；问得紧了，他就说："花生米要新鲜，花生油不能变味，油炸时火候要把握好，不能嫩了，也不能老了。"这不是等于没说吗？他一定藏着掖着。

要说豆饼忠有什么绝招藏着掖着，不肯示人，看起来也不像。他当街炸豆饼，过程全公开：往陶盆里倒一些糯米粉，兑水，搅成稠糊，再把花生米倒进去，拌匀，然后用一个扁平的木勺将花生米压进圆柱体的小铁勺里，泡在油里炸。瞧着火候够了，将小铁勺拿出来，侧敲敲，豆饼就骨碌碌地滚到笸箩里。这些，人们都可以看到，别人也是这么干，并没有藏着掖着。

可是，做出来的豆饼味道不一样，肯定在某个环节上有差别。差别在哪里呢？思来想去，只能是那小半盆的稠糊了——豆饼忠一定是在糯米粉中掺入别的什么粉！有人说是木薯粉；有人说是毛薯粉；有人说是淮山粉；还有的人说，木薯粉、毛薯粉、淮山粉都各掺一点，而且要兑早晨的罗田溪水。那几家炸豆饼卖的商贩，一一试过，不得要领，还是不行。

"忠爹，市都散了，没啥可忙的，一起喝壶茶？"有人请他喝茶。

"忠哥，晚上我们兄弟一起喝个小酒吧！"有人请他喝酒。

都是同行，跟他套近乎，豆饼忠明白他们是为了什么。有时，他推说有事，不领情；有时，觉得不能太拂人面子，也跟他们喝茶、喝酒。他知道分寸，别人买了一次单，下次就是他买单，两不相欠。别人给他戴毡帽，他头脑不晕乎，知道自己有几斤几两；别人跟他推心置腹，他也表现出趣味相投，该说说，该笑笑。一而再，再而三，人家从他那里还是淘不到什么东西。

"他那是家传秘方，别做梦了。"他们说。

渐渐地，那些人也不大搭理他了。

他无所谓，心里还是高兴，因为乌市上炸豆饼卖的商贩不管是三家还是五家，人们一直都说，还是豆饼忠的豆饼最好吃。

豆饼忠不是没一个朋友。他好歹也是有几个好朋友的。客市开早餐店的老板，人称"米粉光"的，就是他最好的朋友。

米粉光的米粉店卖汤粉、卖腌粉，在乌市颇有名气。乌市的人说，米粉光店里的米粉是他老婆精选大米自己加工出来的，能不好吃吗？这话说对了，但只对一半。一个小地方，就几家粉店，做法大同小异，能够区分开来的，不在大同，而在小异。汤粉的关键在一个汤，米粉光一大早就从菜市场买回大猪头，熬一大锅鲜美的高汤；腌粉的关键在一个肉酥，米粉光的肉酥脆、鲜、嫩、香，就做得比别人的好吃。到他店里吃米粉、喝粉汤的，在乎他那一锅高汤；吃腌粉的，主要是冲着他的肉酥。他待客热情和蔼，总是笑呵呵的，客人提的要求，都能尽量去满足。

"光爹，粉条有些淡。"他随手给加小半勺露汁。

"光爹，粉条有些咸了。"他又随手抓小半手粉条添上。

"一个粉也腌不好，不是咸了，就是淡了！"他老婆看不过，咕咕哝哝独自抱怨。客人呵呵，他也呵呵。

在枕边，他跟老婆解释："我做的腌粉怎么样你还不知道吗？客人说咸说淡，多半是为了贪点小便宜，可乡里人实诚，耍奸贪小便宜的人又能有几个？我们不跟他计较，显出大方，看起来吃亏，实际上并不吃亏。"

还真是，大家都觉得米粉光态度好，人实在，喜欢到他店里吃食。客人一多，生意就显得比其他几家要好。

豆饼忠和米粉光原先并不是好朋友，他俩能够成为好朋友，起因是花生饼。米粉光做腌粉，无非是这几样东西：一碗粉条，半勺露汁，一些肉酥，一点油炸花生米，还有一点酸菜，一起拌匀即成。有一次，店里的油炸花生米一时短缺，为应急便到豆饼忠那里买了一些豆饼，拍散即用，客人吃过，说味道更好；米粉光试过，觉得也是，便决定，他的腌粉改用豆饼忠的豆饼。从此，米粉光天天去买豆饼忠的豆饼，或豆饼忠将豆饼送到米粉光的店里，来来往往，两人便成了朋友。

豆饼忠和米粉光因为豆饼成了朋友，也不仅仅是因为豆饼，主要是俩人脾气相投。开腌粉店的，自己油炸花生米也有一分利在里面，现在买豆饼忠的豆饼，其实就是把这一分利让给了豆饼忠，但是，米粉光买豆饼时，并没有开口要怎么样，一个豆饼，人家多少钱，他还多少钱。虽然米粉光不提让利的事，可豆饼忠也是个明白人，掂量着会多给几个。结果一样，但过程不一样，没有讨价还价。因为这一层，彼此都觉得对方实在，脾气相投，之间的交往渐渐地多起来。豆饼忠有事爱找米粉光说一说；米粉光有空，也爱找豆饼忠聊一聊。豆饼忠家里蒸只鸡，他会找到米粉光的店里，说一句："一会儿家里喝点小酒。"米粉光家里炖只鸭，也会踅到豆饼忠的摊前，撂一声："待会儿家里喝两口。"俩人不是兄弟，亲似兄弟。

几年后，豆饼忠的大闺女和米粉光的二小子好上了，两家的大人都很赞成。一个家里炸豆饼，一个家里开粉店，都是吃市面的，这门亲事也算是门当户对；再说了，知根知底，靠得住。于是豆饼忠和米粉光两个好朋友，彼此的关系又更进一层，做成了亲家。

一天，闺女对豆饼忠说："爹，我和阿海商量了，要自己做点事，不然的话，今后怎么办？"闺女成家了，能这样想，豆饼忠很高兴。他想了想，对闺女说："你还是先到你家公家婆米粉店里帮忙吧。""有老大等着呢，要帮忙也轮不到我。"闺女说。"那你们就做点别的吧。"豆饼忠建议。他其实也就随口一说，至于究竟做点别的什么，自己也没有想好。"别的我们也想过了，都不好做，觉得还是跟您学炸豆饼要稳当一些。"

闺女的意思，做父亲的明白，但又不好明说，只是委婉地问她："小小的豆饼，不过蝇头小利，你能做得过来吗？""那您不是一直都在做吗？""我是一直在做，但你就不一样了！你想想，你爷爷的爷爷，初来乍到，地没一垄，房没一间，他要不是因为炸豆饼有自己的一套，能立住脚吗？"做闺女的明白了。她心里埋怨，赌气说再不回娘家。米粉光是个明白人，他劝儿媳："家传手艺，传媳不传女，自古已然，你不要为难你爹。"

闺女终于想通。再说了，父亲说得也不错，炸豆饼这一行，其实也没什么可贪图的，便打消了这个念头。

豆饼忠不肯将手艺传给女儿，这事在街坊中传开，于是就有人说，连女儿都不行，别人就不要指望了。

十年河东十年河西。豆饼越来越不好卖，豆饼忠早两年就已经注意到，他主要是因此而反对女儿涉足的，只是没有明说罢了。

要说现在人们是比过去有钱了，不缺吃少穿，豆饼忠坐在摊前，看街上人来人往，小孩子手里拿着吃的大都是面包啦、蛋糕啦、冰淇淋啦、巧克力啦，净是从前街上没有的东西。他想，要是回到早些年，这些孩子手里拿的，一定是豆饼呀煎堆呀或者别的什么，流年不利，到嘴的吃食生生地给抢走了。他听说那些冰淇淋，不过生水里加一点色素和糖精做成，哪能跟豆饼煎堆比？"唉，小孩不懂事也就罢了，大人怎么也这样不明事理？"他可怜现在的孩子，更对他们的父母感到失望。

米粉光的米粉店还是每天都买他的豆饼，但量也是越来越少，他有些纳闷。

"光爹，店里的生意还好吧？"豆饼忠问。

"唉，越来越难做了。"米粉光摇摇头。

"怎么会是这样？现在的人变得更喜欢在外面吃早餐了呀！"

"你说得没错。可都旺了别人，我的顾客是越来越少。"

"为什么？"

"一碗腌粉，我卖三块，他们卖两块，相差太大。"

"这么便宜，他们还有赚头吗？"豆饼忠不解。

"谁知道！"米粉光想想又说，"你知道吗？他们那些店里的米粉现在全都是用机器加工的，听说还掺杂了一些别的什么东西，看起来又白又亮，可吃到口里，一点味道都没有。还有，他们的那些肉酥，那还叫肉酥吗？恐怕喂猪猪都不爱吃。"

"那怎么办？不行的话，你也学学他们，也用机器粉，一碗也卖两块钱。"豆饼忠也不能给他想出什么好的办法。

米粉光摇了摇头，说："没有那么简单。过去是一样的米粉，一样的价钱，咱靠的是肉酥做得好，靠的是待客热情。现在我要是也像他们，那还有什么优势？不说我了，你的豆饼现在卖得怎么样？"

"别提了，一天不比一天。"豆饼忠说，"你也看到了，现在街上卖的零吃，什么没有？面包、蛋糕、旺旺饼、酸奶、巧克力、冰淇淋……多了去了，以前哪有这些玩意？现在的人，特别是那些孩子、年轻人，没有几个爱吃我的豆饼了。"

"时代不同了，我们这些老古董，看来是跟不上了。"米粉光大为感慨。

"做一天算一天吧，别想那么多了，咱还是说点别的高兴的事吧。"

不久，豆饼忠的儿子告诉他："我姐家里那间米粉店要关门了。"

"乌鸦嘴！不要乱讲。"豆饼忠训他。

"真的！不信您去问问。"

豆饼忠去找米粉光。米粉光告诉他，这事是真的。他说，最近这几个月，三天有两天是亏的，白辛苦。老大不干了，把孩子扔在家，小两口跑到海口打工去了，米粉店只好关门。

"原先我还指望闺女能在自家的店里帮忙呢。"豆饼忠嘀咕。

米粉光听了，对他说："老二呢，他有个想法，将米粉店重新装修，要开一个什么'啃的鸡'店。"

"'啃的鸡'？那是什么鸡呀？"

"不大清楚。大概是城里人时兴的外国鸡吧。"

"行不行呢？"豆饼忠有些担心。

"谁知道！不过，他都成家了，也得有事做不是，还是让他试一下吧。"

两个月后，女儿的肯德基店开张了，成了乌市的新鲜事。"吃肯德基去！"一时成了年轻人的时髦。特别是小学生、幼儿园的小朋友，整天吵着父母，非得吃肯德基。闺女的生意一天比一天好，豆饼忠看在眼里，心里高兴。肯德基招牌有个外国老头，他常嘀咕，还是人家外国老头厉害。

只是，高兴没几天，烦心事又来了。豆饼忠的儿子要将自家的房子装修，开一家咖啡店。

"你傻呀？乌市有几人喝咖啡？"豆饼忠骂儿子。

"您死脑筋了吧！"儿子耐心向他解释，说咖啡店卖咖啡，也卖茶、卖面包糕点。另外，搞几个包厢，里面放将桌，供人消费，多种经营，生意不会比姐的肯德基店差。

不过，豆饼忠还是不同意。儿子说："要是舍不得您那点豆饼，我另租门面。"

"那我不管。"

"您得投资呀！"

"我没钱！"豆饼忠一口咬定。

儿子纠缠了好几次，豆饼忠一直不松口，一赌气，儿子也跑海口打工去了。

豆饼忠心里堵。

儿子不听话，跑去海口打工，要有一年了吧，没回来过一次，太不懂事了。

闺女的肯德基店也出了问题。不过几个月，乌市人的新鲜劲就过去了，又勉强经营了小半年，接下来，日见萧条。价格是主要原因，乌市人消费能力毕竟有限。

女儿愁眉苦脸："再这样下去，用不了几天，也要关门了。"

"既然做不下去，关门就关门吧。"豆饼忠说。

"您说得轻巧！门面装修欠下的一屁股债还没还呢。"

这一层，豆饼忠倒是没想到。这可如何是好？

乌市炸豆饼卖的原来有五六家，看到生意做不下去了，纷纷改弦更张，有的贩菜、有的贩鸡、有的开老爸茶坊。

"什么豆饼，还不如去罗田溪挑河沙卖呢！"

乌市的豆饼摊仅剩豆饼忠一家。

"忠爹，你的豆饼过气了！"

"也只有豆饼忠了，咱乌市人现如今还能有豆饼吃。"

豆饼忠能听出话里的意思，不好受，曾打算也不干了。可是，他舍不得。再说了，除了炸豆饼，自己还能做什么？虽说不过仨瓜俩枣，也能聊以糊口呀！

他还卖他的豆饼。

一天，豆饼忠守着豆饼摊，百无聊赖。他手拿一纸彩票奖码，头低低的，胡思乱想。

"老板，买豆饼，要一百个。"

豆饼忠抬头一看，是个生客，不禁喜出望外——好久没遇上这样的顾客了——他殷勤地用袋子装好豆饼，临了还赠送几个以表示感谢。

"老板，买豆饼，要二百个。"

又来了个顾客，他买得更多。豆饼忠笑眯眯的，今天没烧香呀，怎么净来好事？

渐渐地，豆饼忠发现，豆饼变得好卖起来，常常有顾客一买就是一大包。一买一卖中聊起，有的说是县城的亲戚让买的；有的说是海口的同事让带的；有的说是过去的熟人从广州打电话来让买了寄过去。

原来，乌市虽然是个小地方，也是来过一些外地人的。抗战时，国民党琼崖守备司令部曾在这里驻扎过，共产党的军队也在这一带活动过，他们中有好多人是吃过乌市豆饼的。乌市附近有一个国有农场，还有一个药材种植场，在五六十年代，下来一批又一批知青，在这里战天斗地，他们中有不少人也是吃过乌市豆饼的。还有，镇里的干部、学校的老师、医院的医生，来了又走的不少，乌市豆饼也给他们留下了美好的印象。口口相传，乌市豆饼早已名声在外。

也许是否极泰来，风水轮流转，原来时尚流行的一些食品渐渐淡出人们的视线，而穷途末路的乌市豆饼慢慢地又回到了它的春天。豆饼忠的豆饼卖得很好，他把女儿也叫过来帮忙，整天忙忙碌碌，但做出来的豆饼常常还是供不应求。

"忠爹，忙啊！"

"忙，都忙。"

虽然很忙，但心里高兴，见着人，总是笑呵呵的。

见豆饼好卖，乌市陆陆续续又有五六家小商贩炸起了豆饼。说来奇怪，豆饼忠虽然没打广告也不搞宣传，可不管是乌市的还是外地的，人家一买豆饼，就找豆饼忠。他的豆饼时不时缺货，别人的豆饼却卖得不怎么样。有人找上门：

"忠爹，看你忙的，也做不了那么多，要不，我放一些在这里你帮着卖吧，不会让你白忙活的。"

"我们也顾不过来，你还是自己卖吧。"

虽然有利可图，他还是回绝了，心想，我的豆饼好卖，还不是因为声誉好？我这里卖的是豆饼忠的豆饼，你的豆饼在我这里卖，那算什么呀？

又有人开始妒忌他了。

突然有一天，街上的人都在议论，说乌市要建风情小镇，要拆好多房子。他对情况不太了解，便抽个空，找米粉光打听。米粉光告诉他，说规划已经批下来，要搞三纵六横九街十八衢，乌市一下子变大好几倍。

"真的假的？说说而已吧！"

"这回是真的！听说是省里的项目，中央资金配套，有好几个亿呢，已经拨下来了。"

"那我那房子会不会被拆？"

"这就不清楚了，要是拆到的话，上面会通知的。"

"要是被拆了怎么办？"

"有安置的，建几栋高楼就都解决了。"

豆饼忠变得忧心忡忡起来，有好几天，他寝食难安。他想，他那房子临近街口，十有八九是要被拆掉的，这份祖业怕是要断送在自己手里了。今后，要是被赶上高楼，没了铺面，还怎么卖豆饼呢？

这天，豆饼忠正忙着，镇里的干部找上门，通知他下午三点到镇政府开会。开会？开什么会？几十年来，他只参加过群众大会，从没有被特别通知到镇政府开过小会。一定是跟拆迁有关。房子凶多吉少了！

在镇政府会议室，豆饼忠看到，被请来参加会议的有八九个人，米粉光也在其中，大家面面相觑，不知道葫芦里究竟卖的什么药。

镇长亲自主持会议。他强调风情小镇建设的重要意义，展望风情小镇的美好前景，翻来覆去，将近半小时，都是官话。豆饼忠很不耐烦，心想，要拆房子就说拆房子，何必上政治课？

"今天请大家来，就是要共同商讨如何发展乌市的特色小吃。"他以为听错了，便支起两只耳朵。镇长继续说：

"什么是风情小镇？美食就是一种永恒的风情，民以食为天嘛。乌市的小吃是很不错的，我们把它发扬光大了，那就是一道充满魅力的亮丽风景，到那时，越来越多的客人慕名而来，来了不想走，走了还想来。"

"原来并不是要拆房子呀！"豆饼忠虚惊一场！

镇长的意思是，在座的各位都是行家里手，要真正起到带头大哥的作用，联合各自的同行，共同打造乌市的小吃品牌。

镇长讲完之后，要大家积极发言。轮到豆饼忠了，他支吾着一时不知该说些什么。"忠爹你有什么就直说嘛！"镇长鼓励他。镇长一鼓励，他就豁出去了，弱弱地问："镇长，我那房子会不会拆到呀？"镇长一听，指指他，又环视众人，笑着说："就知道关心自己的房子！告诉你吧，老街，骑楼风格，我们要保留的。放心吧，你的房子不会拆。"豆饼忠像是在庭审上听到宣布无罪释放一样，高兴得直想跳起来。镇长说："今天让你来，是有任务的，不是让你打探消息的。我跟你说，乌市豆饼很有名气，搞得好的话，说不定可以卖到香港、澳门呢。全乌市就你做的豆饼最好，镇里就指望你带这个头了。"

"我听镇长的！"

豆饼忠这话是发自内心的。他有些兴奋，既为虚惊一场而房子平安无事，更为乌市豆饼的美好前景。

这天下午，乌市炸豆饼的五六家商贩，陆陆续续来到豆饼忠的作坊里。他们是豆饼忠一个一个地请来的，都怀有一些期待。

看人到齐了，豆饼忠说："前几天我到镇里开会了，镇里要推动乌市的特色小吃。镇的意思，是要我带个头，大家共同努力，把乌市的豆饼做成品牌……"

"忠爹，你就不要说那么多了，最好跟我们说说，你是怎么做豆饼的。"有人插话。

"大家都是做这一行的，哪里还用我教？如果一定要我说，那我就说几句吧。我的经验是：花生米要新鲜，花生油不能变味，炸时火候要把握好，不能嫩了，也不能老了……"

"你这不是等于没说吗？"

"我们也是这样做的呀？"

"为什么别人偏偏就说你的豆饼好吃呢？"

七嘴八舌，纷纷质问，都是老一套，大家不想听。

豆饼忠心情好，显得很耐心。待大家静下来后，他继续说："我们虽然是小商小贩，信誉也一样是最重要的。豆饼要是炸嫩了、炸老了，都不能卖，存货放久变味了，也不能卖。你有一次，信誉没了一半；第二次，又一小半没了；第三次，你就一点信誉都没有了。就算你手艺再好，又有谁肯说你的豆饼好吃呢？"

"你就不用给我们讲大道理了，还是将祖传秘诀告诉我们吧！"又有人插话，众人附和。

"祖传秘诀？"豆饼忠听了，觉得好笑。不过，他还是认真地向大家解释，"我哪有什么秘诀？我一家几代人在乌市炸豆饼，口碑好，大家喜欢，靠的是用心做，靠的是讲诚信，保证质量，始终如一。有人误解，以为是有什么秘诀，以讹传讹，搞得像真的似的。"

大家听了，先是面面相觑，接着又交头接耳。豆饼忠见状，又说了一句："打造美食品牌，事关风情小镇建设，我答应过镇长，不会马虎的。我讲的是真话，大家不要不相信。"

众人脸上的表情，一半是失望，一半是狐疑。

"我还有事，先走了。"有人借故离去。之后，众人纷纷推说有事，一个一个都走了。

"哎，哎——"他心里急，却挽留不住。"我说的全是真的，他们怎么就不明白呢？"他无奈地摇了摇头，很沮丧的样子。

几天里，"腌粉协作小组""糕点协作小组"等纷纷成立，制章程、定行规、诚信宣誓，乌市一时街谈巷议。说到豆饼，街上有议论，说豆饼忠不肯传授秘诀，别人不听他的，所以至今还没什么进展。

"忠爹，你要支持我们的工作哩！"镇长亲自找他。

"镇长，我百分之百听您的！只是，他们不听我的。"

"你要拿出诚意来嘛。既然是合作，有什么秘诀呀、绝招呀，就应该共享，不要藏着掖着嘛。"

"我哪有什么秘诀呀！镇长您不要听他们乱说。"

"你看着办吧！"镇长拍了拍他肩膀，撂下这么一句。

望着镇长离去的身影，他怎么也想不通。"我说的全是真的，为什么连镇长也不肯相信我呢？"他又咕哝了一句。

豆饼忠很郁闷，认真反省之后，觉得这事也怪自己。过去，别人说自己有秘诀，自己总是敷衍，故弄玄虚，乐见其成。现在可好，答应了镇长，要当这个带头大哥，却拿不出秘诀，真是有口说不清了。

豆饼忠究竟有没有什么秘诀？没人能讲得清楚。

"豆饼还是豆饼忠做得好吃。"乌市人至今仍然这样说。

不过，现在豆饼忠听了这话，却高兴不起来。

闹军坡

上午八点不到，永青就从集市上赶回来了。他骑着单车，只用左手把方向，右手却提着几瓶酒，车后架上一个米袋，鼓鼓囊囊的，满满地装着些猪肉、牛肉、瓜菜，袋子边上还挨着一箱饮料。单车在自家院门前停下，他左脚着地，撑稳了，朝院子里喊："燕呀——"

"哎——等一下。"

燕是永青的妻子，她在自家院子里正忙着杀鸡宰鹅。今天，是本村传统的军坡节，这是一年中最重要的节日。有一句话是这样说的："不愁年节愁军坡。"愁什么呢？——花钱！要花好多钱！每一个节日都是有来历的。军坡节是怎么来的？永青不甚了了，他只知道大概是本峒境主的生日，有些地方叫"公期"，意思是一样的。辖制一方的境主平时辛苦，生日这一天，村民自然要给他犒劳庆祝一番。神大多爱热闹，这一天，别的一些峒境的境主也会应邀造访。这些木偶被抬上拖拉机，在众人的簇拥下，敲锣打鼓，彩旗飘扬，车队浩浩荡荡开进，好不威风，路人行车为之避让。过一会儿，各峒的境主齐聚军坡场，接受膜拜，展现法力，开展各种带有神秘色彩的活动。不过，这些活动自有村里选出的"公头"组织安排，不用永青操心，他只需交份子钱就可以了。永青所操心的，是如何款待好自家的亲戚朋友，他们是过来闹军坡的。他和燕已经估算过了，今天，外家的岳父岳母、叔伯婶娘、表哥表嫂照例是要过来的。外家是一拨，自家的亲戚也有一拨，娘舅表亲、姑和姑丈、姐和姐夫也会过来。另外，朋友也有一拨。除了大人，还有小孩，再怎么说，二三桌是有的。平时过年过节，是家人自己过，"胳膊折了往里拐"，再省点也没什么。今天可是军坡节，有那么多的亲戚朋友，事关体面，马虎不得的。永青不愿别人说他"咸黏"——吝啬舍不得，他连着几天操心，今天更是起了个大清早赶往集市，生怕去迟了买不到要买的东西。

此时，燕正在给一只光鸡开膛破腹，听到永青的喊声，便将活儿撂下，手往盆水里洗了洗，在围裙上擦两把，走上去，从永青手里接过那几瓶酒，顺手揩去他额头上的汗水，嗔着脸说："让你骑车小心点，总不听。"永青嘿嘿笑着，将单车停好，和燕一起将买来的东西搬进院子里。

像是忽然想起了什么，燕问永青："那猪疫苗你取回来了没？"

永青恍然，挠了挠头，有些自责地说："你看这忙的，竟把这事忘了。"

"咱家的猪这两天该打疫苗了，说了几次，你总是忘，这事要是耽误了，那几头猪如果一生病，咱就惨了。"

"放心吧，耽误不了，我明天就到镇上取。"

燕剜了一眼永青，不再说什么。

燕身材匀称，端庄秀气，温柔贤惠，地里干活是一把好手，家里也是收拾得井井有条。街头算命的说燕面相旺，肯定发家，什么"瘪谷饲鸡赛过鹅，清水喂猪大如牛"等等说了一通。永青说人家胡诌，一笑置之。可十年八年下来，燕的"手气"还真不错，养猪猪肥，养鸡成群，顺顺利利，从没损失。地里的庄稼也侍弄得不错，总是丰收的年景，更难得的是常常能跟上市场的趟，卖得好价钱。这样一来，家道便日渐兴旺起来，引来无数村人的羡慕，那长辈的人对他儿子总这么说："你要有永青那样的才情，娶到燕一般的媳妇，我们家就算烧高香了。"年轻的后生则这么想：咱要有永青哥那样的福气，娶到燕嫂子一样的女人，也算是不枉到这世上走一遭。

有这么一位好妻子，永青欢喜得不行，自然是疼爱有加，且不做鸡口，乐为牛后，在家里只管出力，甚少操心。村里人叫他"五好丈夫"，语中戏谑，他也不恼，自得其乐。爱屋及乌，永青对外家也很上心，外家有什么事也是喜欢找他帮忙。一次，岳父严重腰椎间盘突出，住进医院，躺床上动弹不得。三天后，开口说叫永青。家人说永青刚回去，大儿在身边，有什么事尽管说。岳父说谁都不行，坚持叫永青。永青到后，岳父将其他人全请出去，只留永青一人在病房，神神秘秘的，家人很纳闷。

在病房里，永青问："爹呀，有什么事吗？"

"我难受！"

"怎样的难受？"

"憋得难受！几天没有大便了。"

要大便啊，这好办！永青找一痰盂，将岳父架起来，脱裤子，可岳父将裤子死死拽住，不肯脱。永青说："爹呀，不脱裤子怎么拉？"

"脱了也拉不出！熟人熟面的，什么事嘛。"岳父很无助。

永青知道岳父害羞，都这个时候了，觉得好笑，便开导："爹呀，这有什么呢？咱俩那东西长得都是一样的，要不我先露出来给你看看？"岳父摇摇头，怎么说都摇头："你说的我都明白，但就是不行。"永青已累得满头大汗，快撑不住了，朝门外喊："快请个护工。"护工进来后，永青塞给他二十元，要他侍候老人家大便，躲出去了。过一会儿，永青进来，岳父长长地舒了口气，说："太舒服了！"他一看，痰盂里有大半盆呢，笑笑说："二十元搞一次，能不舒服吗？"

永青的勤快随和，落下一个好名声。

有时，望着燕的背影，永青总是不由自主地暗自庆幸。当年，志远远走高飞，成全了他和燕的好事。只是，这种时候，总有一件心事，隐隐地浮上心头。

十年前，永青、志远和燕三个是最好的朋友。燕秀气能干，又热情爽朗，永青打心里喜欢她。燕对永青和志远都好，但永青感到燕对志远似乎要在乎些温柔些。志远断文识字，在大队的小学里当民师呢，永青便自觉低了一头，将对燕的爱慕藏于心底。

那年高考，志远一考即中。成绩公布后，志远和燕的关系开始晴转阴，拿到录取通知书时，已是风雨交加。志远展翅高飞，爱情给燕留下一地鸡毛。燕情绪低落，痛哭一场后却能坦然面对。那段日子，永青很够朋友，时不时关心、安慰和开导燕，燕很快就从失恋中走出来。不久，燕和永青喜结连理，永青高兴地对着月下老人连烧高香。

婚后七个月，燕给永青生了个儿子。又过了一年多，燕给永青再添一个儿子。

生老大的时候，永青到医院接母子俩回家，燕对他说："医生说咱那儿子早产，要我们好生照看。"

"没事的，咱妈说了，'七成八败'，你放心。"永青安慰她。

这事当时永青也没在意。

随着孩子一天天长大，便有些闲话，说是这孩子长得不怎么像他爸。别人只是说说而已，永青不经意中听到，联想到妊娠时间，便往心里去了。有好多次，他在穿衣镜前仔细端详着自己的形象，在脑子里定格了，然后一边静静地观察着老大。又以老二为参照——人人都说老二长得像极了他爸。永青有时觉得孩子长得像自己，有时又觉得不像，无数次的观察和比较，总是在可与不可之间，心中不能落定。想问燕，但如何问呢？话很难说出口，弄不好，便是无事生非，影响夫妻恩爱——他是十分珍惜这份感情的。所以，几次话到嘴边，又生生地咽了回去，这件心事也就一直埋藏着。

上午十点刚过，村外的道路便开始喧闹起来。此时，正值仲春时节，地气上升，万物生发，秧苗早已返青，橡胶树吐出新绿，槟榔花香四溢，而终年劳作的村民也迎来了难得的农闲时节。路上行人络绎不绝，兴高采烈。人们或扶老携幼，呼儿唤女，迤逦而来；或结伴租车，在拖拉机上说说笑笑，风驰电掣而至。所有的人都有共同的朝向中心。他们今天是来"吃军坡"的。在村子里的某一家，有丰盛的菜肴，有众多的亲朋好友，大家一起大碗喝酒，大块吃肉，叙叙旧，说说年成，聊聊家常，有兴趣的话，还可以到军坡场上看热闹。这样的好事，一年中，是只有"军坡"这一天才会有的。

在村口，隔着三五步，便有一个摆摊的，人潮到这里也就变得拥挤起来。"吃军坡"，照例是不用随礼封红包的，但既然是上门，总不好空手，总要带些礼物，那些图利起早的商贩于是见缝插针，把生意做到了村口。这些摊子卖糖果饼干、卖酒水饮料、卖烟花爆竹、卖水果、卖香烟，甚至卖小孩吹的气球等一些小玩意。选购的人群熙熙攘攘，讨价还价，这里俨然是个临时的小集市。

客人进门前，一般都会在主人家门口烧一挂鞭炮，噼噼啪啪，电光闪烁，撒落一地朱红，那是祝福主人家红红火火，家道兴旺，同时也是给主人家挣面子——村子里，谁家的鞭炮声多，谁家的客人就多；客人多，表明主人家热情、大方、好客，这自然是脸上有光的事。

永青家门前的鞭炮声陆陆续续响了十回八回之后，客人们也差不多到齐了。院子里已经摆好了几张桌子，永青给客人们倒茶敬烟，大家谈天说地，欢声笑语。这种场合，在座的许多人今年里已经会过几次面了，因为各峒境主的生日大多不同，各峒的军坡也是错开的，你来我往，都是亲戚朋友，一年中总会见上几次面，所以彼此熟络，无拘无束，气氛热烈。

燕的母亲坐不住，这里走走，那里瞧瞧，有人便打趣她，说阿婆你不用看了，你还有什么不放心的？阿婆说，孩子们过得好，我们老人才放心哩。那人又说，你家燕的命好，嫁得永青好夫婿，夫妻恩爱，家道兴旺，那是前世修来的福分，你就一万个放心吧。阿婆说，不是命好，是政策好！现在这种社会，谁要是还挨饿受冻，不是傻子，便是懒汉！说得大家哈哈大笑起来。

说话间，菜肴已准备好，燕一声唤，永青便脚轻手快忙着上菜。第一个端上来的，是一大盘，叫什锦菜，这是这一带村庄的特色菜，用瘦肉、蛋片、笋干、豆腐干、粉丝、木耳、坡芹、蒜等十种八种常见的食材混炒而成。村里人也是贫富不等，各家军坡待客自然丰俭不同，但别的某个菜可以没有，这一大盘什锦菜是少不了的，因为它花费不多，便宜又好吃，大受欢迎。不过，烹炒什锦菜，在配料、工序和火候等方面是有些讲究的。这个菜做得怎么样，可看出这家人生活的能力和品质。众人下箸，纷纷赞叹，说这个菜燕炒得不错，永青听了，心里也是美滋滋的。

接下来，一个接一个的热菜冷盘被端上桌面，有白切鸡、香烤鸭、红烧肉、焖猪肘、清蒸鱼、白灼虾、糖醋排骨、油炸鹌鹑……尽显节日的丰盛，客人食欲大开，大快朵颐，至鼓腹，松腰带，饱嗝连连。

酒足饭饱时，村外军坡场那边已是锣鼓喧天，鞭炮声声——要开始闹军坡了。爱凑热闹的人们纷纷走出屋子，潮水般涌向军坡场，看光景去。

永青说他也要到军坡场走一趟，燕知道他要去做什么，所以只是嗯了一声，表示知道了，自顾自忙自己的。但是，那两个孩子听说父亲要去军坡场，当即兴奋起来，直嚷着也要跟着走。永青不肯，说军坡场闹哄哄的，乱得很，他让两个孩子好好在家待着，别去了，免得啰唆。可那两个孩子死缠，闹起来。燕见状，便说她在家要刷洗收拾一大堆东西，也没空管孩子，这两个猴子野惯了，一不留神，自己跑了，岂不更麻烦？她要永青还是带着俩孩子，还特别叮嘱，要盯紧点，不要弄丢了。

永青到军坡场，只为了"拜公"（拜神）。这几年家里东成西就，衣食无忧，夫妻恩爱，孩子乖巧，永青知道主要是燕的功劳，当然还有自己的努力，但他还是相信这里面肯定有神力暗中相助。知恩图报，他每年都要到军坡场拜祭"公祖"（境主神）一番，今年也不例外。

军坡场上挤满了人，永青领着两个孩子，好不容易挤了进去，那里有好多人正在祭拜。他走到"公祖"面前，跪倒，三稽首，很虔诚，然后敬香，燃烛，烧纸钱，又再次跪倒，三稽首。最后，烧一挂鞭炮。至此，他的事便做完了，可以回家了，但两个孩子却不愿意，永青无奈，只得继续领着他俩看热闹。

各峒境的公祖坐在特制的轿子里，一溜排开，有七八抬。永青看过去，那些木刻的公祖通体彩绘，披戴插翎，表情肃穆。细看之下，却是形态各异，有的龇牙怒目状如武将，有的不怒而威神似官宦，有的慈眉善面如佛，有的仙风道骨似仙。其中，还有女神。那女神像是观音，又像是冼夫人，都像，都不像。说实在的，年年都过军坡，可是永青从没有这么细致地观察过这些公祖。

每一抬公轿前面，都有几个后生站立着，头上各缠一条红布带，将头发搞成奇形怪状，样子有些可怖。大儿问："爸爸，这都是些什么人？"

"僮角。"

"什么是僮角？"

"僮角是公祖的替身。一会儿公祖降临，就是附在他们身上的。"

忽听一声喊，急急如律令，那几个人已跳将起来，手舞足蹈，狂乱无状，且嘴里含混不清，忽高忽低，其声凄厉肃杀，仿佛有物驾云而来，蹈空而下。那俩孩子显然是吓着了，一人一边，紧紧拽着父亲的手。永青说这是"降公"（公祖降临），不用怕。那几个人狂舞了一会儿，陆陆续续都停了下来，却形如槁木，嗒然若丧，不似常人，倒像是神附体了。果然，接下来，便显神力，只见有人燃起一束香，怕是有几十支吧，火焰逼人，递了上去，一个僮角接过，眼睛连眨都没眨一下，张张口便吞进去了。大儿惊悚"他不怕烫吗？"永青说不用担心，公祖不怕烫的。他紧张得伸了伸舌头，仿佛已经烫到自己了。正说着，人群哄了起来，永青看过去，原来是有个僮角将大把稻穗送进嘴里，嚓嚓嚓地大嚼起来，众人叫好。二儿问那人为什么会吃稻穗？永青说那个公祖是"马公"，喜欢稻穗，每年都这样吃的。二儿便说这个"马公"厉害。不过，大儿不同意，他认为还是"香火公"厉害。两个人互不相让地争论起来，且都要寻求父亲的支持。永青说不要争了，"公祖"个个厉害。

忽然擂鼓声声，如鏖兵急，几个僮角犹如准备出征的将士，他们和着鼓点，绕着小圈不时来回跑动，做跃马扬鞭状。案上并排放着几条铁杖，筷子般粗，长短不一，泛着白光，几个僮角一人一条，拿起来握在手里。鼓点急遽，喊叫声震天动地。不过，接下来，他们并没有冲锋陷阵，也没有彼此过招，比试高低，只是将手里的铁杖比画比画，又用布片来回抹了抹，除去上面的蒙尘锈垢，然后，以自残的方式刺穿自己的脸颊，里外各留半截，晃晃悠悠。围观的人群惊悚，不禁"啊——"的一声，接下来是啧啧称奇，表示不可思议。

"爸爸，他们不痛吗？"

永青不吱声，他没试过，不太清楚。不过，看着这几个僮角紫涨着脸，一手托着颤悠悠的铁杖，另一只手胡乱比画着，身子明显地微微抖动，他想，他们大概也不太好受，只是出于某种神秘的使命，他们才一年又一年地扮演这种角色的。

这时，陆续有好些人走上去，掏出纸币插到铁杖上，有十元的，有五十元的，甚至有百元大钞。永青掏出十元钱，也要敬上去，二儿问："为什么要把钱插到铁杖上？"永青说："这钱是给公祖的，吉利，会带来好运。"

公祖显了灵，接下来，照例还要坐堂办公，给村民决狐疑、指迷津、解纷争。许多人已经围了上去，他们想听听公祖对村里的事究竟要说些什么。村里的"公头"就站在"公祖"的旁边，做洗耳恭听状。只见那个僮角手执三支焚香，指指天，又点点地，念念有词，神神叨叨的，突然指着村里的"公头"，一个厉声："你那大孙子三岁了还不会说话，你知道是为什么吗？"

"为什么？"

"你拆村里的牛棚盖自己的房子，有没有这回事？"

永青听了，知道还真有这回事，村里"公头"盖新房子的地方，就是原来生产队的牛棚。他不由得对"公祖"产生了新的敬畏。

"你占了牛王的地，害得它无家可归，它恨你呢！你再生孙子，照样还是哑巴，只会哞哞叫！"

"那怎么办？"

永青知道，这其实很好办，村里的"公头"只要使点钱，请个神汉，烧点纸，做点法事，就可以摆平了。

正想着，不曾想那个僮角已悄然站在了他的面前，手指着大儿说："这是谁家的孩子？"

"是我的。"永青说。

"胡说！孩子的父亲在城里享福呢！"

围观的人群哄然大笑。

永青一把拉住那个僮角的手，要跟他急，早有几个疯疯癫癫的僮角舞了过来，将他们冲开。待要追过去，却发现围观的人都朝他看过来，交头接耳，议论纷纷。他们全都在议论着自己呢！他觉得众人正兴奋地将自己心里那道伤痕撕开，让它暴露在光天化日之下，顿时感到无地自容，满脸通红，一扭头，怒冲冲地回家去了。

"爸爸，等等我。"两个孩子见状，喊叫着，一路追过去。

燕送走客人后，又洗又刷，待到收拾停当，已累得一塌糊涂，正斜倚在沙发上闭目养神。永青进来的时候，她觑了一眼，却不作声，依然闭着眼睛，一副没精打采的样子。不过她心里还是有所期待的。她想，永青准会走过来，嘘寒问暖，然后捶背、推拿，让她消受一番。可是，意料中的好事并没有出现，她睁眼环视，不见人影；喊人，没有回应。奇怪了，明明是看到他回来的，怎么眨眼之间就不见了？待寻至房间，却见永青一个人阴着脸坐着。

"哎——你回来了？"

永青默不作声，连眼皮都没抬一下。

"你死人啊？怎么不吭声？那俩孩子呢？"

"别提了，都叫人领走了。"

"怎么会让人领走了呢？"

"别人家的孩子，能不让人认领吗？"

"谁说是别人家的孩子？"

"公祖说的。"

燕一把拉住永青，气急败坏地说："我看你是昏了头了，什么乱七八糟的话你也信以为真。还不赶快去把孩子找回来？要是有什么闪失，大家也都不要活了。"正拉扯间，却见那两个孩子颠颠地跑回来，还一边跑一边喊："爸爸、爸爸，快给钱！"燕一看，两个孩子每人手里各拿着一块冰棍，后面跟着一个手提保温箱的人，他冲着燕微微地笑了笑。燕哭笑不得，不过，那颗悬着的心算是落定了。

打发走了货郎，燕又返回房间，一肚子火："永青，你刚才说什么来的？你要给我说清楚！"

"我说，公祖说咱那大儿子是别人家的孩子。"永青一脸认真。

"凭什么？那僮角装神弄鬼，疯疯癫癫，乱七八糟的，他的话你也相信？"

"可是他说的有鼻子有眼的，什么'他的父亲在城里享福呢'，跟真的似的，你说我能不相信吗？"

"王永青！"燕一下子跳了起来，"你这话是什么意思？难道你真的以为大儿不是你的孩子？"

永青没有松口的意思，他死磕着，说："又不是我说的，是公祖说的。"

"什么公祖说的，我看就是你说的！"燕气极，"也不知是什么东西迷了心窍，整天里疑神疑鬼的，你那点心事我还能不清楚吗？"

"你急什么嘛？是谁的孩子，你心里最清楚！"

"我心里当然清楚！我问你，当年我们与志远三个是好朋友，我没有做过什么见不得人的事，这你是知道的，不然你也不会娶我；大儿早产，这你也是知道的。你是我老公，你说大儿是谁的儿子？你这样说的是人话吗？你欺负人！"

"不是我欺负人，我看是你没有敢作敢当！"

"我做了什么？你究竟要我担当什么？"燕一下失去理智，呼的冲上去，俩人扭作一团，打了起来。

两个孩子站在旁边，不明白究竟是发生了什么，害怕极了，不知所措地大哭起来。

燕当天就回了娘家，一走就是好几天。

永青一个人在家里，既当爹又当娘，要管吃又要管穿。俗话说会者不忙忙者不会，他第一次遇到这种事，一下子便手忙脚乱起来，顾了这头顾不了那头，一副焦头烂额的样子。隔巷大嫂看在眼里，对他说："永青啊，家里没个女人不行，你还是赶紧着上外家把燕请回来吧。"永青摇摇头，很无奈，但还是到镇上买酒买肉，买水果买点心，然后拎着礼物，硬着头皮上了丈母娘的家。岳父岳母倒是很给面子，当面批评燕，都是些妇德妇容的老话，并且逼着女儿跟着姑爷回家。当然，也很客气，非得吃过饭再走。席间，岳父岳母不忘身为长辈的职责，俩人语重心长，你一言我一语地叮嘱永青，什么夫妻之间要相互信任，有话要好好说啦；什么做男人的要能包容有担待啦；什么家和万事兴啦。永青不住地点头应允，表示谨记老人家的教诲，从今往后要善待燕和孩子，好好过日子。

回家的路上，永青有些闷闷不乐，送上一堆礼物，又遭岳父母的一番口舌，真真应了那句俗话——"闹官贫，闹鬼死，闹老婆折三升米。"

军坡过后，不久便是清明节。像往常一样，燕轻车熟路地准备了一只熟鸡，几块熟猪肉，煮好十个八个鸭蛋，分别置放在几个磁盘子里，加上十几个饭团，用一个加盖的竹篮子装好。永青则负责准备香烛纸钱，酒壶酒杯，几挂鞭炮，也用一个加盖的竹篮子装好，但要稍小些。他们今天要扫好几个墓呢。两个小孩子显得有些兴奋，叽叽喳喳的，一会儿要帮母亲捏饭团，一会儿又要帮父亲折叠纸钱，有些添乱。对他们来说，清明扫墓，既神秘，又好玩，所以特别感兴趣，这几年一直跟着，今年也不例外。一切准备停当，正要起身，那两个孩子却闹了起来，争吵着都要拎那个小篮子。永青一看，不知为何，一股无名之火一下子从心底里嗖嗖窜起，难以自控，他一把拽过大儿子，大声训斥："吵什么吵？你就不要去了！在家好好待着。"大儿子一听，十分委屈，大声地哭起来，求助似的望着母亲。燕看在眼里，知道其中究竟是怎么一回事，已是一肚子的火，又不便发作，强忍着，委曲求全。她连哄带骗，给高帽子，又是许愿又是好处，好不容易才将大儿子安抚下来。

燕感到，必须与永青好好谈谈，将这件事掰扯清楚，不然，今后将家无宁日。当晚，两个孩子都睡下后，燕说："永青，我们都静下来好好谈一下吧。"

"谈什么？"

"我知道你心里还是不肯认大儿。"

"我不是不想认他，我眼前一团迷雾，雾里景象重重叠叠，我看不清真相。"

"真相我不是早就告诉你了吗？大儿就是我们的孩子！"

"我倒是愿意相信你的话，可迷雾不散，我的心又怎能落定。"

"你可以不相信我，难道你也不相信你自己吗？自己的地，自己下的种，难道也值得怀疑吗？我看你是真糊涂了。"

永青沉默，但脸上疑云未消。

"你要是不相信我，也不相信自己，那我们干脆上医院吧。现在的基因检验，谁的孩子，据说一测一个准。"

"那又有什么用呢？与其相信医院，我更愿意相信你，相信我自己。但这些都不重要，关键是公祖要认，香火要认。公祖香火要不认，它就非但不会给家里护佑赐福，反而会降灾带祸，你说这日子还怎么过？"

燕满肚子冤屈，想要大吵大闹，又觉得于事无补，反成路人笑料，十分无奈，只好将那冲冠怒气硬是一点一点地收归丹田。她问永青，那你想怎么办？永青说他也不知道该怎么办。两人闹得十分不愉快，至各自和衣而睡。

从此，永青变得总是一副心事重重的样子，对家里的事不再上心，经常跑到镇上闲逛闲聊，喝老爸茶，地里的活计有很多也就给耽误了。燕说了他几次，但每次一提及，他就跟她急，胡搅蛮缠，没有半点的回心转意。燕想，这个家又不是我一个人的，你撒手，我也不管了，一家人等着喝西北风吧。一赌气，也渐渐地懒散起来，地里家里应付了事，搞得家里乱糟糟的，孩子脏兮兮的，鸡因为缺食不愿回窝，猪因为饿急了要逃离，这日子过得是一天不如一天。

为这事，岳父岳母三番五次地上门。岳母一到，就数落燕，然后忙这忙那，帮着收拾，整理家务；岳父则拉着永青在厅堂坐而论道，说古人败家的缘由，谈今人发家的必然，千叮咛万嘱咐，要永青好生珍惜当下的日子。岳父大人在上，永青当然也只是唯唯诺诺，点头称是。其实，这段日子里，永青家的变化，左邻右舍是看在眼里的，也多少知道一点缘由，有好些好心人也不少说他，他感到自己快成孤家寡人了。

也许是闹够了，也许是悟出了些道理——不是吗？这段日子里，既没灾也没祸，所有的不愉快全都是因为自己跟自己过不去引出的，看来，燕说的是真的，是自己想多了。于是，永青心情渐渐地好了起来，家里恢复了往常的欢乐。

雨过天晴，燕终于舒了口气，心里也变得高兴起来。

然而，事情却远非燕想象的那样简单，创伤表面上愈合了，可问题的症结依然存在。

一个月后，晚饭时，燕告诉永青，说家里那头大花猪好像是病了，不肯吃食。永青说那我明天到镇上请兽医吧。第二天，兽医来了，一看，心里早明白是怎么一回事，问永青："猪打过疫苗没有？"永青说："忘了，还没有。"兽医一听，说问题严重，晚了，没法治。燕一听，吓得脸全白了，她央求兽医，说好歹给治治吧。兽医没法，只好给每只猪各打了一针。但是，果然如兽医所说，晚了，一切全都无济于事，当天便死了一头，第二天再死一头，第三天又死了一头。

燕心疼得不行，三头大肥猪呀，就几天的工夫，咋就全都没了呢？白忙活不说，还贴进去一大笔本钱，便埋怨永青："军坡时就告诉你要给猪打疫苗，你全不当一回事，知道后果是什么了吧？真是惨啊！"

永青也很懊丧，他知道主要是自己的责任，但又觉得事出有因，也埋怨燕："这全都是因为你闹的！"

"明明是你无事生非，反倒打一耙，无赖！"

"要不是你有那档子事，怎么会闹出这个结果？"

"我有哪档子事？"

…………

夫妻俩你一言我一语便大吵起来。

本来嘛，夫妻之间，床头打架床脚和，不就是几头猪吗？吵几架，之后就会没事的。可是吵着吵着，永青却绕过猪的问题，扯到大儿子的身上，他说："上辈的人，几千年来一直养猪，没听说过要打什么疫苗；再说了，现在村里有的人家也没有打猪疫苗，也没见死了猪，这不是明摆着的事吗？这哪是什么打不打疫苗的问题，分明是公祖生气了，它要惩罚我们。"

问题又变得复杂起来了。

永青视大儿子为祸根，处处看不顺眼，动辄训斥打骂，燕看不过，便与永青吵起来，常常是三日一小吵，五日一大吵，闹得鸡飞狗跳，家无宁日。

这样过下去也不是个办法，燕非常苦恼。有时，她也检讨自己，是不是自己的言语过于冲撞？是不是自己的态度过于生硬？她做了些努力，重新调整自己，找个合适的时间，心平气和地对永青说："我们不要吵不要闹，安安稳稳过日子，好不好？"永青说要想过好日子，除非将大儿子送人。燕问他送给谁？他说爱送谁送谁。虎毒还不吃子呢！是可忍孰不可忍！燕不由得又动了怒，骂永青不是人，不说人话，俩人又大吵起来。

燕感到永青已经不可救药，很绝望，这日子没法过下去了。她简单收拾一下，带着大儿子又回了娘家。

嫁出去的姑娘泼出去的水，娘家也不是久留之地。燕在娘家住了一段日子，又辗转着到城里打工去了。

　　转眼已是中秋。

　　永青在家里又过起了既当爹又当娘的日子，时间一长，便招架不住。他后悔了，有些痛恨自己，又摆脱不了眼前的困境，只好再次硬着头皮，负荆上门，从岳母那里打听到燕的行踪，要了燕的电话号码。

　　电话里，永青向燕认错，并且信誓旦旦地保证，今后要痛改前非，好好过日子，恳求燕回家。燕一句话不说，默默地将电话挂掉。连着几天，永青耐心地一次次拨打，燕接了，还是不说话，到最后，干脆连电话也不肯接了。

　　永青决定寻到城里，他想以自己的真诚来打动燕。

　　村道两边的山坡上，夏日里盛开的山牡丹芳菲已尽，浅黄的野菊又在低微地展露笑脸，永青看过去，隐隐约约有一种物换星移的感觉，心里一下子变得没了底——这一次，燕还会不会原谅自己？

意　外

　　我想到了那个地方。而且，想来想去，最后还是觉得那地方最合适。

　　"起来用早餐了！"饭厅那里琴喊了一声。

　　"你先吃吧，我还想再躺一会儿。"我说。

　　这不是我的风格。我不喜欢睡懒觉。但今天是周末，多睡一会儿也是可以理解的，果然，客厅那里，琴不再吭声。

　　我躺在床上，翻来覆去，头晕、目眩、心堵，四肢绵软无力，像是被敲断了脊梁骨。当时，我不知道怎么的就昏了头，本来应该往右的，却神使鬼差地朝左走。

　　同僚中有风传，说我很快就会得到提升，调到一个重要部门。这话不是没有根据的，组织部门已经找我谈过话了。市长很赏识我，说我态度认真，业务能力强，工作效率高，在一次市里的干部会议上还点名表扬过我呢。我想，荐头十有八九就是市长。

　　要说我的业务能力，在同事中是公认的，我也常常以此自许。那宗土地转让办证业务，我一眼就看出了问题。虽然买卖双方自愿，钱货两清，手续齐全，不过，评估价值七千万的标的，以不到两千万的价格成交，这明显是违法的。但是，市长之前特别找过我，他说，这事要能办便给办了吧。资产闲置毕竟是一种浪费，我们盘活资产，就是对经济发展做贡献。我明白市长话里的意思，也知道这事的办理对我个人的职途意味着什么。在工作上，这么多年来，事多事难我都不怕，可事赶事却让我乱了方寸，糊里糊涂做了不该做的事。

现在回想起来，如果说这事有一千种解决的办法，我选择的是其中最糟糕的一种。最简单而明智的办法，是直接告知，说这事有违规定，不能办。退一步说，如果觉得这样对市长不好交代，有心要给他办，也应该在办公会上摆到桌面，单位的几个领导一起决策，大家说能办，集体负责；大家要说不能办，自己面对市长时也有个说法。可当时自己还唯恐他人知道，避开正常的程序，单独交代职能科室的负责人，悄悄地就把这事给办了。这不是给自己下套吗？而且打的是死结！你说我怎么会蠢到这种程度呢。

那个地方背山，有一棵大树，前面是一道河湾，一块巨石平展展地没入水里。没事的时候有时我带着鱼竿，坐在那里垂钓。认识的几个钓友（止于见面打个招呼点个头的那种，我尽量避免与他们深交）不止一次地劝我，说那里水深、无风无浪，钓不到鱼的，要我换个地方。我不听他们的，还坐那里，对此，他们常常是不解地摇摇头，一定是把我看成姜太公了。是的，能不能钓到鱼，我不在乎，这里无人搅扰，安静，正好看书。我喜欢看书，但我不算正经的读书人，如果关在家里整天看书，琴会说我是书呆子。书呆子就书呆子吧，我无所谓，关键是，琴说我是书呆子的时候，她自己并不高兴。我不想惹她不高兴。借钓鱼的名义，躲在这里看书，耳根清净，那感觉真的很美妙。

读大学的时候，琴就说我书呆子。当时，班上许多人都说我书呆子，他们还说我土包子。不过，琴只说我书呆子，没说我土包子。她说我书呆子时,我听出其中起码有一半的意思是欣赏,因此我喜欢上了她。当然,是她先喜欢我的。我这种土包子,既很自卑又很自尊,是不会贸然地自讨没趣的。我们两个好上了。她告诉我,她父母反对她与我交往,我听了,除了稍稍感到一点失落之外,并没有太多的烦恼。我本来就没什么信心,从没想到那么远,与她交往,只是因为我喜欢她,她也喜欢我,两人在一起既快乐又充实,有个过程就够了。

临近毕业,班上的同学都忙着托关系、找门路。我因为既没关系也没门路,所以闲着,整天看书,净是一些故事传奇小说之类。毕业分配的方案下来了,大家都有了很好的去处,志得意满。我呢,哪里来到哪里去!被安排回家乡所在的县里当一名中学老师。我的一位哥们跟我一样的命运,他也来自农村,也回到家乡的县里做中学教师。这位老哥,两个月前我刚跟他吃过一次饭。二十几年过去了,他看起来很潦倒,言谈中愤世嫉俗,我很难认同他的一些看法,但能理解他。穷困潦倒在人格上多多少少会造成一些缺陷,当年我要是也回到县里做一名教师,相信跟他现在的境况大概不会有什么不同。

车票已经买好,明天就要启程。"悄悄的我走了,正如我悄悄的来。"读着徐志摩的诗句,我心里只剩下卑微。没承想琴找来了,她说:

"愿不愿意跟我走?"

"去哪里?"我问。

"去我们市。"

"那是不可能的,你别逗我。"

"你只说愿不愿意?"

"我当然希望这样。"

"有这句话就够了。"她说着从兜里掏出一张改派通知书,我的命运也因为这张改派通知书而改变了轨迹。

琴的父亲在这个城市有点小小的能量，托他的福我被安排在一个政府部门工作，并得到一些关照，但随着他的退休，他的影响日渐式微，以至消隐。不过，还有琴，她的鞭策是我进步的动力，她还说我书呆子，但我已听不出丁点欣赏的意思。知识化的机遇我赶上了，年轻化的机遇我也赶上了，这些年来，我一步一个脚印，现在大小也算是市里一个单位的头，是很多人羡慕的对象。

但是，现在我突然羡慕起那位一直当教师的老哥，他的命运比我好。客厅里，琴在打电话。

"你在那边要照顾好自己，注意安全，有什么事要多些请教当地的华人。"

"…………"

从对话里，我知道是女儿跟她通电话。女儿在美国读书，刚去几个月。我是不赞成女儿到那边读书的。大一时，女儿表达了这个愿望，我说在哪儿都可以有发展，国外不见得就是天堂。一个朋友跟我讲过，他女儿到美国读书，第一年还能时不时打电话回来；第二年就变了，从没有主动给家里打电话；到了第三年，每一次给她打电话，她第一句就问：你们有什么事吗？有事才打电话，那还是家人吗？渐渐地电话也不打了。嫁给一个美国人，父母不远万里到那边看她，她还跟父母 AA 制呢！说起这件事，那朋友后悔死了。我们就这么一个孩子，我希望她待在我们身边。大二的时候，女儿又提起这件事。我说那也行，但家里没钱，你必须考取奖学金。大三整一年，她再没提这件事，可是到了大四，她又旧话重提，只是话说得很婉转。她谈起一个同学，说她那同学的父母离婚不久，父亲又组成新的家庭，并为新家买了一套很大的房子，同学很伤心，说她父亲不疼她，不肯花钱送她出国读书。我听出女儿话里的弦外之音。我的情况跟她同学的父亲正好相反，我很爱女儿，但我没有钱，问题是，说家里没钱，她不理解。为此，我感到很苦恼。

那人将一个密码箱塞进我车里时，说了一句客套话。我明知箱子里面装的是什么，但我一声不吭。

几天后，我跟琴商量："女儿做梦都想要出国读书，要不就让她走一遭吧。"

"可一时如何筹到这么多的钱？要几十万呢！"

"钱的事我来想办法。"我说。琴听了，只是点了点头，再不说什么。

又过了几天，我给女儿打电话："出国读书的事，该准备的你及早准备，我们支持你，钱的事你不用担心。"女儿听了，自然是欢天喜地。她终于如愿了。

"快起来！孩子要跟老爹说几句。"琴走进房间，将手机塞到我手里。

"爹地，怎么还在睡懒觉呀！"电话里，女儿一如既往，声音甜美，撒娇讨喜。要是之前，我会跟她说，你该不会一出洋就忘了爹和娘吧？这样说，既是逗趣，也是打预防针，目的是两年后女儿能回到我们身边，我可不希望我的孩子是帮美国人养的。可今天我什么都不想说，只跟她敷衍了两句，便将电话交给琴。琴接过电话，娘俩又接着继续聊。

女儿是如愿了，我的腰身上却捆上了一枚定时炸弹，随时都有可能爆炸。

记得当我打开那个密码箱，看到满满一箱子都是崭新的纸币时，脑子一片空白。那是我最希望得到的，又是我最不能苟且的，就像水与火突然相遇，最终同归于无，什么都没有留下，我当时一点感觉都没有。瞎子跌土崖，不知不觉中，事情已经不可挽回。

我至今也搞不明白，自己怎么会一下子变得那么大胆？我以前可不是这样的。我在单位里、在同僚中有些硬气，除了业务能力强，再就是仗着自己没什么短处可让人揭。不是没有机会，我大小也是单位的领导，很多人削尖脑袋，对我投怀送抱，要拉拢腐蚀我，可我没有给他们机会。我能洁身自好，有目共睹，这些年来一直都有很好的口碑，可是，堡垒还是被攻破了，是从内部攻破的。

　　其实，最初的几天，我曾有过把钱退回去的念头，却始终没有走出这一步。在这件事上，我有各种各样的想法，但其中的一个想法——不拿白不拿——最终左右了我。当时并没有往深处想，如果能想到拿了不能白拿，要付出代价的，也许我会止步。那件事已经做错了，错上加错的是还收了别人的钱财，可是，现在说什么都已经迟了。

　　"你没什么事吧？"琴打完电话，又走进房间，关切地问了一句。

　　"没什么。"我说。

　　"还没什么！脸上写着呢！连女儿在电话里都听出来了，她刚才就说，爸爸今天好像不大高兴。"

　　"真的没什么。因为工作上的一些小事，昨晚没睡好。"

　　"要不，去医院看看医生吧。"

　　"不用。我心里有数，你就不要操心了。"

　　见我如此说，琴不再坚持。

　　我现在最想做的，是回一趟老家，看一眼老母亲。

　　母亲随我弟住在乡下。我弟不止一次地对我说，母亲在家里说话硬气着呢。我问他怎么啦？他告诉我，说他也是有老婆有孩子的人，已经老大不小了，可母亲还把他当小孩，在家里整天指手画脚，要他做什么，不做什么。家里那些鸡毛蒜皮的小事也就罢了，可村里的事，社会上的事，她一个老人知道什么？怎能事事都听她的？可你不听她的，她就跟你急，还说要是惹她不高兴了，就上城里随老大住，让你一个人在村里犯贱。我听了笑笑，知道母亲不过说说而已，她是在为我而骄傲，过得高兴。母亲是可以随我住到城里享福的，我和琴说过她几次，可她就是不肯。她那点心思我懂。她最疼我弟，最放心不下的也是我弟。她随我弟过，一来可以帮他带带孩子，做点家务；二来呢，因为她不随我住，我每月会给她几百元，这点钱她可以用来帮衬我弟。还有，她在村里过得滋润着呢，乡里乡亲、街坊邻居，不缺人说说话、聊聊天。人家告诉她，她儿子的级别，要放在古时候，是与县令平起平坐的，村里人对她客气，村里的干部对她客气，甚至镇里的干部对她也客气，她乐于享受这些人缘。

要说母亲这种日子，也算是苦尽甘来。她生下我弟不久便作寡，一个人带着两个孩子，吃了多少苦，受了多少委屈，她自己也说不清楚，有时偶尔提起，总是忍不住掉泪。我就是受家庭的影响才发奋读书的。现在，她的好日子才刚刚开始，应该还能舒心惬意好几年。一想到这一点，我心里就很难过。

可是今天我不能回去。不年不节的，事先也没打招呼，这冷不丁的就回去，他们会感到突然的。再说了，我一副心事重重的样子，琴也看出来了，母亲见了，肯定问长问短，为我担心。

昨晚接了个电话，是市长秘书打来的，他让我去见一下市长。

"那个人出事了。你要好自为之。"市长面无表情，只说了这么一句，就起身走了。

那颗定时炸弹终于要爆炸了。我当时只觉得脑子嗡的一声，然后是一片空白，怎么回的家，一点都不记得了。

这次我是在劫难逃了。也许就在这一两天，有关部门的办案人员就会把我带走，然后是长达几个月时间的失联，接下来便是接受审判，又从法庭直接带往监狱服刑。那是几十万啊，而且造成几千万国有资产的流失，再怎么说，也有十几年的徒刑。在这漫长的日子里，我要过着一种非我的生活。我这辈子算是完了！躺在床上，我辗转反侧，彻夜难眠。夜已深，凉如水，黑暗中藏着无限的神秘，似乎这一切都是命运安排好的。此时，如果能与命运素面相对，我一定会责问，它不该如此作弄我。小时候吃了那么多苦，如果一辈子就那样过，我也毫无怨言。可待我长大成年之后，它却给我某些荣华，这我感谢它。千不该万不该，它接着又把我打入地狱，这过山车一样的跌宕起伏，叫我如何承受得起？

　　"好自为之"，我还能好自为之吗？可是，市长既然亲口跟我说这话，一定是有特定含义的。含义是什么呢？大概是让我不要连累别人吧。可我又能连累谁？给我送钱，加害于我的人已经出事，我连累不到他。除此之外，跟这事有关的，市长可以算一个，这事在办理的时候他暗示过我。对了，市长一定怕我说出这个细节，把他也牵扯进去。这其实不必担心。市长对我有知遇之恩，知恩图报，这一点我懂，要不然怎么能在社会上混了这么多年？我一人做事一人当，不会连累别人的。不就是十几年的徒刑吗？来就来吧，是祸躲不过。

　　罪有应得！我似乎已经想清楚了，心里有些坦然，还有一点悲壮。之后，睡意悄悄袭来。

　　一位老妇蓬头垢面，弓着腰，背一捆柴火，艰难地往村里走去。村头大树下，一群纳凉闲聊的人对她指指点点……那不是母亲吗？我一下子惊醒，却感觉自己好像并没有睡去。果真能够一人做事一人当，不连累别人吗？我突然明白，自己要是出事了，母亲就会重新生活在贫穷和耻辱中。至于琴，她肯定也是逃脱不了，如果退赃款，卖掉家里那间房子是唯一的办法，到那时，她不仅要承受巨大的精神压力，而且还会落个无家可归的下场。我又想到了女儿，她的学业肯定不能继续下去了。她那么弱小，从没有经受过什么挫折和打击，家里的这场变故，她能承受得住吗？看来，我把问题想得太简单了。因为我的犯错，全家都会卷到漩涡里，没人能逃脱得了。

我想到了死。死无对证，一了百了。这件事，说大不大，说小不小，我如果死了，有关部门应该不会再去追究，这样，就能避免对家人造成各种各样的次生伤害。鱼儿咬断了钓丝，它挣扎时只留下些许涟漪，不一会儿，水面又平静如初。一切都会随着时间的流逝而成为过去，无人记起。当然，我还是舍不得死。一旦要与这个世界诀别，对这个世界突然又变得格外地留恋，觉得所有的一切都非常亲切。还有，我死了，母亲、妻子、女儿，家里人都会很哀伤，我于心不忍。但是，我只能走这条路了。两害相权取其轻，哀伤是暂时的，时间会抚平一切，生活还会继续。

既然选择了，死亡就不是一件可怕的事。可是，怎样一个死法？人在自然界中是最脆弱的东西，要找死应该不是一件难事，上吊、跳楼、割腕、服安眠药……能有一千种以上的死法，但俗话说生死有命富贵在天，阎罗王没有发出邀请，我敲锣打鼓地寻上门，这难免让人滋生怀疑，我就是死了，也一样给家人带来耻辱。我感到很为难。而且，选择是在有选择自由的前提下才成为可能，我有选择自由的时间已经不多，错过了这个时间，到时想死就难了。

除非，一种意外。意外只会给他们留下哀伤和遗憾。我宁可给他们留下哀伤和遗憾，也不要让他们生活在耻辱之中。我需要一种意外，而且要做得不动声色，没一点痕迹。

我想起那个地方。背山，前面一道河湾，一块平展展的巨石没入水里，我经常坐在上面垂钓……

"上午你们不是要有个什么活动吗？"琴再次走进房间，提醒我。

"哎呀！"这茬差点忘了。上午十点，单位要组织一个土地宣传活动，单位同事全员参加，届时，主管副市长也要出席。我一骨碌爬起，洗把脸，便匆匆地赶往会场。

会场里，单位的同事已经到齐，电视台录制节目的工作人员也已准备就绪，我差一点就迟到了，好在副市长比我还慢一些，要不然我会心慌的。

活动会上，副市长首先做指示，接着是我发言。稿子是秘书事先写好的，形式格式化，内容对号入座，大同小异，大家已经司空见惯，但整个过程还是搞得像模像样的，严肃、庄重、充满激情的讲话，长久而热烈的掌声，一样都没有少。

活动会结束后，副市长对我说，会也开过了，这件事你们具体如何推进？我告诉他，根据上级主管部门的工作部署，这一段的重点是农村耕地和宅基地的普查、确权和办证工作，下星期我们就有组织地分头深入乡镇农村，扎实开展这方面的工作。他听了点点头，然后强调，说现在从上到下都在抓落实，搞问责，这件事你们就辛苦点，用心做，不能马虎，更不能出现什么差错。我表示，一定坚决执行领导的指示精神，认认真真地把工作做好。完了，我说："中午我们找个地方坐一坐吧。"我的意思是，中午我们几个一起吃个饭。

他摆摆手："现在一切从简，不时兴这个，免了吧。"

"也就是简单的工作餐，不会违反规定的。"我再次表示诚意。

"下次吧。"

"那好吧，恭敬不如从命。"我不再坚持。其实我巴不得这样。集体吃喝，在过去是个惯例，现在形势变了，但我也要做出一种姿态，表示对领导的尊重。

琴发来短信，说她已回娘家。

琴就姐妹俩，不过，她妹将家安在千里之外的另一个城市，这样，照看老人的重任基本上就落在她一人身上。琴很孝顺，隔三岔五地回娘家看看，周末要没什么事，一般都会回去帮父母做些家务，或者买些东西。一个女婿半个儿，我也是应该尽些孝心的，但我事比较多，不能经常随琴回去看望岳父岳母，心里总觉得亏欠。今天正好有空，于是给琴回了个短信，说自己中午也要到妈那里蹭饭。

"爸，看报呢。"进家门时，我跟岳父打了个招呼。

岳父坐在一张藤制圈椅上在看报，他抬头看了我一眼："嗯，来了！"又抬抬手，说："坐吧。"让我在沙发上坐下。

"爸，最近身体还好吧？"我关心地说了一句。

"还行。"他看起来红光满面的，还算硬朗。我又说：

"年纪大了，也要注意经常走动走动，不能老坐着，那样对身体不好。"

"我和你妈晚饭后也是经常去散步的。"

…………

我一时感到无话可说，略显尴尬。却见岳父扬了扬手里的报纸，有些鄙夷地说："省部大员，就这样进去了，可悲啊！"

"您说的是某省那个某副省长吧，我在网上也看到了。"

"现在有些领导干部，私欲膨胀，生活腐化，太不像话了，辜负了党这么多年的教育和培养！"他有些激动。接着，又说起他们当时那些党员干部，怎样的廉洁奉公，一心为了党的事业，什么他当公社书记时整天骑一辆单车走村串户啦；什么他在市里机关工作时打起背包到农民家里同吃同住，一去就是半年啦……我静静地听他说，为了迎合他，不时地点点头，小声附和。我甚至还冒出一些遗憾——那个好年代自己没能赶上。

"当领导干部的必须要严格要求自己，小事也要谨慎，大事更不能糊涂，一不小心，就会把自己也搭进去了。"他像是在告诫我。我唯唯，点头称是。

吃饭的时候，岳母不停地劝我多吃菜。都说丈母娘最疼女婿，我这个丈母娘更是如此，在家里，处处对我呵护有加，连琴都有些嫉妒了。我能感觉到，岳父岳母对我都很倚重，指望着我给他们养老送终呢，我其实也是早就做好了尽孝心的思想准备的。这时，我忽然觉得，当年反对琴和我交往，他们是对的，我不是一个好女婿。我虽然有点小聪明，但先天不足，水浅舟大，经不起风浪，不确定因素太多，不足以托付。我甚至有一种负罪感，对不起两位老人，使他们本该灿烂的晚霞蒙上了一层阴影。可我知道自己绝对不能有半点的情感流露。我对自己说，一定要保持克制，像往常一样，在家常的欢乐中度过一个幸福的周末。

下午回到家，已是四点多。是时候了。我环视一下这个家，又深情地看了一眼琴，然后，用一种平常的口吻说：

"我要到河边钓鱼。"

"时间不早了，就不去了吧。"琴说。

"傍晚是钓鱼的好时候，我想放松一下。"见我坚持，琴不再说什么。

临出家门时，琴说了一句："早点回来。"我说："也就一会儿。不过，我要是回来晚了，你就先吃饭，不要等我。"

说来奇怪，一路上，我心里很平静，好像只是去做一件日常的小事那样稀疏平常。

那真是个好地方，一棵大树，一道河湾，一块平展展的巨石没入水里。可这里钓不到鱼，别人不感兴趣，只有我才感兴趣。抻长鱼竿，松开钓丝，挂上鱼饵，抛入水中，找个地方挂好鱼竿后，我便像往常一样，捧本书读起来。我自然是读不下去。那是一本关于农村土地确权方面的书，我就要到另一个世界去了，我不再追求真理，知识对我已经没用。我后悔没带本小说来。可转念一想，已走到人生的边际，任何人的命运都不会引起我的兴趣，不管是什么样的书，都看不下去了。

我放下手里的书，抬头远望。太阳已经悄悄落在西山顶上，西山显然撑不住它，它一点一点地滑下去，然后在山后面燃起一片红彤彤的晚霞。晚霞不乏赞美之辞，因为人们知道，太阳落下去了，明天还会升起来。可我今天要是从这里落水，就再也回不来了。

夜幕悄然降临，河边垂钓的人陆陆续续都回去了。这时，坐在家里的人，好多应该都在看电视新闻，明天，他们肯定会争相传播一个身边的新闻：昨晚在电视里讲话的那个官员不慎溺水身亡了。熟悉我的人一定还会议论，说他平时没有别的嗜好，就喜欢垂钓，想不到最终却将命搭在自己喜欢的事情上。

我伸手往水里探了一下，水有些凉，不禁打了个寒噤。我想起了母亲。我不会水。小时候不小心溺过水，差点没命，母亲再不许我到河边玩水。这一次，母亲一定反复责怪：怎么就不听话了呢？说过不许到河边玩水的！真对不起，儿子不孝！娘，下辈子若能相见，儿再向您解释吧。

我慢慢地蹲下去，双手撑地，辅助双脚一点一点朝前挪，最后坐到巨石的边缘，然后，屁股往下一滑，整个人便没入了巨大的黑暗……

　　如坐云端，飘飘转转，不知身在何处。终于停了下来，感到好像躺在一张床上，睁眼一看，这里应该是医院，我身上还挂着点滴呢。难道是在做梦？如庄周梦蝶一般，我搞不清这是哪儿跟哪儿了，心中忐忑，便闭起双眼。片刻之后，略感清醒，再睁眼，发现门口站着两个陌生人，一看便知道是便衣。一种插翅难逃的恐怖汹涌袭来，瞬间将我再一次淹没在黑暗之中……

流星划过天边

1

天边出现了一个小白点，那是冉冉升起的太阳。我知道，该打道回府了。

不过，我突然冒出个念头，想感受一下人世间的美好。我很清楚，这样做是触犯律条的，弄不好会因此受到惩罚。可我还是忍不住。我想，打一下擦边球，逗留一会儿，逛一逛就回去，大概不会有什么事。

我得裁减空间的维度。以我现在的维度，地面上所有一切都是透明的，所有一切都畅通无阻，随意穿越，没什么意思。当然，只有这样，我的任务才变得简单明了，易于执行。

以三维的空间，眼前一下子变得生动美妙起来。天上白云飘飘。大地一派生机。山峦起伏，随意地将大地隔成一个个地理单元，河流在其间蛇曲蜿蜒，像飞舞的彩带，一甩甩出一片房舍，一甩又甩出一片房舍。他们将小片的叫村，稍大的叫镇，大片的叫城市。大路小路犹如条条丝线，将一个个村镇城市连缀起来，人间气象氤氲升腾，生生不息。

一幢富丽堂皇的房子，龙脊琉璃，飞檐斗拱，里间有缕缕青烟升起。人间烟火！我有些感动。可走进去一看，不是炊烟，是有人在拜神。这座称为庙的地方，有许多的神，什么财神、药神、考神……林林总总，数不胜数，都有香火。他们会把我摆在哪里呢？我很好奇。可找来找去，愣是找不到。原来在人们的心目中竟然没有我的位置！这就让我有些气恼了。他们算什么东西？不过是人们的臆想而已，我才是真正的神呢。可想想气就消了。人们总是希望升官发财，希望健康长寿，没人盼着自己早点儿死掉的。谁让你只管死不管生呢，你要是个财神什么的，人们一准喜欢你。

我有些落寞，转身离去。

"你要去哪里？"

身后一个声音响起。我回头一看，是个尚显稚气的英俊少年。我想，他一定是认错人了，便不理他。

"你要到哪里去？"

那个稚气的声音再次响起。嘿，他竟跟着我走呢，亦步亦趋，影子一样缠着不放。我只好停下来，对他说："我随便走走，不去哪儿。"那意思是说，我与他无关。可他嗫嚅着对我说：

"我想跟你走。"

"我不认识你，你要跟我去哪儿？"

"可我认识你，你去哪儿我就去哪儿。"

这就奇怪了。端详之下，这少年是有些委顿，但血气方刚，生命力旺盛，还没到认识我的时候呀，他这样纠缠我，很不正常。不行，我得送他回家，要不然，很可能会发生一些意外。

少年的家是个两室一厅，睡在主卧的那对男女，应该是他的父母。看来，他们并不了解自己孩子的情况，我得警告他们，于是便给那女的托了个梦，然后遁形于一隅，要看看他们有什么样的反应。

2

"哎呀！"她一骨碌从床上坐起来，揉了揉双眼，又喊一声："快七点了？！"连忙推了推躺在身旁的他。

"什么呀，还让不让人睡觉了？"他说。

"睡什么睡？都快七点了！"她有些张皇，连忙起床，一只手在套衣服，一只脚在找拖鞋，然后三步并作两步，跑向另一个房间。

她一边敲一边喊：

"小翔——小翔——"

可里面没有反应。再敲，再喊，如此再三，里面还是没有动静。

"怎么会睡得这样死死的？"她说着，从抽屉里翻出一把钥匙，将房门打开。

"快起床！"她一把掀开少年身上的被子。

"妈，我没睡够呢，昨天的作业写到了凌晨。"

"快七点了，不能再睡了。"她连拽带抱，硬是让儿子在床上坐了起来。

"星期天也不让人好好地睡一觉。"少年咕哝着，一脸的不情愿。

"别婆婆妈妈了，动作快点，一会儿要到老师那里补数学呢。"她从柜子里找出一套新洗过的衣服，扔给儿子，然后走回自己的房间，坐在床上发愣。

"你傻坐着干什么？像是丢了魂似的。"可能是因为早起，他也有些不高兴，话说得很不好听。

"我是丢了魂了。"她喃喃地说着，并不与他话语冲突。

"发什么神经！"

"哎，我刚才做了个很奇怪的梦，你知道我梦见什么了吗？"

"中大奖了。"

她摇摇头。

"见到你妈了。"

她还是摇摇头。然后幽幽地说：

"我梦见咱一家三口到了大荒山下，恍恍惚惚的，也不知道是要干什么。突然看见咱那儿子向我们挥了挥手，然后跟着一个疯疯癫癫的老道，头也不回地就走了。我一急，连忙追过去，却有一道黑溪拦在前面，深不见底。我顾不了这些，一脚跨过去，随即掉入深渊，然后是不停地下坠、下坠，直至惊醒。"

他听了，满不在乎地说："这有什么值得大惊小怪的。谁的梦不是稀奇古怪、乱七八糟的？要不然怎么叫梦？"

"可我心里还是不踏实，总觉得儿子有些异常。过去那么阳光的孩子，现在变得话都不爱说了，整天闷闷不乐的。"

"孩子大了，话就少了，这很正常。"他说着在沙发上坐了下来。

"你不觉得孩子学习太苦，压力太大吗？我担心这样下去他会受不了。"

"不吃苦中苦，难为人上人！"

"做一个平常人就很好，也不是非得做什么人上人。"

"什么人上人？我对他已经没有指望了，只希望他能考上个一本的学校。现在的单位招聘，都要求要一本学校毕业呢，要是没能考上一本的学校，将来怎么在社会上混？"

"照你这么说，社会上还有那么多没上大学的人就不活了？"

"喂，你就消停吧！一会儿这样一会儿那样，没个定性。你要这么说，今后我就不管了。"他恼了，从床上起来。

"好好好，我心肠软，不过一说，何必当真？该怎样还怎样，听你的。"她换了另一种口气，又说，"你也快去洗漱吧，抓紧时间，一会儿送小翔到老师那里去。我也该买菜去了。"

不出一刻钟，父子俩一先一后出了门，摩托引擎响起，渐渐远去，片刻消失。我心想，孩子活得比大人还辛苦，看来这世道是变了。哎呀，我这是瞎操哪门子的心呀？时间已经不早了，还是赶紧打道回府吧。

3

物换星移，流光总把人抛。我每天按部就班，总有事做，虽然一点乐趣都没有，但例行公事，却也偷闲不得。这天，突然想起那位少年，他现在过得怎样？且看一看他吧。

他现在就坐在教室里。教室里很安静，秩序很好，几十号人全都在埋头看书做练习，像蚕吃春叶，各自忙碌，却悄无声息。他看起来有些烦躁，一会儿低头，画画写写；一会儿又抬起头来，扯一扯衣领，挠一挠头皮，看看前后左右。讲台那里有老师坐班辅导，旁边站着两个讨教的同学。他拿着一本习题，走上去，挨着边站着。终于轮到他了。可老师只看了他一眼，就接了另一个同学的问题。他表情落寞，却也无奈。又站了一会儿，见老师只是忙，像是忘了他，便走回自己的座位。不一会儿，他又站了起来，不过，这一次，他没有走向讲台，而是走出了教室。

校园里静悄悄的，空无一人。月光融融，微风吹拂，树上的鸟儿都睡了，玉兰花的清香还在一阵一阵地袭来。少年并没有走远，只是绕着教学楼，转了一圈又一圈，像个身无分文的孩子，沮丧地游走在卖场的外围，形单影只。我尾随着，听他自言自语：

"我真没用！老爸恨铁不成钢，总是失望；老妈唠唠叨叨，重复着那些没用的话。他们伤心，我也痛苦。"

"学校也很没趣。同学们攻城略地，只顾往前冲，我不过一个伤残者，只能无助地眼看着他们撒欢远去。老师更喜欢成绩好的同学，我像次品一样被晾在一边。"

"这样的日子什么时候才能到头？还不如一了百了了呢。"

他这是怎么啦？看那样子，他很烦恼，甚至是痛不欲生。听他的意思，好像是因为成绩不好而产生厌学情绪，还因为同学关系淡漠，老师对他不够关心，再有就是对家长的管教有抵触。我觉得好笑。这些事论起来是够复杂的，可在我看来，说到底，其实他们不过是相互折腾和自我折腾，这些折腾除了不断地调整和巩固某种秩序之外，再没有别的什么意义。我想开导他，可是，他们的是是非非我搞不清楚，叫我说什么好呢？再说了，也不是该我管的事。这样一想，便长长地叹了口气。这一声叹，惊动了他。我一看不好，抽身想逃，可他已经缠上来了。

"你别走，陪陪我。"

"你不在教室学习，跑到外面来干什么？"我问他。

"不想学。"

"为什么？"

"学不进去。"

"学不下去的时候，休息一下也好，不要太难为自己了。"

"问题是我真的再也学不进去了。小时候，人人都夸我聪明，就是到了初中，成绩也还很好。可是，一上高中，我就越来越落后了。我是不是已经变成了废物？"

"你怎么能这么悲观呢？现在学习上遇到一些困难，可以想办法克服。退一步说，就算书读不下去了，不是还有好多条路可以走吗？"

"可我只有这条路了，其他的路都已堵死。"

"……"我一时不知道该说什么。少年神情悲戚，可他显然是一根筋的家伙，我不知道该怎样去开导他。

"你还是带我走吧！"他又提起了那句话，一脸恳求。我想，这孩子也太不知深浅了，便严肃地对他说：

"你知道我会带你去哪儿吗？"

"知道。"

"走了就永远回不来了！"

"不回来。"

"你一点儿也不留恋？"

"不留恋。"

看他态度那么坚决，我想，他一定是认为我会将他带往天堂。有没有天堂？天机不可泄露，这话可不敢乱说。我只是闹不明白，人们怎么会有天堂的假想，而且千百年流传，影响不小。撇开天堂不说，尘世其实就非常美好，每一条河每一座山都是那样美丽，每一个人以及他的人生都是绝无仅有的，每一段日子都是那样生动……哎呀我还是打住吧，再想就不能自拔了。

痛不欲生，但求早死的人，一直都有，可都是些绝症缠身的、失恋的、十恶不赦又无处逃脱的，还有那些东窗事发的贪腐官员。这些人厌世，都能理解。可他一个孩子，人生的道路还没有真正开始，怎能这样胡思乱想呢？就像一个花苞，还没绽放，就想着要化作尘土和流水，真是辜负了。我想，不能再与他纠缠了，得想点什么办法尽快摆脱他。看来，这次一定要让他吃点苦，不然，他是不肯死了这份心的。

我向少年吹了一口气。你可别小瞧了这一口气，它的威力甚于冲天的龙卷风。这下有他好受的了。

4

少年一脚踩空，"啊——"的大叫一声，从楼梯上骨碌碌地滚下来，然后直挺挺地躺在地上。

这一摔还真不轻，他昏迷过去了。我放心不下，心想，还是观察一下吧，他要是有什么三长两短，我就是罪责难逃了。

这一声叫喊惊动了老师，他从教室里走出来，后面跟着几个同学。

"是万翔！他摔倒了。"有个同学喊了一句。

那老师将他的学生扶起来，半靠在怀中，见他不省人事，便掐了掐人中，却没能让他醒过来。

这时，有好多学生陆续围上来，想看看究竟怎么回事。那老师向他们挥了挥手，说："没什么事，都回教室学习吧。"说完，让两个同学帮忙扶着伤者，自己拿出手机，一连打了几个电话。

这会儿，只听那几个学生相互议论着：

"我看他最近像是丢了魂似的，闷闷不乐，没精打采的。"一个同学说。

"我看他是累的。晚上，我们都睡了，他还在被窝里打着手电看书；

第二天早上，我们到教室，他已经在那里读书了。他这样玩命，身体能吃得消吗？"另一个接着说。

"我觉得他是有思想负担，压力太大。这一次月考排名，他可是倒数呢。"

不一会儿，有辆车闪着红灯开过来。他们这是要把他送医院。我想，我也去医院看看吧。

在医院，医生对少年先做了一些处理，然后是拍片检查，最后把他推进了手术室。老师和两个学生守在外面。

这是医院的门诊楼，大厅好大，地面整洁，灯火辉煌，吹着冷气，很舒适，不过，那种气味我还是不喜欢。出于好奇，我各处都走了走，只看见一间又一间的诊室，什么内科外科、妇科男科、五官科皮肤科、神经科、传染科……分门别类，很细很齐全。住院的病人也分门别类住到相应的区间，他们躺在病床上，憔悴、疲惫，身上插着管子，无色的，还有红色的、紫色的各种液体顺着管子注入他们的身体。我以前可是经常到医院来的，不过只是在门诊大楼对过的那间小屋里忙乎，对门诊大楼、住院大楼里面的情况不感兴趣，也不了解。他们将那小屋叫太平间。这名称起得还真不错。人死了，一切都平安了，不用再像病房里那些病人，在医生的帮助下做各种各样的抗争，很坚强，也很痛苦。对了，那少年的情况怎样了，医生能不能帮助他挺过来呢？因为有惦记，我便转身走了回来。

少年的父母已经赶过来，他们跟老师正说着什么，表情慌乱、着急。又过了一会儿，手术室的大门开了，医生从里面走出来，抬手扯开口罩，长长地出了口气。少年的父母已经迎了上去。

"医生，孩子怎么了？"

医生边走边告诉他们："小腿骨折，还有一两处皮外伤，都处理好了。"

"这下可怎么办呀！还要不要人活了？"少年的父亲捶胸顿足，不可名状。

"放心吧，不会有什么事的，将养一段后就好了。"医生安慰他。

"我不担心他的身体，我是担心他的学习啊！你说这石膏一打上，不是要耽误几个星期了？他本来成绩就不好，这样一来，就更要命了。"

"难道学习比生命还重要？"医生望着他，感到不可思议，摇了摇头，然后走回自己的办公室。

这时，那老师走过来，安慰少年的父母："你们放心吧，学校是不会让任何一个学生掉队的。这样吧，过几天，等他的伤情稳定了，你就送他到学校上课，我们老师和同学会有安排，照顾他的生活起居，帮他补上耽误的功课。"

"太谢谢了！真希望他不要耽误了。"少年父亲紧紧握着老师的手。

少年躺在推车上被推了出来，父母、老师、同学，一帮人簇拥着走向病房。看来，他应该不会有什么事了。这个孩子比较啰唆，今后可不敢再跟他有什么牵扯了。

5

我的一举一动瞒不过上面的眼睛。我被叫去，挨了一顿训，说我贪玩，没事找事，问我是不是皮痒痒了？

老实说，我确实是没事找事。

我负责的区间，这些年，风调雨顺，政通人和，人们的生活富足安康。你看那些男男女女，一个个已经六七十岁了，头发依然乌黑闪亮，不见泛白。我当然知道并不是真有其事，那是染出来的。可这也说明问题呀。能有心染发，说明他们心理年轻，身体健康，生活富足。好多人已经八九十岁了还千方百计借助医疗手段，磨磨蹭蹭的，不肯跨出这一步。人们变得健康长寿，到我这里报到的少了，我的工作也就变得轻松起来，无事可做，玩心就起。

"是不是考虑给你换个地方？"这是在警告我呢。

"不不不！"我一个劲儿地摆手。

我知道，在地球的另外一些地方，因为战争、饥荒、疾病和瘟疫，无辜的人们就像被割的秋草一样，成片成片地倒下。我要是到这些地方工作，那整天就得脚不点地地忙碌。这样的苦，我以前受过。我可不想再吃这样的苦，于是便赶紧承认错误，保证不会再犯。

工作相对轻松不假，可恼人的事什么时候都有。最近这两年，出现一种新情况，就是官员意外前来报到的事变得多了起来。我前天收了两个掉河里淹死的，昨天收了三个坠楼身亡的，这样的事今天最好不要再有。消息说这些人是因为意外，不慎失足才酿成悲剧的。人们对此表示惋惜和遗憾，说培养一个干部不容易，就这样英年早逝，是国家和社会的重大损失。可我很清楚究竟是怎么一回事。很多人像躲避瘟神一样躲避着我，他们那是误解了。人死灯灭，灯之所以灭，那是因为油干了，是自然而然的事，不是我能够说了算的，我只不过是履行例行的注销和接收手续罢了。如果大家都能遵守秩序，听从安排，我的工作会非常轻松自如。可这些人偏不，他们自行了断，一点规矩都不讲，害得我要经常加班加点，真该将他们打入十八层地狱。

正自行烦恼，忽见天边划过一道流星。有情况！我得马上赶过去。

一幢大楼下面，有个人四肢着地趴在地板上，头部有血汩汩冒出，在地面上染出一摊鲜红。我一看就知道，又有人自行了断了。

出事地点已经围起一圈人，有的惊悚、有的惋惜、有的着急……带着各种各样的表情，纷纷议论：

"那是谁呀？看起来还是个孩子，可惜了。"

"怎么会摔得这么重？"

"应该是从五楼的走廊上摔下来的，那里有他的一个大书包，还有一根拐杖。"

"救护车怎么还没来呀？再打电话催一下！"

正说着，就有辆闪红灯鸣警笛的车子开过来了。

我走过去，大吃一惊——原来是那位少年！他终于还是走了这条路。不过，还真不关我什么事，我阻止过他的。人都是讲道理的，这件事人们大概不会赖上我、诅咒我。当然，人们肯定会思考：是什么将他推上绝路的？这个问题太复杂，说不清楚的。人们的说法，肯定是多种多样，说什么的都有，最好不要听。如果非得听听，一定会有人说——这孩子心理脆弱，经不起挫折，是自寻死路——话很不好听，同时也将一些最重要的东西撇得干干净净。

不过，我还是不得不承认自己晦气。尽管我一心要做好事，但不管是谁，一旦粘上我，都没什么好结果。

看他着地的姿势，之前，他一定任性了一回，以一种决绝的瞬间飞翔给自己画上了一个句号。

救护车停下来后，从车里钻出几个穿白大褂的人，又从车上拖出一副担架。他们这就要将他搬上车，送医院去。我查验了一下，这少年虽说还有点生命迹象，但他前脚已踏进来，后脚也已跨过了门槛，整个人都进来了，回不去了。就算他们送他去医院，插上管子，输液输氧，也无济于事，不过三五天，一样得走。与其让他在门槛上痛苦地挣扎几天，还不如现在就把他收走呢！我想，看在他与我认识一场的份上，就给他行这个方便吧。

我打开瓶盖，将那缕魂魄装进去，带回交差。当然，那副肉身我会留下，医生怎样折腾、父母怎样哭丧，随他们去。

教师节快乐

午休前，接了个电话，是早年的学生打来的。

"老师，祝您节日快乐！"

我一愣，随即想起，今天是教师节。今年是第几个教师节了？不记得。我只记得，自从有了教师节，开始的几年，有些轰轰烈烈；接下来，虽然没那么热闹了，但学校还是会安排聚餐，或发些节日礼物什么的；这几年，一切从简，上级领导有时会到学校表示慰问，也不过找几个教师代表走个形式而已。学校又没有放假，感觉与平时没什么两样，竟忘了今天是教师节。

学生的电话，像股暖流在我心底流过。这么多年过去了，他还记着老师，真的让我很感动。我连声说谢谢、谢谢！

"老师，今晚您有没有时间？"

"有什么事吗？"

"我们几个在本城工作的同学要聚一聚。有个同学从国外回来，也算是为他接风洗尘，想请您也参加。"

"谁从国外回来？"我问了一句。

"大吕。"

"是吹萨克斯的那个大吕吗？"

"正是！他现在是大音乐家了。晚餐之后还有专场音乐会，他是主角，到时我们一起欣赏。"

沉吟了一下，我说："好啊，下午要是没有什么事，我一定参加。"

挂了电话，我不由地想起二十年前的一件事。

那时，我已经在这所寄宿中学任教有好几年了。这是一所一流的中学，是学生和家长公认的首选。社会上，人们对这所中学的老师多了几分敬重，我能够感受到。

"我儿子在 ×× 中学里当老师呢。"

我不止一次听到我妈这样对别人说。那时我还没有结婚，听她这样炫耀，我感到好笑，因为我很清楚，当个中学老师是很辛苦的，不值得夸耀。

辛苦点倒没什么，关键是我在学校里有些郁闷，抬不起头。学校是一流的学校，但不是每个学生都优秀。尖子生全集中在重点班，花团锦簇；普通班级再努力，也不过枝枝叶叶。每年高考后的表彰大会上，重点班级的老师名利双收，普通班级的老师不免灰溜溜的。

"重点班级谁不会带呀？让我带，没准能带得更好呢！"

我是有这样的自信，可别人不一定这么看。这几年，学校让我带的总是普通班级。

一天，下了晚自修后，我像往常一样走向学生宿舍，自然是男生宿舍，女生宿舍男老师基本上不用管，要管一般也不用躬亲现场。这时去学生宿舍，主要是督促他们按时作息，这是学校工作规程里明文规定的。寄宿学校的带班老师，每天要做的事多如牛毛，学生思想品德的引导、纪律观念的培养、生活习惯的养成，这些都是职责所在。其实呢，学习好才是真的好，学习好，什么都好。像重点班，学生个个成绩优秀，各方面的表现也都很出色；普通班级呢，学习不好，各方面的表现也就问题多多。马瘦毛长，破屋怕雨，这是没办法的事。

我眼皮有些睁不开，便使劲眨巴了几下，又轻轻揉了揉，好让自己精神一点。昨晚几乎一宿没睡。一个女同学，晚修时略感不适，她坚持着，这符合我们常提倡的精神。临睡前，不适加重，难受，她服了两片药，以为睡一觉就好了。没想到半夜里竟发起高烧，挨不下去了，要上医院，舍管一个电话就将我从周公那里招了过去。在医院，我陪着挂号、做皮试、打点滴，前前后后，回到学校，天都快亮了。

校道上，归宿的学生像迁徙的非洲角马，络绎不绝。宿舍大楼一下子变得灯火辉煌，一排排舍间大门洞开。天气炎热，很多学生喜欢脱得只剩裤头，大声谈笑，引吭高歌，或相互串门，有的甚至尖起嗓门，学狼嚎。从下晚自修到寝室熄灯，之间有半个小时，那是他们的时间，在他们的地盘，他们爱怎么乐、怎么闹，随他们去，只要不集体起哄，老师一般不会干涉。

我习惯性地走向215。班上共有三间男生宿舍，215最让我头疼，里面住着两个特长生、三个择校生，他们自由散漫，不守规矩，宿舍经常被扣分，挨批评。我特地安排班长住在这里，希望能够镇住他们，但没什么效果。

一进门，便发现宿舍卫生很糟糕：有的床铺蚊帐没有靠墙收起，有的床头胡乱挂着毛巾和换洗衣服，拖鞋从洗手间带出来的水将地板弄得湿漉一片，垃圾桶周围散落着一些垃圾，整个房间又潮又乱，混杂着汗臭和食品腐败发馊的味道。

五六个同学围在一起，大声地议论着，一点儿也没有注意到老师的到来。

"难道你们不打算休息了吗？"我说完还一直盯着他们。

见老师来了，场面一下子鸦雀无声。

"张胜你是怎么搞的？被子不叠，衣服乱扔！"我冲着其中的一个同学说。

"老师，这不是我的床位。"张胜说。

"怎么不是你的床位？"

"大吕跟我换了，这床位是大吕的。"

原来是这样。不过，我还是要批评他："床位是安排好的，怎么能随便换？明天把它换回来。"说完又咕哝了一句，"净是添乱！"像是在说张胜，又像是说大吕。

大吕今晚请假，不住宿舍。他是个特长生，在学校的管弦乐队，吹小号，吹双簧管，也吹萨克斯。他父亲专门找过我，说孩子有些天赋，今后要往这方面发展，为此，除了学校的课业之外，还要在外面拜师学艺，希望我能理解，行些方便。我当然能理解，他是特长生嘛。说实在话，像大吕这样的特长生，我是不大爱搭理的。成绩那么差，总拖班上的后腿，就算考上大学，也是音乐老师的功劳。可他在你班上，你就得管呀。你要不管，他惹的事，不是还得你担着？

"何远，你帮他整理一下吧，要不一检查又被扣分了。"何远是舍长，我又一次让他学雷锋。

何远答应着，却望着我，说："老师，我们宿舍又被偷了。"

"丢了什么？"

"有两个同学的柜子被撬，张胜丢了二十几块钱。"

这不是添堵吗！上个月这个宿舍就丢过一次钱，这件事到现在还没有查清楚呢。教室和宿舍人多事杂，不比家里，东西丢了，要查出来是很难的。"篱牢犬不入"，武松这句话，我觉得很有道理。我多次强调，贵重物品自己要妥为保管，不要自找麻烦。我还做了一些具体要求，要大家每个月用于吃饭的钱要及时买了饭票，剩下的少量零用钱随身携带。这个张胜，竟然把这些忠告当作耳边风，随随便便就将钱放在宿舍的柜子里。

"活该！"当然，这话我不能说出来。老师对学生，就像医生对病人，服务员对顾客，话是不能乱说的。不过，我还是忍不住，随口蹦出一句："你钱多没地方花是不是？"

虽然心里有气，但我还是耐心地了解了一些情况，然后说："这件事我们一定会查清楚的。今天就到此为止。大家抓紧点，熄灯之前，上床休息。"

回来的路上，我越想越气。

"我就不信了，豆腐是麦做的！查出来非将他开除不可！"

可是，谁是那只偷鱼的水獭？果真能查得出来吗？我心里其实没底。

第二天，我先找了张胜。

张胜是个择校生，成绩不好。其实他人很聪明的，只是没有把心思放在学业上，我不少说他，但他不当回事，像一摊泥，总扶不起。有钱人家的孩子不爱读书，这种事我见得多了，他们有自己的一套生存之道，大可不必去为他们着急上火。可是，他不少惹是生非，我也要跟着倒霉。更让我憋屈的是，他惹下的事，却不让你抓住把柄，奈何不得。那天，班上同学因踢球的事跟别班同学打架，有几个同学因此背上纪律处分，全校通报批评，让我大为光火。有同学悄悄跟我说，别以为张胜没事，他才是背后老大。可那又怎么样，我总不能寻根究底把他挖出来，通报批评，让自己脸上再抹一次黑吧。他鬼点子多，仗义，颇有人缘，身边总有一帮同学，听说校警他都可以买通。"哼，不就是家里有钱吗？富不过三代，古人的话，不是没有道理的。"生气的时候，我心里这么说。当然，我没有存心咒他，他家富多少代和我有什么关系？我只是希望他这两年在班级里能让我过得舒心点。

"你能确信钱是放在柜子里的吗？"我问。

"是放在柜子里面的。"他肯定。

"具体什么时间丢的钱？"

"应该是在晚自修期间。临上晚自修前，我将钱带上，想想又把钱放回柜子里。等到晚自修回来，发现钱不见了。"

沉思一会儿，我还想再问点别的什么，却听张胜说：

"老师，算了吧，权当我路上不小心弄丢了。"

听这话，我心里直想骂他。他这是真不当回事呢，还是信不过我？他可以不当回事，我不能不当回事。宿舍一再丢钱，总查不出来，搞得人心惶惶，同学之间互相猜疑，影响很不好。我倒想省心呢，但不查出来怎么可以？我要不管，难不成你有什么办法？不过，我懒得跟他发火。我向他摆摆手，说那你先回去吧，把何远叫来。

何远是班上我最喜欢的学生。他来自农村，单薄的身材、白皙的脸，很斯文的一个孩子。什么时候见他，总是一身校服，夏天是白色的短 T 恤，秋天是白色的长袖衬衫，到了冬天，则会加上一件夹克；裤子则是蓝色长裤，四季不变。他不怎么说话，但人很聪明，又很用功，每次考试，成绩在班里总是名列前茅。每次见他，我就暗自高兴，你说学校将那些尖子生筛了又筛，一不小心，还是漏掉一粒金子让我捡着了。我常激励他，说他潜力巨大，让他将目标定在清华北大，其实这也是我自己的目标——高考时班上能有个学生上清华北大，自己也算是为国家培养了人才，露一把脸。我最初是想让他当班上学习委员的，但他推辞，说自己能力有限，能把学习搞好就不错了，这话也合我意，便不勉强他。不过，我还是让他当了舍长，因为他那宿舍就他还算勤快，再找不出更好的人选。

何远来到办公室，弱弱地叫一声老师，我让他坐下。

"昨晚宿舍的门锁没有被撬吗？"

"没被撬。"

"哪些人有宿舍钥匙？"

"宿舍内的同学人手一把。"

"除此之外，别的同学有没有？"

"不太清楚，应该没有。"

这么说来，事情应该是内鬼做下的。我想，调查的范围可以缩小了，这也算是个小小的突破。可是，宿舍内一共有八个同学，谁会做出这等苟且之事？我把他们一个一个在脑海里过了一遍，希望能找出点蛛丝马迹，却不得要领，没一个是在额头上刺有"贼"字的。

"这两天宿舍内有没有什么异常情况？"我问何远。

"没有。"他想了想，又说，"这两天大吕不住在宿舍里，不过，他经常是不住宿舍的。"

"你听到什么议论没有？"

他摇了摇头，不说什么。同学们对这件事肯定有议论，他肯定也会听到一些，但以他的性格，大概是担心言多有失。我不想为难他，让他先回去。本来我是想要他回去后把班长叫来的，但想想又打消了这个念头。我不想兴师动众，把这件事搞得路人皆知，再说了，这事也不能操之过急，以免有什么闪失。

晚上七点半，学生开始上晚自习，这个时候，我是要到班上去的，主要是为了维持教室秩序。说到教室的秩序，有着不同的理解。本来嘛，大家一起学习，相互讨论，共同进步，是最好不过的，可是，这样一来，问题又变得复杂起来。巴掌大的一块空间，挤挤挨挨几十个同学，说起话来，教室里有时就显得很嘈杂，像茶馆，像集市，有的同学受不了，而且，这也是学校批评班级的一个原因。我的做法——当然也是各个班级的普遍做法——要求同学们免开尊口，自我消化，很简单，却有效。

教室里静悄悄的，同学们看书，做作业，各忙各的，我很满意。

我悄悄地把班长叫出来。

"你就没有听到什么议论？"我问他。

踌躇了一会儿，他说："我听几个同学说，这事很可能是大吕做的勾当。"

我要他说具体一点。他接着说：

"大吕有宿舍的钥匙，他是昨晚班上唯一不到教室上自习的同学，还有，大吕花钱大手大脚。"

"怎么说他花钱大手大脚？"

"他在外面租房住，还交了个女孩子，经常带那女孩子下馆子、进影院。他家是有钱，但家长也不可能让孩子乱花钱。"

班长的意思我明白。这倒是条重要的线索。

为稳妥起见，我给大吕的家长打电话，先做些外围的了解。电话里，我汇报大吕最近在校的表现，商讨孩子教育的方式方法。其间，我建议，说不要给孩子太多的零花钱，那对孩子的健康成长不利。家长说，他们给孩子的花销也不算多，一天十元，算下来，除去周末，大概一个月也就两百多一点。

我知道，这点钱除了够他吃饱，不会有更多的零用。现在，就看大吕怎么说了。

早读的时候，我到教室走了一趟，同时也想顺便找一下大吕。如何跟他谈，昨晚我已想好：先和他谈谈萨克斯，谈谈音乐，关心他的课业，赞扬他的聪明和才艺，让他觉得，只要努力，若干年之后或许就是个大音乐家，然后，跟他探讨今后应怎样努力。这样的谈话，一定会使他感动。接下来，提起宿舍丢钱的事，说也不知道是谁干的好事，但不管是谁，只要他能够主动承认错误，把钱交回，这事算完，不再追究。这样一说，没准大吕就承认了。只要他承认了，这事就好办。可是大吕人不在教室。这个家伙，拖拖拉拉的，跟别人是不一样，就像他的头发，总要比别人长出一截。我对班长说，一会儿大吕来了，你让他到办公室找我。

可整一上午，不见大吕露面。

"你没有把我的话转告大吕吗？"我问班长。

"说了。他听了有些不高兴，随即离开教室，再不见回来。"班长说。

我想，他大概是听到一些对他不利的议论了，知道我为什么找他。他这样回避，不是明摆着此地无银吗？这事不能轻易放过。

大吕等不到，却等来了他家长的电话。我有种预感：来者不善。果然，他一开口，直接就问了宿舍丢钱的事。我告诉他，是有这么一回事，正在调查。

"你怀疑大吕偷钱？"他有些不客气。

"没有。"我说。

"你们有什么证据说他偷钱？他到外面上辅导课，住的是他舅家，大人没空做饭时，他和表妹到外面餐馆吃过几次饭，仅此而已。你们怎么能够捕风捉影，说他花钱大手大脚，怀疑他因此去偷钱？"

"你们误会了，没有的事。"

"我的孩子我了解，他是个很有自尊的孩子，从来没有随便拿过别人的一分钱。你们这样污人清白，他怎么受得了？他说他不想上学了……"

我耐心地向他解释说我们没有怀疑大吕偷钱。宿舍里接连丢了两次钱，这事我们不能不管。不单单是他一个，我们已经找了好几个同学了解情况，不要想多了，希望家长能做做孩子的工作，及时到学校上课。

"我听大吕说，班上很多同学向他翻白眼……"听他口气，像是还想纠缠，我不耐烦了，便推说还有事，电话挂了。

电话挂了，胸腔里的火气便冒了出来。他护犊子我可以理解，但做家长的也应该积极配合老师教育孩子。就他那儿子，除了嘟嘟嘟吹那小号还有两下子，其他的什么都不是，且不说违反校规留长发，着奇装异服，其实我只需做足考勤，就够开除他十次八次了。你不仁我也不义，以后的事，该怎么着就怎么着。

气消之后，接下来该怎么做，却心中无数，说实在话，我其实已经没招了。但我想，这事还是要继续查，但要谨慎一些，不能伤及无辜，更不能让家长抓把柄。

周一上午，上完课回到办公室，案头上已叠放着好几张报表，一看就知道是上周各项检查评比情况统计。在学校，带班老师最辛苦了，学生管理千头万绪，各个部门分管的工作最后都要落实到班级，随便什么人都可以管你。年级协管员，在学校里是最普通不过的了，有的甚至还是个临时工，可是，他要是从你教室经过，只需用指肚在窗台上轻轻一抹，这个周你教室卫生得分很可能就垫底了。

这些报表不看还好，看了，十有八九会让你气恼。不过，只一会儿，我就忍不住，急煎煎地想知道结果。第一张表，是学生穿校服情况统计，班上的情况还不错。看到第二张，脸就黑了，女生竟有两个宿舍的卫生评为差。上个周才强调过这个问题，可她们完全不当回事，不进反退，下午的班会课一定要好好地说道说道，要她们拿出整改措施。

正独自生闷气，突然电话响了，是学生科打来的，要我过去一趟。是班上又惹祸了吗？我心里忐忑。到了那里，见科长陪着一个警察在交谈，我一颗心一下子提到嗓门——警察都出动了，看来是大事。

"这是你班大吕的家长。"科长做了介绍。我伸出手，跟他握了一下，同时狐疑地瞄了一眼。他连忙补充一句："大吕的舅舅。"

"你班上的宿舍被偷了吗？"科长看着我，"我怎么一点都不知道？"

我这就弄得很被动了。照例这事一发生，我就该报告给学生科，可我当时只想悄悄地在班级内部解决，自我消化，不想惊动学生科，这究竟是出于何种考虑，具体我也说不清楚。是谁捅到学生科的？我很纳闷。

"是有这么一回事，我想把情况查清楚再报学生科。"

"查清楚了没有？"科长瞪了我一眼，"乱弹琴！为这事，你班几个同学把大吕给打了。"说着望着大吕的舅舅，后者跟着说出了三个学生的名字，其中就有张胜。

"你现在马上将这三个学生找来！"科长命令我。

我很快就将那三个同学从教室里叫出，之后又把他们逼到一个角落。

"你们是不是把大吕给打了？"

"打了。"

"为什么打人？"

"他做下的事，又死不承认，我们气不过，就把他修理了。"

我知道，他们这是要用他们那一套方式去解决问题，可他们并不明白，这样一来，事情就复杂了。我真想狠狠地踹他们几脚。

在学生科，那几个同学像做错事的孩子，头低低地站在一边。

"为什么打大吕？"大吕的舅舅指着他们几个，大声责问。

"没打，跟他闹着玩的。"张胜咕哝了一句。

"你说什么？"大吕的舅舅呼的冲上去，一把揪住张胜的领口，像是也要跟对方玩一把的样子。我一看不好，啪的一声拍了桌子，站起来向他吼：

"你要干什么？这是学校，不是派出所！学校有学校的规矩。有本事你把他们抓派出所去！"

他愣了一下，自觉鲁莽，放了张胜，但还是一脸激愤："你问问他们！打没打人？大吕眼眶乌青，手臂擦破，身上青一块紫一块，有这样玩的吗？还想抵赖！信不信我现在就把你们抓去派出所？"

打人是事实，他们不再否定，也承认了不该因为猜疑而打人，并答应承担责任——赔礼道歉，赔偿医疗费。

"今后再不能发生这样的事，否则，我就不客气了。"大吕的警察舅舅依然气呼呼的。

大吕的警察舅舅走后，科长把那几个同学又狠狠地削了一顿。几天后，他们分别领受了纪律处分，全校通报批评，我也跟着往脸上抹了一次黑。

这个结果让我感到很不是滋味。狐狸没逮着，却惹一身骚。鞭子打在那几个学生身上，我心里也不好受。不过，借机敲打一下他们也好。也不知道他们上学是为了什么，整天无心向学，自由散漫，再不收拾他们，不定哪天又要闹出什么幺蛾子来呢。

"这件事就到此为止！"虽然不是很情愿，但我还是认真地给同学们做了要求。

不过，事情好像没有那么简单。

"老师，我想调换座位。"大吕的同桌向我提出。

"为什么？"

"不想跟他同桌。"

本来我想直接拒绝他，但想想还是采取了委婉的方式，我说："好吧，说说你想跟谁对换，只要他愿意，我没问题。"他终于没能找出这个人来，换座位一事也就不了了之。

这一头刚按下，那一头又冒了出来。

"老师，您让大吕换一下宿舍吧。"说这话的是何远。

"为什么说这种话？"何远是个听话的孩子，这时候他不该给我添乱。

见我不高兴，何远一副胆怯的样子，让人于心不忍。他嗫嚅着说了一句："这是他们的意思。"

我知道"他们"指的是宿舍里的其他同学。舍长是我让他当的，因为他听话；其他同学支持他，主要也是因为他听话。他说这话是出于无奈，我不能责怪他，让他受委屈，便说："床位是舍管员安排的，我跟他商量商量再说吧。"

看来，好些同学对大吕有看法，愠怒的火苗扑闪扑闪，我该灭火了。可转念一想，冷落他一下也好，他家里人太嚣张了，过两天再说吧。

没想到这种成见迅速形成了集体意识。

"老师，大吕今天没来上课。"班长向我报告。

我听了，有些紧张，想到事情的关联性，想到事情可能闹大，便给他家长打电话，做些解释，希望家长理解。可电话没人接。怎么办？这事我不敢大意，马上向学生科做了报告。

"大吕转学了，他家长今天上午来办转学手续的。"科长告诉我。

这是一个我不愿看到的结果。事情没能搞清楚，他就这样走了，倒像是大家对不起他似的，这让我感到郁闷。

不过，他走了也好。走了，大家安生。

风波终于过去了，渐渐地没有人再提起这件事，大家该干啥干啥。不过，于我来说，烦心事每天都有。

学期已近尾声，听说下学期班级还要做调整，普通班冒出来的尖子生要调入重点班，我班的何远，以他的学习成绩，肯定也在调整之列。这个消息让我感到心里很不平衡。我走进教务主任办公室，我们之间有一场论辩。我说我们好不容易培养了个尖子生，为什么要把他拿走？他说是为了更好地培养尖子生。我说他能在我班里冒尖，说明我们也有能力把他培养好。他说到了重点班，进步会更大。我说这样做不公平，对普通班老师的积极性是个打击。他说全校一盘棋，不分你我，要有全局观念。这样一说，我还能说什么？再说就显得自己没境界了。不过，心里的疙瘩并没解开，闷闷不乐。

正在为何远就要被挖走而心里纠结，却发生了一件让我始料未及的事。

晚自修下班辅导，班长悄悄地找到我。他说，刚才要做练习时，突然记起习题集还落在宿舍里，便回去取，发现何远还在宿舍。"咦，你怎么还没有到教室上自习？"他问了一句。何远显得慌乱，也没搭话，支支吾吾地就走了。他感到有些奇怪，取习题集的时候，却发现自己的柜子被撬了。

"怎么会这样？"我说，"又丢钱了吗？"

"没有。"班长说，"可我怀疑柜子是被何远撬开的。"

怎么会是何远？我不敢相信。

"这事你先不要声张，待我与何远谈了之后再说。"我叮嘱班长。

我刚回到办公室，何远就找上来了。

"老师，我错了。"他耷拉着脑袋，声音小的像蚂蚁。

"这么说，班长的柜子是你撬的了？"

他点了点头。

"我再问你，上两次宿舍里丢钱，是不是也是你干的？"

他又点了点头，然后说："老师，我对不起您！"

"这不是对得起对不起谁的问题，你这是品德问题！一个人可以没有太多的知识，可以没有太高的能力，可是，如果品德败坏，他就毁了……"

我把他好一顿臭骂，语气很激愤。我想，此刻站在前面的若是我孩子，他肯定会挨一顿狠揍。

他把头几乎低到裤裆，一声不吭，任凭我责骂。完了之后，他说：

"老师，我来向您认错，也是向您辞行的。"

"辞行？"我愕然，"你要干什么？"

"回家。我待不下去了。"

意识到自己言重了，我口气便缓了下来："何远，我可能过于严厉了，但苦口良药，你不要不爱听。这样吧，如果你能洗心革面，保证不再犯这种错误，老师可以原谅你。"

"谢谢老师！您的教诲我谨记一辈子，但我不可能再上学了。"

"为什么？"我瞪着他，"知道我为什么要原谅你吗？因为你勤奋、好学，人聪明，成绩那么好，将来一定是个人才。你怎么这么糊涂？"

"我也是没法子。"他声音呜咽，两眼泪流，"我哥为求学受挫，精神失常，家里已是负债累累。父母年老，早就无法供我读书了。"

我不由得动了恻隐之心。老天不公，何远这样聪明好学的孩子竟要陷于如此困顿。我脱口而出："何远，你不要灰心。你听好了，我会帮助你的，我们全班同学会帮助你的。你一定会渡过这个难关！"

"谢谢您了，老师，我也想这样。可是，我考虑再三，现在，只有我才能撑起这个家。"

尽管我再三鼓励，何远还是义无反顾地退学了。

面对同学们的困惑，我只字不提宿舍失窃的事，只讲了何远家的困难，讲了他的万般无奈。我不希望他在同学们心中留下残缺的形象。

短短一个月，我先是失去一个不受待见的学生，接着又失去一个颇受我喜爱的学生，心里很不是滋味。

我有些内疚，不管怎么说，大吕毕竟是冤枉的啊！

"大吕转到哪个学校了？"我悄悄向班长打听。

"据说他已到国外读书了。"

"是吗？那他有出息了。"

不知道是因为他的进步，还是因为距离遥远，天各一方，反正，我那点儿心事不久就化解了。

　　一转眼，二十年过去了。世事难料。我听说，当年班上成绩最差的张胜，现在混得最好，是一家快要上市的公司老总。何远退学回家，先从代课老师做起，现在是小学校长，也算桃李满天下。大吕远走天涯，学有所成，在音乐界小有名气。他这次回来，大家聚一聚，也是难得的一次机会。可是，我如何与他面对面？我想，下午，找个借口，推说学校临时有事，走不开，再送上几句祝福的话，权当是情到礼到吧。

婚纱照

嘟——嘟——

是手机振动声。扰人清梦——可恶！我心里暗骂了一句。拿起来一看，是文清打来的，我懒得理他，不想接，随它振去。

我和文清之间的恋爱，如果将春心萌动、彼此好感也算在内，应该是从中学时就开始的，期间经历了低潮高潮，高潮低潮，时好时坏，断断续续。对一次恋爱来说，也许十年的时间是太长了，我们两个渐渐地都没了新鲜感，多了一点倦怠。只是，好像彼此间还相爱着，不忍分手，一年前，一咬牙，便去领证了。这个结果，又一次印证了那个古老佳话——有情人终成眷属。

文清家我统共去过两次。第一次，一踏进他的家门，他母亲就笑容可掬地迎了出来，拉着我的手，上上下下，好一阵端详。我脸红红的，弱弱地道一声：伯母好。他母亲欢喜得不行，忙拉着我坐下，问我父母身体可好，都做些什么工作，家里还有什么人？又说，好孩子，阿清对你好不好？他若欺负你，你告诉伯母，收拾他。那阵势，就像我是个小天仙，一不小心就会飞了一样。第二次，我改口了，对着他母亲喊妈。他母亲自然还是高兴，不过，我还是感觉出态度有了微妙的变化，目光里多了些威仪，好像还透着一丝谨慎、追问，或者提防的意思。儿子是自己的好，儿媳是别人家的好，人之常情。我的身份变了，和他母亲的关系也随之发生变化，所以，对他母亲态度的细微变化，我能理解，也没往心里去。文清告诉他妈，说我们两个已经领证了，言下之意是接下来就是举行婚礼了——这自然主要是做父母的要劳神操办的事。他母亲沉吟了一下，说婚姻是终身大事，不能马虎，得选个好日子，好好操办。可一年时间都过去了，这日子却迟迟没有定下来。有过好几次，我很想问文清，说一个婚礼的日子就那么难选定吗？但想想又忍住了，这种事不好多问，也不能多问，千万不要把自己搞得像是嫁不出去似的。

前天在饭堂午餐时，办公室的杨姐问我，说什么时候请我们吃喜糖呀？我说快了。她说婚姻大事，还是要抓紧点好，在这种事上，吃亏的经常是我们女人。接着便说起她表妹的事。她说她表妹年轻不懂事，前两年刚谈了个男朋友，一下子就昏头昏脑的，跑到男的家里，和那男的同居了，哪里料到两年后被人家的父母扫地出门。这几天哭哭啼啼的，窝在家里不肯见人。我问为什么会这样呢？还不是因为自己的肚皮不争气！杨姐说，现在有些父母，很实在的，不见兔子不撒鹰，不见鬼子不挂弦，他们才不管你什么爱情不爱情，如果你肚皮没鼓起来，他们就会卡着不肯接纳你。言者无心，闻者有意，我不知怎么的就联想到自己，文清的母亲会不会也是这样的人？难道婚礼的日子迟迟没能定下来也是出于这样的原因？这样一想，让我这两天很郁闷。

嘟——嘟——另一波手机振动声再次响起。还是文清的。他倒有耐心，见我不接，接着再打，这就不好继续忽悠了。我说人家在睡觉呢，什么事呀？他说你可真会赖床！今天可是跟人家约好了，不能爽约的。我嗯嗯啊啊。见我口齿含混不清，他也懒得再跟我啰唆，只说了一句：动作快点，一会儿接你，便挂了电话。

我懒懒的，在床上又躺了一会儿，最后是强迫着自己，才坐了起来。刚梳洗妥当，文清的电话又来了，说他正在楼下等我。今天不知道是怎么了，我心里好纠结，像一团乱麻。在电话里，我说今天我不大想去，改天再说吧。文清一听，跟我认真起来，问我究竟是什么意思？这话把我问住了。是啊，我这是什么意思？我究竟想做什么？我是独生女，从小很受父母的宠爱。早几年，他们一点儿也没有关心我的婚事，好像压根就没有要把我嫁出去的意思，但这两年又突然变得焦急起来。前几天，我妈还问我，说你什么时候把自己嫁出去啊？我说我和文清证都领了，不是已经嫁出去了吗？可我妈说那只是法律程序，不举行婚礼，不拜堂，就不能算是把自己嫁出去了。我说我才不管那一套呢。我妈说，你不管我不能不管，这一阵子，有好些人都问我，说你姑娘嫁人了没有，我心虚虚的，都不知道怎样跟人家说。要说还没嫁人吧，可我姑娘早已有主了；要说已经嫁人了，人家就说怎么不见派糖摆酒呀？搞得像是有什么见不得人的事，我偷偷将姑娘嫁出去了似的。我妈的话让我心里好烦。我二十九了，已过了任性的年龄，我还能怎么样呢？所以，文清这样一问，我一点儿底气都没有，无言以对，口气就先软了下来，说那好吧，你等我一下。

　　我们这是要去拍婚纱照。大概一个星期前，我对文清说，我们去影楼看看吧，把婚纱照先准备好了。文清说婚礼的日子不是还没有定下来吗，焦什么急？我说这是两不误的事，婚纱照那是必须的，我们把该准备的都先准备妥了，免得到时手忙脚乱的，岂不更好？文清觉得我说的也有道理，就随了我。我们先后走了好几家影楼，每一家影楼都表现出应有的热情，非常详细地介绍婚纱照的拍摄。以前我不太在意，以为婚纱照不过就是简单地照一张身披婚纱的照片，到现在才知道，事情没有那么简单，里面的名堂可多了，什么棚拍啦外景啦，什么复古风格啦时尚风格啦浪漫风格啦，之间又组合为好多种不同的套系，不同套系的价格各不同，让人眼花缭乱。我对文清说，其中的门道我们也不太懂，我觉得也差不多，要不就这一家了吧？文清说那好。于是就商量着订了个套系，交了定金。那个女店员告诉我们，说拍婚纱照是要先预约的，拍外景还要好天气才行，她让我们留电话，回家等待通知。昨晚，文清就打电话告诉我，影楼来电话了，说天气不错，让我们今天去。

这本来是件高兴的事，又是我起的头，可我却提不起精神来，没精打采地坐在副驾座上。小白在我怀里，显得很温顺，不时瞅瞅我，又瞅瞅文清，像是在忖度我俩的关系。其实我和小白相处不过几天，可它对我已经十分依恋了。那天我妈从街上买菜回来，半路上突然发现有只小狗总跟着她。见它小巧玲珑的，有些可爱，我妈便逗它，跟逗别人家孩子玩没什么两样。没有想到的是，刚打开家门，它就从我妈两腿间挤挤挨挨地先溜进了我家。这怎么行哦！我们家没养过狗，我妈自然也就不欢迎这位不速之客，便连哄带撵把它请到了外面。可是，我妈前脚刚进屋，还没来得及把门关上，它又挤进来了。这时，我刚好下班回家，见到这一幕，不知怎么的就动了恻隐之心，就对我妈说，它一定是走失了的，你把它撵到外边，它也没个去处，要不就先让它在我们家待着吧。这小狗一身纯白，举止优雅，风度潇洒，之前它一定是富贵人家的宠物。我给它起个名号叫小白。小白、小白，我这样一喊，它便摇头摆尾地扑上来，非常熟稔，像是跟我前世有缘似的。今天下楼时，它就死活跟着，没办法，只好让它上车一起来了。

文清瞅了一眼，问我这是谁的狗。我说是我收养的。他不以为然，说了一句：无聊。见我不作声，他又说，现在这个世道啊，有本事的女人养孩子，没本事的女人养猫儿狗儿。文清性情风趣，平时爱说些笑话，让我们两人的世界平添了不少乐趣。不过，今天我有心事，就觉得他话中有话，所以不仅没有迎合他，而且还话赶话地要寻事：这是什么话？是在说我吗？因为有点恼火，口气就有些冲。小白也瞪着眼汪了他一声。他连忙赔笑，说开个玩笑，不必当真的，哎哟，我可是寡不敌众啊。我心里纠结着呢，哪有心思跟他开玩笑？见我闷闷不乐的样子，文清说，今天这是怎么啦？我说没什么。他说你脸上写着呢！脸黑神散无语，想什么呢这是？我有一种被扒光衣服、赤裸在众人面前的窘迫，出于掩饰的考虑，我口气强硬地说，你不要戏耍我，再这样胡乱编排，我就不去了。好好好，不说不高兴的事，文清换了口气，里面全是软语。停了一会儿，他又说，不过你还是要提起精神来，光彩照人嘛，你自身得有光彩，才可以照人呀！拍婚纱照，就是要营造出完美的瞬间，留下美好的回忆，你这样蔫头耷脑的，效果会不好的。我说我也没有什么不高兴的，我只是纳闷，一个婚礼的日子就那么难选定吗？文清说我妈正操心呢，但这种事很八卦的，我妈也不懂，全由那些神神道道的算命先生说了算。我说那得拖到什么时候呀？文清说他也不知道，这由不得他，也由不得他妈。我说要是我怀孕了呢，怎么办？是真的吗？文清一听这话，旋其面目，惊喜地看了我一眼。我默不作声。文清腾出右手，抓起我的左手，用力地握了握，那是一种赞赏的表示。他说他要将这事跟他妈一说，他妈一定会很高兴，肯定会想办法尽快操办婚礼的。我一脸淡漠，他却意犹未尽，没办法，只好掰开他的手，告诉他要好好开车。

我基本上能知道文清的想法了，更准确地说，是他母亲的想法。不过，我还是不甘心，想再听听他对这个问题的说法。我说你希望我们奉子成婚吗？他说他不反对。我说恐怕你妈更希望这样吧？他说要是这样的话他妈自然是欢天喜地了。我心想，答案不是已经很明朗了吗？他妈等待的不是别的，正是奉子成婚啊。这么说来，我和文清的爱是有条件的，如果满足不了条件，便不会有好结果。我有一种感觉，在这桩婚姻中，我不过是一个被贩卖的活物，而且正在被查验牙口，就像古罗马奴隶市场上的奴隶一样，不由得生出一些悲哀。我问文清，要是我还没有怀孕呢？文清扭头又看了我一眼，说你该不是忽悠我吧？我说我没有忽悠你，我说的是真的，我没有怀孕。文清听了，善解人意地笑了笑，说那也没关系，我们有的是时间，慢慢来。可我感到他那话不太真诚，笑意也有些掩饰，便不愿再多说什么。

我突然对这段婚姻有些信心不足。说实在的，我现在真的很不想去拍这个婚纱照，却又不知道该如何去做个决断，事情都到了这种程度了，只能走一步算一步了。

一路上，红灯停、绿灯行，我们随着车流，让着行人，停停走走，走走停停，也不知道穿过了几个街口，走了几条街。每当要经过一个街口时，小白总是烦躁一阵，并且汪汪好几声，我倒能包容，拍拍两下安抚它；文清呢，就显得不耐烦了，汪汪的叫声搅得他心神不宁。好在一过街口，它就安静了下来。走着走着，突然发现前面一辆车都没有了，也几乎见不到什么行人。眼前的这条大街，曲折逶迤，两边的建筑极具华丽，风格奇异。这是什么地方呀？我感到奇怪，望着文清，一脸茫然。文清说，是啊，这是哪里呢？我怎么从没见过？想了想，又说，这大概是新搞起来的仿古一条街吧，现在兴起一股仿古热，什么大唐西市啦、宋都御街啦、明清一条街啦，在各个城市里纷纷冒出来，不足为奇。只是市里什么时候搞起了这条仿古街？我怎么一点儿都不知道？

文清说着将车停在路边。下车后，仿佛置身于一个绝妙所在：冷风拂面，清凉馨香；流云簇拥，身酣意畅。我两边都看了看，说不对呀，要是仿古一条街，这阵势也太大了！你看这边，那么大的宫殿群，占地怕是有好几里吧；你再看那边，一大片建筑，亭台楼阁，参差连绵，栈道勾连，都飘浮在五色彩云之中，影影绰绰可看到一些鹤发童颜的老人和款款而行的玉女。还有，前面那座山，多美的一座山啊！文清说是座假山吧？我说哪有那么大的假山？你看它山势奇拔，林木森森，还有那股飞瀑，像是被甩开的彩练，翻滚叠落，若隐若现，难道这是花果山、水帘洞？文清也是一脸的惊讶，一脸的茫然。大概我们是走错地方了，他说。我说那就将错就错吧，这么好的风景，何曾见过，且走走看看吧。文清不同意，说我们今天还有事呢，要看风景的话，改天再来吧，不由分说就把我拉回车上。

我们沿着来路又往回开，渐渐地车又多了，人也多了，自然又是走走停停，绕来绕去。我的头有些大，提醒他，你还认得路不？认得！那天我们不是来过吗？你就放心吧！他显得满不在乎。我其实倒是希望他忘了去影楼的路，希望今天这事到此为止，容我有时间考虑清楚自己该怎么办。我心里好烦，兜兜转转地又想起杨姐的那番话。我和文清证都领了，肌肤之亲自然是少不了的，不过，我跟文清说过，等结婚了稳定一两年后再要孩子，文清也同意。所以，俩人间的那点儿事我们是采取防范措施的，只是在安全期内才放开手脚，任性一回。一年来，尽管我们两个不少男欢女爱，我肚子里还是一点儿麻烦都没有。为此，我还有些庆幸，有些得意，以为那是因为我们的防范措施做得到位，但现在却让我隐隐地有些担忧了。我听说，常见的防范措施尚不能做到万无一失，安全期内也不是绝对安全。这样一来，问题就变得复杂了，也许压根我就没有生育能力，也许是他没有生育能力，也许是我们两个都没有生育能力，不管是哪一种原因，估计我们俩的婚姻都难于维持长久。但愿哪一种可能都不是，它只是我们的防范措施做得好罢了。文清的性格还算随和，可也正是因为这种随和让人担忧啊！他现在还能处处让着我，但以后要是被夹在我和他母亲俩人中间，他会听谁的呢？这就说不准了。文清不是那种有决断的人，在这种事上估计他大多会采取听之任之的态度，如此一来，之间力量消长的结果，只能是我悲催了。我心里翻江倒海，嘴巴上就把持不住，我说，文清你该不会怀疑我的生育能力吧？没有呀！那为什么拖着迟迟不办婚礼？这样一问，文清就不耐烦了，他说，我跟你说过多少次了，这是按习俗走，其实，结婚就是两个人的事，你要是不在乎的话，我们连这个婚礼也不要了！我知道，他这样说不过是气话，但真要那样，我也不愿意。如果结婚只是两个人的事，不走习俗，不要婚礼，没有外在因素的制约，一年半载后，他说变就变，吃亏的还不是我自己？我还是要克制一下自己为好，于是便说，好了好了，不说了，专心开你的车吧。

又过了几条街口。我说快到了吧？文清说快了，前面不远就是。可我还是发现了问题：不对呀！文清问，有什么不对的？我说，你没发现吗？这车也少了，人也少了。你就不要疑神疑鬼的了，文清不以为然，往前面又开了一程，却突然将车停了下来——怎么回事呀？我们又回到了原来的地方！我和文清全都大惑不解，面面相觑。你不是记得路吗？怎么开车的？我埋怨文清。文清反过来责怪我：都是你闹的，无事生非，缠缠绕绕的，把我都搞得糊里糊涂的了。吵也没用，我说，我们该怎么办？文清想了想，说回头又是兜个圈，还是到前面看看再说吧。于是，搜搜寻寻又往前开了几百米，文清手一指：那不是？那神色，是一种费尽周折后的意外惊喜。我一看，正是我们要找的那家影楼。

　　走进影楼，我就先去挑选婚纱礼服。一旁的服务小姐面无表情，却能十分周到地给我指引和介绍，什么公主型、莲裙型、拖尾型啦，什么抹胸款、吊带挂脖款啦，林林总总，怕是有十几二十多种吧，让人眼花缭乱。她还介绍了哪种礼服适合棚拍、哪种礼服适合外景。可是，当我提出试穿时，她却说不可以，得先预约，交了定金后才行。我告诉她我们是已经预约了的，随后从包里翻出订单给她看。她接过订单瞅了一眼便还回我，说不对。我说怎么不对？你这里不是新娘婚纱摄影吗？她要我看仔细一点，说，你预约的是新娘婚纱摄影，可我们这里是新新娘婚纱摄影。我看了看影楼招牌，又看了看我的单子，还真是，一字之差，只怪自己疏忽，怨不得别人，于是悻悻然给她赔个笑脸，说打扰了，对不起！又问她，你可知道新娘婚纱摄影在哪儿？她用手一指，前面大概一百米便是。

　　出门没多远，果然一眼就望见了新娘婚纱摄影的招牌。这一回我们有经验了，一进门就直奔柜台，问这里是不是新娘婚纱摄影。得到肯定的答复后，再递上预约单，算是验证过，然后再去挑选婚纱。款式、颜色刚才已经看过，大同小异，没有太多的差别，只需试穿一下效果。试过几件之后，整体感觉过于宽大，特别是那件抹胸款，还有那件吊带挂脖款，松松垮垮的，就像尼姑身上的大灰长袍，把身材和线条都遮没了。我心里觉得好笑，便对服务小姐调侃，你们这里的婚纱也太过宽大了吧！像是专门给孕妇准备的。她脱口而出，就是专门为孕妇准备的呀！我有些惊讶，说你搞错没有啊？我们是来拍婚纱照的，我是新娘，不是孕妇。谁知道她竟说出一句更加离谱的，不是孕妇当什么新娘？眼神里写满了理所当然。这是什么话？我生气了，很想骂她一顿，可想想还是忍了，我是一个要做新娘的人，不能没一点涵养，不能没一点矜持。我说，你说的是真的假的？谁规定只有孕妇才能当新娘的？她却一点都没有说错话的意思，冷冷地说，你先不用管是谁规定的，我可告诉你，试穿一下是可以的，我也不跟你计较，但真要拍摄婚纱照，没有医院证明是不行的。咳！听她口气，错的是我，她倒宽宏大量了。我问她要证明什么？证明你是不是怀孕了呀！真是岂有此理，这人大概是脑子进水了，开店做生意的哪有这样拒绝和侮辱顾客的？我气昏了，担心控制不住自己，会和她吵起来，说出一些难听的话，便对文清说，这样的店我们惹不起，我们走吧。文清却劝我，不要激动，等把事情弄清楚了再说。

这时，从里间走出一个男的，看样子像是个经理，他朝服务员摆了摆手，示意其退下，又转向我们，赔着笑脸，说还是我来为您服务吧，请到里面详谈，同时摆出请的手势，把我们请到经理室。

在经理室，那经理很客气，他给我们让了座，又分别倒了一杯水，大概是想拉近距离，表示亲切，还逗了逗小白，然后才说，我们的服务员话没有讲清楚，态度也不好，实在抱歉，回头我会批评她的。我说不是态度的问题，也不是表达不清楚的问题，关键是她胡扯出一些子虚乌有的东西来忽悠人，蛮不讲理。那经理也不跟我争辩，也许他不屑于与我争辩，也许他觉得生意人不应该与客人争辩，他只是笑了笑，怎么说呢？然后自问自答，这么说吧，你们注意到没有，这两年，我们身边越来越多的人谈论起不孕的话题？这话一针见血，一下子就炙到我的心坎，可我不知道他葫芦里究竟卖的什么药，便只听不说，保持沉默。文清就没这耐性了，他马上就做出回应，是听说过一些。那经理接着说，其实呢，这问题什么年代都存在，纯属正常，所以人们也不太注意。但是，到了这几年，这问题变得越来越严重起来，大家就觉得不妙了。这是我们的心腹之患啊！你想想看，这人要是越来越少了，我们这个社会还好玩吗？于是便焦急地查找原因。一开始，大家都认为是现在的育龄夫妇观念变了，不愿生了。当然这也是原因之一，但更恐怖的是，人们发现，现在越来越多的年轻人其实并没有生育能力，不是愿不愿意生育的问题，而是压根就生不出孩子来。这话引起我的兴趣，便问，为什么会出现这种情况？那经理说，至于原因嘛，经研究发现，问题很可能就出在食品上面。现在的人工智能，能让酸梅不酸、苦瓜不苦，可以叫西红柿长成西瓜一样大，也可以叫鸡长出十几对翅膀。我说那又怎么样？他说，那不是明摆着的？上游污染了，下游能干净吗？动植物生长的秩序和规律被人工智能彻底打乱了，人类只知道陶醉于自己呼风唤雨的胜利之中，却很少去考虑：自己享用这些食品之后，会受到什么样的影响？有的说我们这是自吞苦果；还有的说这是外星人要我们自取灭亡呢，这就很恐怖了。为此，当局出台了很多规定，别的就不说了，对我们婚纱摄影，就规定，必须是孕妇才准许拍婚纱照。听他这话，我暗自发笑，心想他前面说的还有些道理，后面的话就不着边际，纯属忽悠人。我也是个知书达理、见些世面的人，这样的规定涉及普通百姓，我怎么会一点儿都没有听说过？我问他，你说的不是地球的事吧？他听了笑而不答，表情诡谲。

这影楼古里古怪的，让我心里很不舒服，并且有一种不祥的感觉，无论如何，我是不愿在这里拍婚纱照的了。我一脸的不情愿，看了看文清。文清领会我的意思，他说，经理，既然你们有这种规定，我们的这单业务就取消了吧。经理说随便。那定金怎么办？定金不能退还。可这并不是我们的过错呀！不管有没有过错，定金一律不能退还。为什么？

这是行规，我不能坏了行规。因为定金的问题，文清和那经理你一言我一语地争论起来，文清据理力争，那经理寸步不让。我不想插话。我也是吃政府饭的人，其中的道理我懂。我想，明摆着他是想黑我们，这影楼十有八九是一家野鸡店，跟他争论是没有用的，要想维权得想别的办法。这样一想，便站起身来，踱步到外面的大厅，却看到有一张营业执照在大厅的墙上挂着，我想，我把你的营业执照记下来，到工商局一投诉，你是跑不掉的。于是，我不慌不忙，先把小白放下来，再从包里掏出纸和笔，沙沙沙地记下几项主要内容。想想又觉得自己好笑，又拿出手机，对着那块营业执照，啪啪地拍了两下。

我回到经理室时，文清和那经理还在争论。我说，不要跟他争了！说罢一把将文清拉了出来。文清说钱还是小事，主要是要讨个说法。我说你在这里讨不到说法，要讨说法就去工商局！

车子开出了约两百米，我哎呀了一声，说坏事了。文清问什么事，我说小白还落在店里呢，要他将车掉头往回开。可是，当我们回来的时候，却怎么也找不到那间影楼，更奇怪的是，我们发现，街道也不是原来的那条街了，到处都是行人和车流，熙熙攘攘的。一定是方向搞错了！这是我的第一反应。文清说不可能。我说不可能的事多了，让他开车继续找。但是，我们前后左右、东西南北，将方圆一里内所有的街道都找遍了，愣是找不到那条街，见不到那间影楼。我和文清面面相觑，都觉得不可思议。难道我们刚才是在穿越吗？穿越到某个方外之地，或者穿越到地球之外的某个星球？文清说着掐了自己一下。我没心思管它穿越不穿越，我只关心我的小白。小白——小白——你在哪儿？小白……小白……我四顾茫然，不知所措地喊着。见我难过的样子，文清便转而安慰我，他说，你也不要太难过，你与小白不过一面之缘，它本来就不属于你，它是从哪里来的？你不知道；它到哪里去了？你也不会知道。要我说，它从该来的地方来，又去了该去的地方，不值得你这样难过。这话仿佛醍醐灌顶，让我醒转，意识到今天这些匪夷所思的遭遇很可能都与小白有关，是它把我们带到这些地方来的。于是，我脑海里便闪出一些稀奇古怪的想法：小白，你这个小精灵，你的出现难道是暗示着什么？你是要给我一些什么帮助吗？我像丢了魂似的，呆立路边。

在工商局，我们递上投诉单。那个穿制服的姑娘电脑输入后，对我们说，抱歉，您投诉的对象不存在。我说怎么会？她说您提供的影楼名称、经营者姓名都没有在我们工商部门注册登记，甚至您所说的那条街道本市根本就不存在。难道我记错了？我刚才还拍了它一张照片呢。说着，我拿出手机翻看照片，却怎么也翻不出刚才拍的那一张。我有点儿抓瞎了，一时不知如何是好。突然想起那张订单，翻出来一看，却发现抬头不是新娘婚纱摄影，而是新浪婚纱摄影。我说，文清，我们预约的不是新娘婚纱摄影吗？怎么变成新浪婚纱摄影了？文清说是啊，我原来看着也是新娘婚纱摄影的呀，这就奇了怪了。我说一定是我们看错了，又转向窗口，哎，同志，对不起啊！我们弄错了，不是新娘婚纱摄影，而是新浪婚纱摄影。窗口里面那姑娘又看了一会儿电脑，然后说，倒是有一家叫作新浪婚纱摄影的影楼，可是与您提供的经营者姓名，还有经营场所也不相符，您能不能再核对一下？准确无误了，我们再受理。

这时，文清的手机响了起来，他便忙着接他的电话。我将订单和纸条的内容相互对照，看了又看，怎么也看不出我们刚才所遭遇的影楼就是新浪婚纱摄影。我想，最好还是不要因为自己的糊涂而平白无故地让别人蒙冤。

文清挂了电话后，愤愤然地说，真是莫名其妙，今天我的电话一次也没响过，可他们却说一连给我打了三个电话，还问我为什么不接电话？我问是谁的电话？他告诉我是新浪婚纱摄影。文清的话让我突然想起，早上从出门到现在，我的手机也是一次没有响过，连微信的提示音都没有，难道是被屏蔽了？

　　这怪事为什么一桩连着一桩？里面有什么关联吗？我又想起小白，心里有些发毛。

　　文清又说，新浪影楼正等着我们，让我们现在赶过去呢！

　　我平静却毋庸置疑地说，不照了，这事另说吧。

解连环

　　自华在朋友面前常有抱怨，说给政府打工一点儿意思都没有，还说如果有来世，打死也不要干这种侍候人的差事。自华是单位的办公室副主任，在朋友看来，他是衙门里的人，而且是个官，吃着公家粮，旱涝保收，还有种种额外的好处，让人羡慕。所以，他的抱怨没人迎合、产生共鸣，反倒招致一些冷嘲热讽，说他是得了便宜在卖乖，还说什么不用娇喘也知道你多情，等等，这让他感到委屈。

　　实际上，自华的抱怨不是多情，也不是卖乖，他对眼下的这份工作真的已经很厌烦了。

　　三十年前，自华一出校门，便进了这家单位，那时书生意气，他最佩服的人是办公室里的黄秘书。单位里的同事称黄秘书为大秀才、笔杆子，领导的讲话稿、重要文章都是他捉笔操刀，自华认为，黄秘书才是有真本事的人，有意跟他走近。黄秘书呢，也看得起他，有意提携，说自华有灵性，又虚心好学，将来一定比他强，经常帮自华修改文章，指点思路，一边说，还一边递烟。自华本来不吸烟，但却之不恭，只好接过，一次、两次……总不能只抽别人的，自华也买烟了，俩人你来我往，他的烟瘾就是那时培养起来的。

　　几年后，自华能独当一面了。不久，黄秘书高升，调到别的单位任职，自华成了单位里的大秀才、笔杆子，这让他得意了好几年。

只是，让他意想不到的是，这事一做就是十几年，而其中的艰辛，更是一言难尽。

不同的领导有不同的风格，不一样的山头唱不一样的歌，要善于揣摩和应变；有的领导当晚给任务，第二天早上就必须交稿，写稿写材料的人就要"焚膏油"熬通宵了，这些，自华都可以默默承受。但是，当看到身边的同事一个个都进步了，连一些帮闲打杂的也能得到高升，心里就不平衡了。

有这种本事，还不如有别的本事呢。就是在同事面前，自华也这样自怨自艾。不过，自忖之下，他也知道，不是想长什么本事就能长什么本事的，写稿写材料，他一点就通；至于迎来送往，人情世故方面，他就缺少悟性，与别人相比，总是差一截，慢半拍。记得刚参加工作那会儿，一次，他与一个同学去看电影，在影院大门偶遇一位市里的领导，带着两个孩子也来看电影。此人是他读初中时的老师，当时，自华只顾着跟老师客套，班荆道故，一转头，那同学已经买回两罐饮料，塞俩孩子手里，亲热得不行。当时，他很懊恼，自己怎么就没有想到这一层呢？当然了，机会什么时候都有，但只留给那些有准备的人，他没有悟到和把握的多了去了：上车时没想到要抢着给领导开车门；没想到要给领导家里扛煤气罐；逢年过节，没想到要给领导家里捎盆年橘送点礼。人各有长处，但此长处非彼长处，别的人阳光灿烂，如鱼得水地周旋各种关系，慢慢地也能"军机大臣上学习行走"；自己呢，总是在漫漫长夜里孤独地码字，没有出头之日，对比之下，高低立判。一想到这一点，他心里就不免有想法。

领导说，人在做，党在看，你的工作组织上是肯定的。自华心里喊了一声，来这些虚的有什么用？我又不是三岁小孩子。兜兜转转，自华还是当上了副主任，同事说，你这是大器晚成，他知道别人是调侃，但好事就是好事，对他来说也算是个安慰。他这个副主任，分管文秘，也是顺理成章，让他郁闷的是，领导的讲话稿和重要文章，还一样得由他捉笔，他感到吃不消，但刚升职，不好讲条件，只有默默地干。一年后，他硬着头皮，说自己年纪大了，精力不济，提出要换个岗位。领导说，这样吧，你要是找个能胜任的人做这份工作，就给你调岗位。他明白了，自己分明已经成了个楔子，被套进去了，只有另找个楔子，以物出物，方能摆脱。他不由得想起当年的黄秘书，人家那才叫聪明，而自己却一直蒙在鼓里！于是，他开始留意身边的年轻人，像当年的黄秘书那样，发现、鼓励、指点、提携，培养接班人。

自华如愿地换了个岗位，他松了口气，心想，终于可以摆脱那个苦差事了。可是，接下来的情况，却让他始料不及。分管后勤，领导却没有向他交代任务，而相关科室的头儿则越过他直接跟主任对接，他被架空了，成了可有可无的闲人。有些工作，职责所在，看不过，有心提醒科室人员，要他们抓紧点，他们就说，大主任啊，这事领导已经交代过了，要等到你说，黄花菜早凉了；或者说，大主任啊，你最好不要自作主张，领导说了，这事要等上级有明确的说法后才能办。不理睬也就算了，话还说得很难听，心里窝火，又不便发作，怕自取其辱。找领导诉苦，领导说，你新到一个岗位，要注意工作协调，不要相互拆台嘛。都是自己的错，他还能说什么呢？

还不如现在就退休了呢。私下里他不止一次说。

不过，这一天，他却沉默了。领导说，老祁，现在上面有政策，公务员满三十年工龄，可以申请办理内退，你是否考虑一下？他听了，有一种被遗弃的感觉，头皮往外胀，脸皮往里收，知道自己是个喜怒形于色的人，藏不住，此时一定是有些失态了。领导又说，条件还是比较优厚的，不用上班，工资照拿，该升级的时候一样升级，满六十岁才正式办理退休手续。条件确实诱人，但要提早退休，他没有过这个思想准备，自己才五十来岁，这么早就进入老年人的行列，今后大把的时光怎么打发？他说，领导，你让我考虑考虑吧。那几天，他思来想去，还是心有不甘，可是，人家这是要他腾位子，他不可能蠢到听不出来，不答应又如何？现在的情况已经这样了，到时只怕会更加尴尬，除了应卯和无所事事，剩下的便是看人脸色，听各种各样的冷言冷语，何苦呢？做人应该懂得进退，罢了罢了。其实，相关的文件几天前他已经看到了，现在最后悔的是，这件事自己没能主动提出来，如果几天前能够主动提出辞职，显出豁达与洒脱，真真假假，面子上多少还能遮掩一下。

几天后，自华办理了内退手续。

退就退了嘛，不过早晚的事，有什么想不通的？见他闷闷不乐，妻子说了一句。妻子退休已经三年多，退前退后，自自然然，情绪上不见排斥，甚至连个过渡也没有，她这么一说，倒显出自己遇事处变不丈夫了。自华脱口而出，谁想不开了？内退的事还是我主动提出的呢！妻子斜了他一眼，眼神意味深长，每一次揭他老底，她都是这种眼神。他想，要是在外面人家问起这事，难免自己也是这样脱口而出——内退是我主动提出来的！有涵养的人听了，笑笑而过；如果遇到心直口快的，揭了老底，那就尴尬了，幸亏这两天自己不出门。妻子说，没事就好，那就吃饭吧，该干什么还干什么！

自华心里有东西硌着，像块冰，透心凉，好在他是有温度的，慢慢地，冰块消融了，被吸收了，也就几天的时间，事情就过去了。他想，退就退吧，退了没有挂碍和拘束，想干什么就干什么。他现在最想做的就是睡大觉，这些年写稿写材料，不少熬夜，总是缺觉，现在可以放开睡个安稳觉了。他睡醒了吃，吃饱了又睡，也就那么几天的时间，像是把过去几十年的缺觉都补回来了，接下来，觉越来越少，一天不过那么几个小时。睡到自然醒，多少人求之而不得，他现在天天都能做到，只不过常常是在凌晨四五点就自然醒来，翻来覆去，再睡不着。睡不着了，干些什么呢？看电视！他泡了壶茶，窝在沙发上，手里的遥控器切来切去，随意换节目：新闻，领导人很忙，他见多了这些套式和腔调；故事片，要么是痛快淋漓地手撕鬼子，要么是不合常情的皇帝与民女的爱情，很无聊，而且中间还要插播大段的商业广告，最恶心的是那些宣称有神奇疗效专治老年病的药品广告。书柜里倒是有不少书，他随意取下一本，是部小说，这书年轻时看过，很吸引人，记得那时是熬通宵一口气读完的，可现在才读了几页，便觉没趣，丢一边去了；又取下另一本，勉强翻了十几页，还是读不下去。他觉得，小说里的世界，跌宕起伏，扑朔迷离，雾里看花，想走进去，太不容易。唉，自己是老了，高山爬不动了，只能在平川漫步徘徊了。他喜欢读路边书摊上买来的杂志，那些秘闻传说，什么斯大林要用两个整编师向中国换林彪啦，十大元帅谁最能打啦，唯一与毛泽东单线联系的超级卧底啦……不过，这些秘闻传说看多了，又觉得其中大多子虚乌有，夸大其词，那么多的噱头，不过是为了吸引眼球，越读越感到自己被糊弄。

有大把的时间，却不知道要干些什么，空虚的感觉，像浓雾一样弥漫开来，将他包裹得透不过气来。不行，还是到外面走走看看吧。

这是座古城，自华知道周边就有不少遗址古迹，却基本上没有去过，现在闲来没事，正好走走。五公祠、搜书院、尚书街、达士巷、琼台福地、海瑞故居……他也不急，一天只走一个地方，一处一处地走下来。说是古迹，有的已然是全新的仿古建筑，有符号的象征意义，也是汉字变成了拉丁文，他怎么也想象不出它的本来面目。有的破败不堪，置身其中，他不免恍惚，发千古幽思，闭上双眼，想象着穿越回几百上千年前，身边就是遥远的风情，或王孙蹴鞠，仕女秋千；或秉烛夜读，红袖添香；或男耕女织，引车卖浆，却无论如何都进入不了角色。睁开双眼，映入眼帘的依然是风驰电掣的汽车摩托车，依然是熙熙攘攘的男男女女，他们大多行色匆匆，边走边打手机，为生活而疲于奔波。他想，今人的生活和古人的生活相比，有些肯定已经变了，有些依然没变，变了的再寻不回来，不变的满满就在当下，而且还会继续下去。这样一想，他就觉得自己好笑，一个人独来独往，整天徘徊在这些遗址古迹中，说是要走近什么，其实是要剥离什么。他不想把自己剥得什么都没有了，与其同古人神交，还不如多跟周边的人交朋友，聊聊天说说话呢。

大街两旁有不少老爸茶坊，里面几乎座无虚席，那些赋闲的、忙里偷闲的、无所事事的，总之是闲人，聚在一起喝茶闲聊，人声嘈杂，自华看过去，竟找不出一个熟人。他在这个城市生活也有三十年了，但这些年，基本上是在家里和办公室两点一线上来来回回，之前并不觉得什么，现在才发现，自己根本就没有融入市民社会里，想找个喝茶的人都不容易。他突然感到很孤独，慢慢地往家里走去。

街边树下，有两人在一张棋枰上对弈，旁边几人围观，自华便凑过去，观棋嘛，陌生人也没什么的。棋手博弈时，观者默不作声，自站阵营，魂灵随棋路游走，或布设关防，滴水不漏；或衔枚疾进，声东击西；或冲锋陷阵，端人老巢。待到尘埃落定，观者这才纷纷发表高见，评章棋艺，臧否得失。自华旁观过几次后，渐渐地与这些人也有些熟了，知道经常在这里下棋的，有一个人称"越南仔"，因他长相酷似越南人；有一个退休前像是做过局长或副局长的，大家都叫他"局长"；还有一个，家里卖私彩的，大家都叫他"彩票爹"。这天，"局长"与"越南仔"对弈，"局长"的一只马已经向"越南仔"的车张开血盆大口，可"越南仔"却浑然不觉，只顾飞炮卧底，落子瞬间，"局长"早拿掉他的车。他一急眼，不干了，要悔棋，可对方不让，俩人便吵起来，越吵越凶。自华看不过，说了一句：君子不悔棋。"越南仔"本来理亏，听他这么一说，马上调转枪口，朝自华身上发泄：观棋不语，这个道理你懂不懂？你算哪根葱？我请你当裁判了吗？谁让你在这里胡说八道的？手指着他，说了好多难听的话，没完没了。自华很生气，又觉得是自找的，跟人家吵，不值得，只好很窝囊地躲开了。

回到家，妻子叫吃饭，他却闷闷不乐地坐到沙发上。再次叫的时候，还是不吭声。妻子就火了，说我前世欠了你什么吗？叫你吃饭也这样苦着脸，有本事你做一顿让我吃看看！说完之后，也不理他，自己先吃了，又撂下一句话：一会儿谁吃后面谁刷碗！自华感觉到妻子对他态度的变化，想想从前，老爷似的敬着。唉，自己也退了，不能同日而语了。他不想惹她，吃了饭，少有地把碗碟都洗刷干净了。本想平安无事，没想到妻子走进来，一看，便大声嚷嚷，说什么都几十岁的人了，跟个小孩似的，什么都不会，碗刷不干净不说，还弄得一地湿，到处脏，要是没她，不定早饿死了。自华一听，不知怎么的就爆发了，指着妻子大骂：你说什么？我什么都不会是不是？要没有我，恐怕你现在尚在坡坎村，脸黑得只剩两汪眼白，指甲缝里全是田泥呢！信不信我现在就一椅子砸死你？说着抢起椅子，劈头就要砸过去，虽然不过做做样子，却也是非常吓人。这时，恰巧儿子推门进来，见此情景，便说，爸，您怎么就发这么大的火呢？他也不解释，只指着妻子，说你问问你妈。妻子本是个农民，靠着他的关系，农转非，才做了城里人，因为这一层，一直以来，妻子顺从贤惠，家务事从不让丈夫动手。她也搞不清楚，今天是怎么啦，竟然那样对待他，自己是过分了，有些愧疚，所以也只是眼红红，不说什么。儿子不了解情况，也不想分出什么是非，只想息事宁人，便说，你们也真逗，老都老了，还这样吵吵闹闹，难道就不怕别人笑话吗？

你们还是搬回来住吧，小囡我们带，你爸也内退在家了，我们有大把时间。妻子埋怨，好像他们争吵全都因为儿子。儿子说，妈你烦不烦呀，这事都说过多少遍了！儿子成家后，儿媳却经常住娘家，待到有了小囡，连带着儿子，干脆全都长住娘家了。这事自华和妻子都不高兴，特别是在小区里看到别人带孙子时，心里就特别不是滋味——别人的孩子成家，有孙子绕膝；自己呢，干脆连儿子都弄丢了。跟儿子提了几次，让搬回来住，每次都不肯，说是住娘家小曼上班方便，又说姥姥家旁就是幼儿园，小囡上幼儿园可以免接送，还说什么姥姥姥爷都是大学教授，他们带着，对小囡成长有利。别的都有些道理，可后面的一条，自华听了不舒服，难于接受，妻子不止一次地嘀咕：还教授呢！我大字不识几个，带出来的儿子上重点大学，他们的闺女呢，才勉强读个三本，好意思说！今天不高兴，见儿子还是老态度，便反问，我的孙女我为什么就不能带了？爷爷奶奶跟孙女亲热一下都不行吗？儿子说，妈，没人说你不能带孙女，小囡不是还小吗，我们是考虑住在哪儿更方便，您不要想多了。自华一直不说话，这时开口了，说你们也不要再争了，这样吧，儿子，你给我再生一个，这一个归我们带，扯平了。就是！再生一个。妻子附和。儿子说，爸，谁不想啊！可是，你想生就能生的吗？亏您还是国家干部，这不是让我们违反国家政策吗？只这一句，老两口便哑口无言了。

自华想，不该那么快办内退，在单位里，就算无所事事，但上班下班，也能有个挂碍，不至于这么空虚。他后悔了。

有一天，自华说要跟朋友到乡下去走走，晚上一回到家，就说，他要回乡下种地。妻子说你这是发哪门神经了？他说他是认真的。妻子说你是缺吃呢还是缺穿了？非要跑到乡下受苦受累。他说我不缺吃也不缺穿，但我也得有事做呀！妻子沉默了。自从内退之后，自华闷闷不乐，整个人都变了，妻子知道他是心里憋屈，就鼓动他多到外面走走，跟朋友喝茶、闲聊，或者下下棋、打打牌什么的。可他不听，整天闷在家里，没事找事，动不动就发脾气。一开始，她还能谅解，时间一长，也就没好脾气了，俩人常常为了一点鸡毛蒜皮不是吵就是闹，或者压根就没什么事，只是为了吵闹而吵闹。有时吵着吵着，妻子就说，我要有个闺女，早随闺女住了，看你一个孤老头跟谁吵去！她想，他要回乡下种地，就随他去吧，让他有点儿事做也好，不然的话，没准会憋出毛病来呢。不过，她还是担心，说你行不行呀？他说，什么行不行，我好歹也是做过几年农民的。

自华是城市户口，他在村里没有半寸土地，要想种地，得跟村里承包。他打算先跟村主任谈谈。村主任比自华小几岁，中等身材，微胖，头发油光闪亮，脖子下一条手指粗金项链，说是农民，但他不事稼穑，整天泡在镇上，喝茶、喝酒、打牌。自华听过村民的一些非议，但他认为村主任还算是个爽快的人。这些年，村主任不少找自华，打井、修路、修小学……为村里做了不少事。当然，用的是政府的钱，但靠的是自华的关系。自华认为，村主任应该会给自己面子的。村主任听了他的想法后，果然爽快，说这事没问题，又不是外人，我支持你。这几年，村里进城打工的人越来越多，土地撂荒不少，自华不费什么周折便如愿地承包了几十亩地。

自华在承包地上盖了间瓦房，对妻子说，你在家里也没什么事，乡下空气好，还是跟我回乡下住吧。他请了人手，将大部分的地种上绿橙。朋友跟他分析，说绿橙本地特有，绿色食品，品质上乘，市场前景广阔，不会错的。他还挖了一口小鱼塘养鱼，留出菜地种菜，在房前屋后，边边角角的地方种了一些果树，石榴、木瓜、香蕉、芒果、波罗蜜，等等，都有。另外，还买回几只黑山羊，在山上放养，说是现在的人爱吃羊肉，养得好的话，羊群会越来越大，也是一笔不错的收入。夫妻俩每天早上起床后，忙着除草、施肥、剪枝，饭后闲暇，看小鸡破壳、听鸭群欢歌，日子过得很充实。

小农场虽然小，也有几十亩，夫妻俩肯定忙不过来，要请人手，另外，农药、肥料等，也要投入，一开始还没什么，时间一长，自华就有些吃紧了。妻子说，花出去了这么多，会不会打水漂？他说怎么会呢！不仅不会打水漂，而且还会大赚。妻子还好说话，儿子就不一样了。有一次开口跟儿子借钱，儿子说，爸，我看您是老糊涂了，搞农业要是容易挣钱，那么多的农民还跑到城市里来干什么？劝他趁早撒手。其实，自华心里也有焦虑。当时种绿橙，是把问题想得过于简单了。他不是没想过撒手，但开弓没有回头箭，怎么撒手？再说了，这两年绿橙的市场行情不错，他有信心。没有退路，必须坚持。

好在不久，绿橙开始挂果了，虽然产量不多，但总算有了收益。到第二年，绿橙全面挂果，大面积丰收，价格又奇高，他大概算了算，不仅投进去的成本已经全部收回，而且还有得赚。自华缓了一口气，心想，今后的事情就变得轻松了，不过是赚多赚少的问题。

自华种绿橙发财了！这个消息在村里传开，不少人跑到他的小农场，一个一个都很羡慕。自华心里一高兴，就冒出个想法，要发动村民种绿橙，共同富裕。可是，村里人听了他的建议后，却没一个人响应。自华说，我提供技术帮助，你们要是资金上有困难，我也可以免费提供种苗，话都说到这个份上了，村里人还是含糊其辞，没有明确表示。自华想，这事让村主任来发动，才有效果。没想到村主任说，他是不会做这种事的。自华问为什么？村主任说，他的工作是上传下达，村里要有人种绿橙，那是人家自己的事，他不会反对。但是，如果上级没有明确指示，他是不会去发动的，他不能擅作主张。自华只有无奈地摇摇头，他一心要为村里做点好事，没料到会这么难。

一年后，政府要打造绿橙产业，号召农民大种绿橙，坡坎村因为已有所准备，所以很快就轰轰烈烈地干起来，成了市里的典型，天天来人参观，不少受表扬。村民们说，还是人家自华厉害，过去帮我们打井修路，现在帮我们发家致富。自华听了，却高兴不起来，心想，天下人都种起绿橙来了，还能好玩吗？当然，其中的道理，他不便点破，但愿事情不会像他所想的那样。

不管怎么说，自华在村里人心目中的声望，前所未有，这是很让他开心的一件事。

小农场越来越有起色，儿子的态度也变了，不再总是劝父母回城里好好享福，反倒是隔三岔五地，周末开着小车，带一家子到小农场来个一日游。小囡老吵着要来，他们总是这样说。小孙女第一次来，怯生生地躲着他们，只是弱弱地学舌：爷爷好，奶奶好。几次之后就不同了，一下车就满地跑，缠着爷爷奶奶，要折花、要摘果子，或者颠颠地要去追蝴蝶、逮蜻蜓，自华享受着绕膝之乐，高兴得不得了。姥姥姥爷也来了，有学问的人显儒雅，不过，乡下的景致还是让他们很兴奋，那姥姥更是一惊一乍的，看看，山是青的，水是绿的；或者说，哎哟，天怎么那么蓝！云像棉花似的飘呢！又说，风是自由的，空气里有甜滋滋的味道。吃饭的时候，更是赞赏有加，说乡下的菜就是好吃，又柔又脆；说乡下的土鸡好香，从来没吃过这么好吃的鸡肉。自华心里高兴，不停地劝：多吃点、多吃点。

儿子说，爸，您在这里再盖间房，以后我们来，要休息也方便，钱我出。自华说，不用花你的钱。明年吧，明年来，让你们住别墅。

临走前，大包小包地往车上塞。这是木瓜、石榴，刚摘下来的，新鲜；这菜是自己种的，农家肥，不打药；这些是羊肉，黑山羊，自己养的，没膻味……亲家说，太多了，吃不完的。自华说，都是自己种自己养的，不花钱，回去放冰箱里，慢慢吃。挥手告别时，还送上一句——以后常来啊！

乡下空气好，怎么不也搬来乡下住？妻子嘀咕，瞟了自华一眼，又说，她只知道菜是香的，哪想到粪是臭的呢！自华好像没听清妻子在说什么，他只顾心里乐。刚才，他接了个电话，是单位打来的，让他下周去办理正式的退休手续。时间过得真快，一晃已经五六年，幸亏当时选择内退，到正式退休的时候已经挣下一份不错的产业，要不然，除了那点养老金，还有什么呢？这样一想，就对妻子说，哎，下周我回去办理退休手续，顺便邀请几个同事朋友来咱们的小农场叙一叙。妻子说，你就显摆吧。自华不是个爱张扬的人，可不知为什么，他现在真的很想显摆显摆。

两周后，儿子开着车，带着一家子，又到父亲的小农场来。爷爷，我们看您来了。孙女还是那么乖巧，一见着爷爷，就甜甜地喊。自华很高兴，拉着孙女的手说，以后每个周末小囡都回来看爷爷奶奶好不好？孙女说，好！自华又问，在幼儿园都学到什么了？孙女听了，眨了眨一双大眼睛，看看父亲，又看看母亲，自华哈哈笑了起来，一把抱过小孙女，说咱小囡是最聪明的，将来肯定是个大学问家。儿子说，爸，我今天回来，一来是看望您，二来呢，是要跟您商量个事。自华问是什么事？儿子说，台湾的堂叔打来电话，要我们到他们那里走一趟。原来，自华有个叔公，年轻时随溃败的国民党军队去了台湾，一直杳无音讯，家里人都以为他死了，牌位都进了祠堂。20世纪80年代，有一天，却见他一个人寻了回来，一家人大喜过望。台湾公早已在那边成家，儿孙满堂，日子过得不错，但他年年都要回来住一段日子，只是到了最近这十年八年，因为身体原因，才不走动了。儿子说，爸，台湾的堂叔说，台湾公下个月要过百岁生日，他们要我们过去聚一聚。我跟小曼商量了，您和我妈，小囡的姥爷姥姥，还有我们三口，一起过去，祝福台湾公，也趁便来一趟宝岛游。自华听了，想了想，说你们去吧，到时候代我祝福台湾公，问大家好，我呢就不去了。为什么不去？儿子很不理解，儿媳小曼也附和说，爸，去吧，一家人在一起，热闹，高兴。但是，任儿子儿媳怎么说，自华还是摇头——不去。

　　这一趟台湾行，儿子本来是想要尽孝心，表现一下，可父亲不领情，他很不高兴。一时大家都没有说话，气氛有些沉闷。

　　树荫下，小鸡围在母鸡旁边打盹，鸭子将头弯到翅膀下歇息，热风吹拂，送来一阵又一阵熟石榴的香味。孙女说，爷爷，我想吃石榴。

　　好，爷爷带你去摘石榴。自华说着，拉着孙女的手出去了。

树上的石榴有好多都熟透了，有些已经蒂落，掉地上了。自华摘了个又大又红的，擦了擦，递孙女手里。

孙女说，爷爷，那么多的石榴都熟了，您自己为什么不摘来吃呢？

自华说，爷爷留着等小囡回来吃啊。

爷爷，你在这里过得好吗？

爷爷过得很好，爷爷这里什么都有，你说是不是？

孙女点了点头，接着又问：爷爷，您不喜欢去台湾旅游吗？

喜欢，爷爷喜欢。

那我知道了，爷爷肯定是心疼钱。

爷爷有钱！爷爷不心疼钱。

那为什么爷爷不和我们一起去呀？

爷爷走不开。你看啊，爷爷要是走了十天八天，地里这些作物谁来照顾呀？还有，黑山羊谁来照顾呀？土鸡草鸭谁来照顾呀？你说是不是？

小孙女又点了点头，若有所思，有些凝重。

爷爷。

嗯。

我看您还是过得不好。

为什么呀？

因为您不能做您喜欢做的事。

自华脑海里仿佛有道闪电一闪而过，瞬间他似乎明白了什么。他又想起了楔子，以物出物，却总也逃脱不了被套的命运，一种深深的悲悯升起，硌着心头，怎么也排解不去。

书雅楼

"书雅楼阴气太重。"这个说法在乌市悄然传开。

张德邻老校长感到痛心。当年,他带着几个人,乞讨一样到处募捐,好不容易才把这座大楼修起来。那时,乌市中学有如自幽谷迁之乔木一般,那样的喜庆,那样的欢欣。也就几年时间,人们却视之为不详,视之如敝屣,必欲弃之而后快。空穴阴风让老校长很受伤,很愤慨,却又很无奈。

说起来,乌市地处偏僻,但因它处三县交界,往里走全是崇山峻岭,几十里地就这么个小镇,故三县交界处偌大地面上,村民总来乌市赶集,人气显旺。且万泉河就从它的东南边缘淙淙流过,不远处有个小码头,人称船埠,上游下游的货物在这里落水起岸,在乌市集散,故比起周边几个小镇,市面要显繁荣些。现代公路交通兴起后,船埠成了历史。不过,周边圩镇的格局并没有改变,所以,乌市仍然能够从传统的格局中继续受益。

千百年来,乌市人一直生活在习惯的因袭之下,上辈人怎么过,这辈人还怎么过，温饱不能成为常态，心性也是平和从容的。这里出产的花生，人称"乌市豆"，很有口碑；这里出产的槟榔果，是远在几千里外的湖南人认可的品牌。"槟榔摘几箩，小酒有得啜，牌九有得摸。"自谑或者戏谑，乌市人常爱说这么一句顺口溜，容易满足的心态可见一斑。

到了20世纪80年代，忽如一阵春风吹过，乌市人轻揉一双惺忪的眼睛，一副酣睡初醒的样子。听别人说，他们也是能够富裕起来的。这话让他们惊讶不已，也兴奋不已，以前可没有人对他们这样说过！于是，一个一个，那颗心便躁动起来。怎样才能富裕起来呢？有人说：要想富，少生孩子多种树。也有人说：要想富，先修路。他们觉得，这些说法都有道理。于是，乌市一时到处可见大大小小的标语，有的用大红油漆刷在泥墙上；有的做成横幅悬挂于街道上空；更多的，是写在红的绿的白的黄的条纸上，张贴于门板墙头电线杆。后来，又有人分析，说是百年大计，教育为本。这话太精辟了，说到了根本，他们这才恍然大悟——一直以来，一代又一代的人贫穷困苦，原来就是因为没有文化呀！要想富，多读书，这才是正道！于是，就有了一种迫切，要大力发展教育。可是，学校的状况让人心酸：校舍破破败败，桌椅板凳缺胳膊少腿。这可不行！得把破败的校舍修好，得添置新的桌椅板凳。但这些都需要钱。他们不是穷吗？他们没有钱，傻眼了，束手无策。好在他们当中也还是有会办事的，一句"再穷不能穷教育"便把大家鼓动起来。事是死的，人是活的，活人怎能给尿憋死？他们想了很多办法，包括募捐。

张德邻校长这年退休了。乌市中学要筹建教学大楼，成立筹备领导小组，大家推选他当小组长。他知道这个小组的任务是募集资金，开口要钱的事自己干不好，所以推辞。可大家不同意。

"老校长德高望重，您的话，别人听！"大家说。

"还是让别人来做吧，我大力配合。"他还推辞。

"这事您不干，恐怕就没人干得了了。"

"德不孤，必有邻。"他常常这样自省，也这样教育学生。他想，筹建学校教学大楼，这是造福桑梓、惠及子孙的大好事，大家都是热心人，只要自己用心去做，没有做不好的。考虑再三，他接受了这个任务。

毕竟是做过校长的，老校长不仅德高望重，而且很有工作能力。他说要两条腿走路：一方面发动群众，众人拾柴；另一方面，要抓重点，发挥"大户"的作用。又说要耐心细致，要动之以情晓之以理，能不能感动别人是关键。那段日子，乌市人经常看到，他带领小组的几个人，不辞劳苦，四处奔波。

可是，几个月辛苦下来，结果却让人乐观不起来。众人拾柴，不过枝枝叶叶，火焰高不起来。一张募捐书递过去，给多给少是人家的心愿。很多人都是一百两百，像是约定好了一样，还捎带一句抱歉——微薄之力，聊表心意！至于"大户"，倒是发现一些，但所起的作用和之前的期望，相差甚远。小组的人一合计，所筹集到的资金，恐怕连请人给大楼画张蓝图做个设计都很勉强。

2

说书雅楼阴气重，只因为此楼是由"鸡窝"出钱盖的。

"鸡窝"是谁？"鸡窝"就是"鸡窝"。乌市人甚至觉得你的问题好奇怪。

当然，"鸡窝"也是有大名的，她名字叫袁淑雅，这还是张德邻老校长当年给起的呢。

"鸡窝"大名鼎鼎。现在的年轻人也许对她不熟悉，若回到二十年前，则乌市没人不认识她。

那时，小镇上就一家理发店，属手工业社，是"吃米"的。"吃米"和"吃谷"，是乌市人区别非农业人口和农业人口的说法。非农业人口的吃饭问题，由国家解决，每月从粮所往家里扛的，是白花花的大米；农业人口就没有这么幸运了，流汗流泪，地里长出来的，也只能是稻谷。理发店里有个女的，头发蓬松，还有些卷曲，有人说是天然长成，也有人说是她用火钳烧热了烫的。那时，乌市的女人清一色齐耳短发，她这一头卷，不管怎么说，还是很好看的。可小孩子没什么见识，近取诸身，就叫她"鸡窝"。"鸡窝""鸡窝"，叫着叫着也就叫开了。于是全乌市的人只知道"鸡窝"，她的大名倒给忘了。

谁家没有孩子要理发？所以，乌市人没有不认识"鸡窝"的。

"鸡窝"的名气大，也不仅仅因为她是一个理发的，主要是她人长得漂亮，乌市的人说她身段好。怎么好呢？乳大、腰细、臀肥。也有人说她的眼睛好看，像泓泉水。一眼清泉，谁见了都会忍不住要掬一捧，喝一口，哪怕刷把脸也好，总之是喜欢。"鸡窝"顶她养父的缺，本来应该是进供销社，坐柜台、卖日用百货的，但阴差阳错，人家却将她安排到理发店。一个姑娘家，干起剃头的行当，多少可惜了，但她并没有因此掉了身价。

人长得可爱，自然就会招人耳目，这不是什么罪过，但一个女孩子要是长成了一朵花，不免会招蜂引蝶。而且，"鸡窝"热情开朗，活泼好动，无拘无束的，百灵鸟一样飞来飞去，飞到哪儿都受欢迎。乌市的人说，这个女孩子本事可大了，没有什么事是她办不成的，烟票香皂票她能搞到，单车票衣车票她也能搞到。她要是想上县城玩了，就有外地过路的卡车停在理发店门口，她笑眯眯地坐到车上玩去，还笑眯眯地坐在车上回来。据说有一次，她一分钱没带，也能坐船过海，到湛江游玩了一回呢。

有人羡慕，也有人嫉妒。店里有个同事，是个男的，一直想买部单车，不能如愿。他大概是求过"鸡窝"的，但"鸡窝"好像不喜欢他。这同事长相有些滑稽，脸颊的一边凸出一小块，看上去像是口里含着一块姜糖。小孩子贪吃，一见到他，总咽口水，闹着要吃姜糖，搞得那些带孩子来理发的父母哭笑不得。背地里，大家就叫他"含姜糖"。"含姜糖"嘴里是没姜糖，可闲话却不少。

"她没权又没势，靠什么？还不是靠……"

"烟票香皂票算什么，人家盖间房子，一分钱都不用花呢！"

说的是她家修房子，请了一班工匠，一个一个都很用心给她做。房子快完工了，工头对她说："过两天房子就修好了，要准备结账呢。"（她养父已经老得不行了，家里全凭她一人做主）她说放心吧！钱我早准备好了。人家听了，自然高兴。修这么一间大房子，能够钱货两清，没有拖欠，也算难得。两天后，工头拿出一个本子，又列了一张清单，让她过目，问她有没有异议。她说没什么异议。工头就说，那就付钱吧。她听了，笑笑说，先不急嘛，我这里也有个本子，有张清单，您先看看。工头接过一看，只见上面记着一笔又一笔账目：某日某时，和谁谁一次……他什么都明白了。但两张清单相抵，施工队还要倒欠一笔呢！不由得头就大了。她又笑笑，说看你们也是尽心尽责，房子修得不错，我很满意，这笔欠款就勾销了吧，今天出了这个门，我们两不相欠。这件事不知是怎么在乌市传开的，都说"鸡窝"可能耐了，修房子，不仅不花一分钱，还倒赚一笔。

相关的人自然是要澄清的，说这事纯属子虚乌有。但是，谣言已经传开，就像泼出去的水。又不仅仅是泼出去的水。泼出去的水，最后会消失于尘土和虚空，而谣言却演变为故事。事情本身的真伪不重要，重要的是故事是否有趣；讲故事并不是要中伤某人，而是让无聊得到排遣。日子是艰难的，也是乏味的，难得一个有趣的故事，难得一些可供排遣的笑谈，于是便以讹传讹，从中取乐。

这样一来，"鸡窝"的名声就有些不好了。一次，张德邻先生带着小儿子去理发——小孩子极少有愿意主动去理发的，头发长了，每一次都是父母催着骂着逼着——店里的几个人都手上有活，只"鸡窝"一人闲着。她将旋椅上那块垫板掸了掸，笑眯眯地候着，可孩子扭扭捏捏的，极不情愿坐上去。事后，他问孩子：为什么不愿意让"鸡窝"理？孩子说怕其他同学看见。他说同学看见又怎么了？孩子说，要是同学看见了，他们就会说我的头让"鸡窝"摸过了，羞死人了。孩子还说，我都看到了，她的手那么白那么嫩，妈妈的手就没有这样，她不是妖精是什么？他听了，哭笑不得。

"这个女人来历不明，有妖气，在咱乌市现形，不是福便是祸。"有人担忧了。

显然，这不过是杞人忧天。"鸡窝"不见得造成什么祸害，也没有赖在乌市。改革开放之初，她就跑去县城，据说是开了家发廊，除了理发，还做按摩、美容，在县城也是大名鼎鼎。又过了几年，她突然像是人间蒸发，乌市再没人见到她的踪影。

3

老校长觉得自己工作没做好，又不知道接下来该怎么去做，整天闷闷不乐。

这天，有人无意中对他说："'鸡窝'回来了。"

他现在满脑子都是教学大楼，才不管你什么鸡窝鸟巢的。那人又说："看起来像大富婆，排场好大，光高级小车就有七八辆……"

他一个激灵，盯着那人问："你说谁？"

"'鸡窝'呀！"

"怎么看得出来她有钱？"那人又描述了一番。他一听，拉着人家就走。

"去哪儿？"

"去找'鸡窝'呀！"

"我不去！要去你去。晦气！"

"鸡窝"是镇上老袁头的养女。她的身世始终是个谜，连自己的亲生父母是谁都不清楚。

那一年，兵荒马乱，乡下人早躲回乡下，街上的也是人人自危，闭门不出，往日里顾客盈门的荣茂行，这时已是空无一人。店里的老伙计老袁头正忙着上门板，却发现角落里有个两三岁的小孩子，嘤嘤地在哭泣。老袁头环顾左右，没个人影，便喊："谁家的孩子？"连喊几声，还是没人回应，只好抓过一把糖果，把孩子哄住了。原本想，等着孩子的父母来认领，可左等右等，十天半个月都过去了，连个问询的人也没有。店老板撺掇，说老袁你年龄也大了，又没儿没女，干脆这孩子你就养了吧。老袁头想想，觉得也是个理，便说那就先养着吧。

这孩子细皮嫩肉，聪明伶俐，大家都说，她不可能是乡村穷人家的孩子，有的猜是国民党大官的孩子，有的猜是大资本家的孩子，还有的猜是大学者的孩子，都有可能。这事一时新鲜，一年半载后，渐渐地人们也就淡忘了。但老袁头将别人的议论当回事，心想自己要好生珍惜，不能辜负了，他很庄重地请学堂里的张先生——后来的张德邻老校长——给孩子起了一个好听的名字，叫袁淑雅，并把她当成亲生女儿抚养成人。

十几年不见，乌市人差不多已经把"鸡窝"给忘了。她这次回来，是给她养父料理丧事的。

老校长带着几人给"鸡窝"的养父送花圈，"鸡窝"非常感动。张德邻老校长她是认识的，德高望重，还带着乌市几个有头有脸的人物前来吊唁，这面子太大了。握住老校长的手，她已经泪流满面。"深切哀悼""节哀顺变"，几句场合上的客套之后，老校长还想说点什么，想想又觉得不合适，略待了一会儿，便告辞了。

几天后，"鸡窝"托人捎话，说是走之前要见老校长一面。老校长心中一喜——鱼漂有动静了！虽然鱼儿还在水下，尚不知是大是小，但收获大概总是有的。

镇上的一家茶艺馆，客人进进出出。老校长还带着那几个人。他提出要一间包厢，服务员说包厢已满。正犹豫着，又被告知，刚好新空出一间，不过要稍等一会儿，让服务员先搞卫生。老校长不敢懈怠，为了抢先，就坐进去了，一边想心事，一边催促服务员赶快将上一拨客人用过的茶盏茶壶撤走。

不一会儿，"鸡窝"也到了。她再次感谢老校长对自己的抬爱。客套之后，就随意聊了起来，聊一些乌市的旧事，聊乌市的发展变化，聊着聊着就聊到了学校的教学大楼。老校长说，县政府现在非常重视调动群众集资办学的积极性，他们有个原则，地方能筹集到多少钱，他们就按照一比一的比例拨付多少钱。"鸡窝"问那咱已经筹了多少？老校长告诉她，说惭愧得很，几个月跑下来，也不过仨瓜俩枣，塞牙缝都不够。"鸡窝"想了想，就说老校长您也别跑了。这样吧，五十万，我来出。说完就让老校长提供银行账户，她在电话里，也就几句话，就把转账的事办妥了。

老校长大喜过望，他自然是千恩万谢了。

那几天，老校长恍恍惚惚的，太突然了，太容易了，有些不可思议，像是在做梦。可事情千真万确，那五十万就躺在银行账户里！他又觉得，这件事有些诡异。为什么之前一直没人想到要找"鸡窝"？为什么"鸡窝"如此慷慨解囊帮了乌市这么大的忙？要是没有自己那一激灵，恐怕永远也要不到这五十万。这样一想，就觉得自己与"鸡窝"有缘，乌市与"鸡窝"有缘。"鸡窝"流落乌市，是乌市的福气。

不管怎么说，老校长完成任务了，变得轻松了。筹集资金是他的事，建造大楼是别人的事，不用他操心了。不过，他还是提了个要求，他要给新的教学大楼命名，就叫"书雅楼"。他说，这既切合学校教书育人的本义，又能表彰袁淑雅女士捐资办学的义举。

4

一年后，大楼落成。

"就是县中学的教学大楼，书雅楼也能把它比下去。"张德邻老校长这句话，难免有自夸的意思。他对书雅楼的筹建功不可没，挺有成就感的，到现在还沾沾自喜。不过，说实在话，县中学的教学大楼在它面前，也不免显破旧，更不用说其他乡镇中学那些破破败败的校舍了。

庆典这天，乌市像欢迎英雄一样把"鸡窝"请回来。主席台上，她衣着光鲜，一身饰物闪亮，仪态万方。台下，万人瞩目，赞叹不已。

"'鸡窝'还是那么标致啊！"

"那是肯定的。人家现在可有钱了！"

"她不就是个开发廊的吗，怎么会赚了那么多钱？"

"你那是老皇历了，人家早不吃这碗饭了！人家如今在做大生意呢！"

她究竟是做什么生意的？有的说是钢材生意，有的说是煤炭生意，有的说是搞车皮……各人按照自己所知道的大生意去猜测。也有的人说，"鸡窝"继承了一笔巨额遗产，她的亲人临终前嘱咐，要她好好感谢养育她的乌市父老乡亲。

台下议论不已；台上"鸡窝"讲话了。她感谢乌市对自己的养育之恩。她说她只是做了自己应该做的，表示今后将一如既往大力支持乌市的公益事业。她还说，等她老了，还回乌市安度晚年。

这话乌市人爱听，掌声雷动。人们仿佛看到了百废待兴的希望。

有识之士指点，说是应该趁热打铁。于是，便有几个地方上有些威望的父兄站出来，牵头做方案，有说要继续改善校舍的，有说要修建镇医院门诊楼的，有说要架桥铺路的，有说要修葺敬老院的，总之要做的事很多。还有人提出，发展教育，应该设立奖教奖学基金，等等，都是好想法。

老校长众望所归，他又被委以重任。而且，这次他没有推辞。

他给"鸡窝"打了电话，说一些恭喜发财之类的好话，又说是要汇报乌市兴办公益的情况。"鸡窝"的态度还是那样热情，却没有什么明确的表示。电话打过几次，情况大同小异，人们就纳闷了。

"也许'鸡窝'不像我们所想的那样有钱吧。"有人说。

"不定她眼下正遇到什么难处呢。"有人表示理解。

"爸，我看您还是悠着点吧。人家一给个笑脸，您就没头没脸地死命咬上去，傻不傻呀？"儿子的一句话，顿时使老校长感到无地自容。为老不尊！他说着打了自己一个耳光。

老校长打了退堂鼓，其他人那里，也没有让人眼前一亮的表现。所以，接下来的那几年，乌市的地方公益活动，动静不断，可都是些小打小闹，再没能搞出件像样的事情来。

那几年，乌市的读书风气很浓，可以说是空前绝后。

老校长家村子前有片老油茶树林。时隔多年，这一年，突然就开花了，村里人也没怎么在意。不久，喜报传来，村里有三个孩子高中，一人考上大学，两人考上中专。细心的村民发现，那片油茶树林，不多不少，正好花开三树。众人跑去一看，还真是呢！于是便以为灵异，好像这两件事之间存在某种必然。

"明年这油茶树林要是能花开一片，那咱村不得能有十个八个孩子上大学？"有人说。

村里人自然希望这样，就觉得这片油茶树林是村子的福音，纷纷相互转告，说这片林子大家今后一定要好生看养，就差没订立乡规民约了。

村里的人跟老校长说起这件事。老校长不以为然，说别的村子没有油茶树林，一样有孩子考上大学。他还告诉大家，说这一年，乌市中学高考成绩斐然，县里都轰动了。

流有源、树有根，乌市人自然地就想到书雅楼，想起"鸡窝"。

"我们应该给'鸡窝'立一座功德碑。"有人提议。

附和的人不少，且基本上没什么人反对。大家仿佛看到，有书雅楼撑着，又有功德碑罩着，乌市从此地灵人杰。谁愿意坏了地方上的好事？

不过，功德碑终于还是没有立起来。有关方面说，现在不时兴这样。众人想不通，说功德碑怎么了？对地方有功德的人，就应该树碑立传！

德邻老校长倒是看得开，他说，书雅楼本身就是一座功德丰碑。

5

乌市人绝对想不到，书雅楼给学校带来的火热，不过短短的几年时间。仿佛一朵祥云，说散就散了，而且，任怎样也再拢不回来。

先是乌市中学高中撤办，只保留初中。乌市人自然是一百个不愿意。德邻老校长记得很清楚，民国时乌市只有小学，没有中学，他当时就读的省立十三中，远在百里之外，要翻越几座大山，往返十分艰苦。新中国成立后，乌市才有了中学，先是初中，几年后又办起了高中。兴办学校，关乎地方风化，几十年历史的高中，说没就没了，这不是走下坡路吗？他想不通，到处呼吁，又多次写信，上门找有关部门，找有关领导，据理力争。可人家说，整合办学，是教学资源优化配置需要，是教育发展的趋势。又说，老同志也要与时俱进，要配合和支持工作。他的努力没有结果，一点儿办法都没有。不过还是想不通，认为上级部门和领导是乱弹琴。

可是，接下来发生的情况——学生流失，班级规模缩减——就怪不得人家上级领导了。

"现在的老师不比从前了，也不知道他们是怎么教的。"

德邻老校长不许别人这样说。尊师重教是个优良传统，不能坏了这个传统。有问题解决问题，怎能将责任全推到老师头上？况且，他知道，现在的老师比以前更负责任，更有办法了，作业更多，考试更多，一心要提高学生的成绩，一心为学生好，怎能怪老师呢？

德邻老校长有个侄孙，要退学，要进城打工。他听说后，将那孩子找来，语重心长地开导了一番。但那孩子没听他的，气得他将孩子的父亲大骂一通：

"孩子不懂事，可以理解，可你做父亲的怎么能这样不明事理？"

"我劝过他的，孩子不听。"孩子的父亲说。

"读书才是唯一的出路啊！你为什么就不能把孩子拦下来呢？"

话是这样说，但村里的情况，老校长多少也知道一些。有的家庭为了孩子读书，欠了一屁股债；有的孩子大学毕业后找不到工作，家庭更加贫困了。对于生活，每个人都有掂量，轻重自知，他怎能强求别人要这样那样呢？不过，有一样老校长还是闹不明白：他那个年代，生活那样贫困，孩子们背着萝卜干，一样能欢天喜地上学读书；现在，生活比过去不知要好上多少倍，那些孩子反而不爱读书了，这是为什么呢？

这种情况让人担忧，人们便思考其中的原因。可问题太复杂，像一窝糨糊，想得人的脑仁直疼。不过，人总是有办法的。人的智慧什么时候低头过？

"书雅楼阴气太重。"不知是谁起的头，这种说法不胫而走。

老校长感到不可思议，为这话，他与别人有过多次争论。别人尊重他，见他坚持，一般都会转移话题，不再与他相争。但他知道，他并没有改变别人的看法。社会很复杂，又那样古怪。像这些非常八卦的事，有时人们根本就不以为然，有时又更愿意相信它。他知道，现在是人们更愿意相信八卦的时候，任何解释都没用。

这天，现任王校长找他，对他说："老校长，我们想把'书雅楼'改为'教学大楼'。"

老校长知道他心里的想法，很不理解，便有些生气："你怎么也相信这种说法？这都是些吃饱了撑着的人，凭空想象杜撰出来的鬼话！别人说说也就罢了，你怎么也信以为真，要给书雅楼改名？"

王校长显得有些无助，他说："我也不相信这类说法。可是，中学这几年不景气，我们的压力很大，得想办法不是？总不能让这种状况继续下去吧？"

"想办法是应该的，但怎能找这样的办法？"

"我们想了很多办法，采取了很多措施，书雅楼改名，也是不得已而为之。袁淑雅女士捐资办学是该褒奖，但她之前的一些故事和传说，有伤风化。我们当然可以不用计较。问题是，一说书雅楼，学生就会想到'鸡窝'，就会说起那些故事和传说。我想，书雅楼改名了，也许事情就变好起来了呢。"

老校长沉默了。他还能再说什么？唯有长叹一声，又摇了摇头，就走了。

"书雅楼"变成了"教学大楼"。

每一次路过，老校长心里都像是被针尖戳了一下，他感到对不起袁淑雅的一片好心。当然，他还是衷心祝愿，书雅楼的改名能给学校带来新的希望。

6

一年过去了。又一年也过去了。学校的状况依然没什么改观，像一支人心惶惶的部队，逃兵不断，那几个班编制还在，却一直不能达到满员。中考成绩还是乏善可陈，想要自我打气一下都不知道该从何说起。

一到春节，乌市就会一下子变得热闹起来。外出打工的人回来了。一拨又一拨年轻人（其中有不少十五六岁的孩子）穿着花花绿绿的衣服，嘻嘻哈哈，招摇过市，像是要引领一种新的潮流。他们可不是空手回来的。他们兜里有钱！有好些人家因此盖起了楼房。

老校长看在眼里，很不爽。难道说世道真的变了吗？他知道自己已经老朽，是在以老派的眼光看待社会的变化，却仍然很自信。他想，世道自然总是变的，但几千年的历史，文明是一种趋势，什么时候，读书都不会错。

这下人们该明白了吧，问题不在"书雅楼"。问题究竟出在哪里？很复杂，半天也说不清楚。但事实已经证明，问题不在"书雅楼"。谣言止于真相。"书雅楼"已经洗刷蒙冤，大家应该不会再说什么了，老校长如释重负，松了口气。可是，"书雅楼"没有了，而且，老校长知道，不可能再将它改回来了。一想到这一点，老校长就感到很遗憾。

"镜子里没有月亮，偏要打破镜子往里面找！"他像是抱怨一伙做错了事的孩子。

但是，他还是把问题想得过于简单了。他们说，镜子里本来是有月亮的，但它跑到湖里去了，湖水里有月亮。他们还说，事情做得不够彻底！

"这是什么话？难道是想把大楼也拆了？"老校长怒斥。

他们是想把大楼拆了。他们说，雷峰塔不倒，白娘子就得不到解救。

不过，他们做不到。谁有能力建起一幢新的大楼呢？

他们虽然拆不掉大楼，却能赋予大楼不祥的色彩，让它蒙受种种不实之词，承担人们种种不如意的责任。既如此，当年推动大楼建造的功臣，就是好心做了错事，留下祸害。

"愚昧！"

"不讲道理！"

老校长驳斥、辩解，也耐下心来讲道理，但这些努力全都徒劳，人们不相信他。而且，他发现，没几个人能够跟他一起战斗，渐渐地也不怎么去抗争了。他只是感到憋屈，也为袁淑雅感到悲哀。他想，自己要有能力再建造一座大楼，为了证明什么，他情愿把这座大楼给拆了，看他们还能再说什么。

没人能够拆得了这座大楼。也就几年历史的大楼，却像一座百年老宅，落寞地矗立在校园里，阅尽人间冷暖。

7

几年后，这座大楼终于还是被拆掉了。政府不用花老百姓一分钱，新盖了一座更漂亮的教学大楼。政府还拆掉旧的学生宿舍，盖起星级学生公寓，将学生操场改造成塑胶运动场，将校道改造成景观大道……

遗憾的是，张德邻老校长在炮机轰鸣、书雅楼颓然倒下的那一刻，永远地闭上了双眼。他没能看到乌市中学发展的全新景象。

蒲公英

"不去做不行吗？"阿珍出门的时候，俊良嘟哝了这么一句。

"我不做你做呀？"阿珍没好气地回他。他听得出她的抱怨。

阿珍是一企业的财务人员，工资不算高，但也还过得去。他俩都有稳定的工作和收入，没有太多家庭负担，只有一个上中学的孩子，平时不愁吃不愁穿的，家里还小有积蓄，可阿珍放着好日子不过，偏要在周末的这两天到一家私企做兼职。俊良说过她几次，但每一次招来的不是埋怨便是挖苦。

"老邓他们家房子都供上两套了，你整天一本破书，翻了又翻，也不知道能翻出什么宝贝来。"

俊良知道阿珍心里躁动。这些年来，社会上的人忙着挣钱，一会儿炒股一会儿买房，有好些人都富得流油，俊良心里也起涟漪，但他却能看得开。他想，并不是每朵花开都是大红大紫，这人和人不一样，有的人能挣，就富；有的人不能挣，就穷，这是自然而然的事，谁瞅着眼热也不行。不过，阿珍老拿老邓家说事，还是让俊良隐隐地觉得有些不是滋味。

老邓是俊良的同事，也是最好的朋友。他俩读中学时是一个班的同学，俊良是班上的宠儿，而老邓在学习上总是磕磕绊绊，显得有些吃力,属于提着靴才能勉强跟上的那种。大学俊良读的是本科重点,老邓只是勉强考了个专科学校。参加工作后,只两年,俊良便与城里的女孩阿珍结为伉俪,而老邓兜兜转转,最后娶了农村的姑娘为妻。那时,他们是邻居,十几户人家住在一溜平房里,关系很融洽。老邓的老婆没有工作,人看起来很实在。一天,她的隔壁问她,昨天半夜里你是不是梦游了?老是床啊床的喊。她说影响你休息了,真不好意思。都怪我们家老邓,是他让我这么喊的。大家先是云里雾里,接着便是一阵哄笑。后来听说因为这事,老邓有半个月都不想理她。

相比之下,俊良一直都有着一些心理上的优势。

因为向往大城市的繁华,几年后,俊良和老邓又先后来到了省城,在同一所中学里教书。从此之后,他们两家之间的对比态势便悄悄地发生了变化。老邓教的是数学,求他家教的学生和家长把门都挤破了,收入很可观;俊良呢,教的是历史,只能守着那份死工资过日子。收入的差距自然会在生活上体现出来。他们两家常来常往,毕竟是女人,阿珍要敏感一些,情绪不好时常唠叨,说俊良人懒不上进,对家庭没有责任心。

其实俊良心里也有失落,他何尝不想像老邓那样挣钱?但毕竟他们不一样。老邓在自家的客厅里两张大圆桌一摆,十个八个学生已坐成一圈,一次两个小时;一拨没完另一拨已候在门外,周末的两天排得满满的,有规模效益。俊良的历史课,基本上没什么家教辅导的需求,偶尔有,也是一两个,所得有限。为这仨瓜俩枣玷污了书生的清白,不值!还不如落个清闲呢。俊良在说明其中缘由的时候,还会对阿珍进行开导,他说:"生活里还有很多重要的东西,不能眼里只有钱。"

"穷酸穷酸,穷也就罢了,我也不怪你,再酸就让人受不了了。"阿珍嗤之以鼻。

"话也不能这么说。各人有各人的活法，反正我们富不了，但也饿不死，向内求，也是一片天地，那里也有天光云影，好着呢。"俊良循循善诱。

"自欺欺人！还是酸！"阿珍拒之千里。

他家后阳台紧挨着一棵高大的木棉，枝繁叶茂，甚是养眼，常有一些鸟儿在枝头啁啾，松鼠则在枝杈间窜来窜去。

"鸟儿在欢歌呢，在逗乐呢，它并没有急煎煎地要去觅食。"俊良话中有话。

"这样的鸟儿迟早有一天会因为饥寒而死去。"阿珍反唇相讥。

在对生活的理解上，阿珍就是不肯让步。好在这也仅限理解的不同，她并没有非得逼迫俊良去做什么，也没有跟他无理取闹，俩人相安无事，日子倒也过得波澜不惊。

吃过早餐，俊良上网浏览一遍新闻，接着看几篇博客文章，感到没什么新意，百无聊赖，便翻出一些照片来看——黎族村落、船形茅草屋、五指山梯田、古盐井……都是自己在几年前拍下来的。大开发让一些美景消失，黎族村落也一个个变成了社会主义新农村，他曾告诉阿珍，说这些照片若干年后就是弥足珍贵的历史画卷。阿珍问：

"值钱不？"

"值大钱！"他十分肯定。

阿珍再问："比咱家阳台角落里那堆石头还值钱？"

只这一句，俊良便无言以对。

俊良不是个无聊的人，这些年，他总有一些业余爱好。最早的时候，他喜欢盆景，一有空，便漫山遍野去寻，九里香、福建茶、小叶榕……稍有点形状的便挖回来，种陶盆里，浇水施肥、剪枝造型，乐在其中。可几年过去了，也没有搞出一件像样的东西来，渐渐地对盆景的兴趣就淡了。不久，又喜欢上了石头，常和几个朋友一起，踏遍方圆几十里的河谷溪滩，拾回不少，挑挑拣拣之后，将一些中意的留下，时常端详揣摸，自娱自乐。非但如此，他还将其中的一些自认为是精品的在家里摆起来——阳台客厅、书桌茶几，到处都是。阿珍抱怨了，说都是些破石头，碍手碍脚的，搞个卫生也不方便，要拿去扔掉。他拦着，指着其中的一块，说那是黄蜡石，可金贵了。阿珍说既如此，拿一些换钱吧。自然，换钱是没有，丢掉又可惜，最后的归宿只能是阳台的一隅。

接下来，俊良又对摄影有了兴趣，可这次阿珍不高兴了，因为玩摄影是要花钱的。俊良说，买个相机也就几百元而已，钱不多；再说了，家里有个相机，一家人出去玩，也可以照个相什么的，方便。听他这样一说，阿珍也就不再说什么。相机买回来，俊良跑的地方就更远了，五指山、万泉河；莺歌海、南丽湖；黎村苗寨、古渡新区，凡感兴趣的地方都要去。照木棉、照梯田；照楼房、照茅屋；照牧童、照读书郎；照鸭子过路、照白鹭骑牛……几年间，技艺大有长进，有几幅照片还上了报纸，俊良信心满满地打算出一本影集。可是，这一切，因为一件意想不到的事，瞬间戛然而止。

那天夫妻俩傍晚出去散步，前后不过一个小时的工夫，一回来，便发现家里窃贼已光顾过。俩人很紧张，翻箱倒柜清点过后，阿珍松了口气——好在也没有丢什么！俊良却显得很心痛的样子，说要报案。

"也没丢什么吧。"阿珍说。

"那个相机和包包不见了。"

"嗨，一个破相机，都用了有好几年了，不值几个钱，算了，免得招惹麻烦。"

可俊良还是坚决地报了案。

公安人员很快就上门，调查取证。俊良支支吾吾地告诉人家，说那个相机价值好几万呢！阿珍听了，有些心虚，担心会无中生有，连忙纠正，说也就几百元，值不了那么多。

"这个你就不大清楚了，"俊良解释说，"光那相机就有九千多，后来，我还陆续升级了几个镜头，每个镜头，少的有几千，多的有一万几呢。"

阿珍一听，脸都黑了，但她强忍着，没有失态。公安人员一离开，阿珍便发作了：

"你当初不是说相机才有几百元吗？为什么要骗我？"

"我还不是怕你心疼呀！"

"怕我心疼？那你还这样败家？"

阿珍发了一通脾气，不为相机失窃，只为俊良欺骗了她。俊良自知理亏，一声不吭，任由阿珍责骂数落。

这事已过去了一年多，阿珍的气也早就消了，不久前，俊良提起要再买个相机，阿珍也没有强烈反对，她只淡淡地说了一句：以后再说吧。他想，什么时候她高兴了，哄哄她，这事准行。

一棵枝繁叶茂的荔枝树簇拥着农家小院，一老妇手拿笸箩，身旁是兴奋啄食的鸡群。俊良看到这张照片，突然就起了乡愁。屈指算来，已经有差不多三个月没有回过老家，母亲现在还好吗？是该回去看看她老人家了。

五六十公里的路程，俊良开着车，只一个小时就到了家。

母亲迎出门外。俊良发现，老人家好像又苍老了许多。"子欲养而亲不待"，好些人为这一点抱憾终生。可是，母亲尚健在，自己又为她做了多少？俊良在心里不由得闪出深深的愧疚，同时夹杂着些许的悲哀。

见他回来，母亲很高兴，拉着他的手唠唠叨叨，问长问短：

"你工作忙不忙？"

"还行。"

"孙子还听话吧？"

"还可以。"

"阿珍上班的地方离得远，来来回回地还顾得上不？"

"妈，您放心，我们都很好。倒是您，身体怎么样？"

"唉，人老了，一年不如一年，不过也没什么大碍。"

"家里一切都好吧？"

"还不是那个老样子！唉……"母亲说罢，叹了口气。

俊良见状，便问："妈，有什么不顺心的事吗？"

犹豫了一下，母亲说："你都看到了，家里的老房子破破败败的，也不像个样子，别人都瞧不起，是该修一修。你侄子呢，早两年就该成家了，但说了几个姑娘，最后都黄了，人家嫌弃，都因为家里的房子。你哥心里急啊，可守着几亩薄地，他有什么能力？你但凡还有点办法，就帮一帮你哥吧。"

俊良听了，心里很不好受，忙安慰说："妈您就放心吧，这事我回去就跟阿珍商量。"

听这话，算是答应了，又好像底气不足。母亲也不好再说什么，只是又叹了口气。

返程的路上，俊良心里有些乱。他想，再买相机这事要先放一放了，虽然很不舍，很无奈，但他忘不了刚才母亲那种表情和眼神，还有略显低三下四的语气。父亲死得早，是母亲拉扯着他兄弟俩一路走过来的，日子诸多艰难。为了这个家，为了他读书，他哥出力不少；母亲现在年事已高，也是哥在家尽孝，为这事，听说嫂子时有微词，给家人脸色。可这么多年来，自己又为家里做过什么呢？既然母亲都这样说了，看来不仅哥嫂对他有看法，就是村里人对他也是有看法的，这个忙如果不帮的话，今后怎么面对家里人，又怎么面对村里人？

可是，家里修老房子，少说也要好几万，不是个小数目，这事要好好与阿珍商量，不敢擅自做主，弄不好，事办不成，还影响家庭和睦。阿珍能同意拿这笔钱吗？这事的难度比再买个相机要大得多，如何跟阿珍提起？怎样才能打动她呢？

傍晚，阿珍到家的时候，饭桌上已经摆着好几个热菜，有白斩文昌鸡、清蒸膏蟹，火锅里是石山乳羊，都在冒着诱人的香味，旁边的菜筐子里放着洗好的小白菜、小芥菜。

"今天是什么日子，做了这么多好吃的？"阿珍有些不解。

俊良笑着说："今天是周末，你又辛苦了一天，慰劳慰劳一下嘛。"

阿珍心里高兴，但嘴上还是不忘要占些便宜："哟，难得你这么知冷知热的，太阳从西边出来了？"

俊良开了瓶红酒，夫妻俩有说有笑地吃喝起来。今天的氛围不错，俊良想，是时候了，等再喝两杯，一会儿就跟她说说老家修房子的事。

三两杯下肚后，阿珍脸上起了潮红，有些兴奋，也多了一分温存。

"哎，俊良，我跟你商量个事。"

"什么事？"俊良问。

"我们还是买套房吧。"阿珍希冀的眼神，就像个小姑娘在向她母亲要一件心仪已久的新裙子。

俊良一听，头就大了，真是怕什么偏来什么！他知道，她嘴上常唠叨老邓家买房子的事，其实心里早就想要买套房了，只是一直没有说出来而已。神使鬼差，不早不晚，她偏偏就在这个时候提出来！不行！俊良想，这事得先稳住，否则，老家修房子的事就泡汤了。于是，他便装着很平淡地说：

"我们都有房住了，还买房干什么？"

"现在房价看涨，钱又一直贬值，大家都在想办法买房，傻瓜才将钱存银行呢。"阿珍那口气像个理财专家。

"房价是市场现象，有涨有落，谁能把得准它一直升？"

"房价还会涨，大家都这么说，不会错的。"阿珍显得很有把握。

"就算你说的都是真的，可是要买一套房，我们的钱也不够呀！"

"我们的钱是少点，一次性付清是不够，但交个首付还是有的。"阿珍早就筹划清楚了。

阿珍滴水不漏，句句在理，俊良于是便落了下风，心里一毛躁，脱口便说："我不同意买房！"

"为什么？"阿珍问。

俊良说："你知道买一套房意味着什么？意味着我们将二十年的大好时光交给了银行！二十年后，我们都已垂垂老矣，我可不想将自己美好的一生就这样就交给银行。"

"人无远虑必有近忧，我们也不能只是贪图眼前的享受。"阿珍还在循循善诱。

"我哪里是贪图享受啊！我跟你说吧，我今天回老家了，咱妈说家里的老房子要修一修，指望着咱们呢！"

"家里修房子是好事啊！但这事要缓一缓，等几年再说，老房子就是老房子，跑不了的。"

"等不起了！"俊良的口气有些冲，"咱那侄儿因为房子，都几年了还说不上媳妇。"

看俊良说话嗓门大了起来，阿珍也来气了，说，好姑娘是不会在乎什么房子不房子的，当年你那么穷，我还不是一样嫁了你？俩人于是便话赶话吵了起来，至相互指责，阿珍骂俊良榆木脑壳，不可理喻；俊良斥阿珍薄情寡义，缺乏爱心，俩人的语气都很激愤，谁都不肯让步。

"哎，听说俊良和阿珍在闹别扭，有好几天都互不说话了。"老邓的老婆这样对老邓说。

"为什么呀？"

"还不是为房子的事！阿珍要再买套房子；俊良呢，要在老家修房子，俩人说不到一块，就闹起来了。"

老邓只是"哦"了一声，并不接话，漫不经心地在切换电视频道。

"哎，要不我们去劝劝他们吧。"

"就你会来事！怎么劝呀？是劝买房，还是劝不要买房？弄不好，就是火上浇油，别人家的事你就不要瞎掺和了。"

"也是！"停了停，她又说，"总得关心一下吧。我们去他们家坐一坐，聊一聊，说不定就是个台阶，他们因此就和好了呢！"

老邓一听，觉得也有道理，便和老婆一起，去了俊良家。

俊良和阿珍在较着劲呢，但家里来了客人，也不好脸黑黑，都表现出应有的热情，请坐、倒茶，跟以往没什么两样，只是不愿多说话。老邓知道他俩闹着呢，为了打破僵局，便和老婆一唱一和，带头聊起当年的一些趣事，几分钟后，气氛果然调动了起来。阿珍说：

"老邓年轻那会儿可真逗！记得那次咱们去南岭玩，他单车后架上带着女朋友，上坡路，一样骑得飞快，拐个弯就没影了。"

"可是过了一会儿，却见老邓推着车走下来，东张西望的，问我们说看见阿花没有，我们说阿花不是你带着吗，你猜他怎么说——'刚才是我带着的，但不知道她什么时候下的车，也没有告诉我一声'。"俊良接过阿珍的话。

阿珍嘻嘻笑起来，她拉着老邓老婆手，接着说："你知道吗，老邓当时把我们搞得很紧张，正要分头去找，却听到路边草丛里有人在哼哼，拨开草丛一看，原来是你在里面。"说得大家都笑了起来。

老邓一副冤屈的样子，急着撇清："这怎么能怪我呢？你说她那人笨的，从车上掉下来了，也不懂喊我一声。"

他老婆斜了他一眼，说："谁要喊你！我本来就不大愿意坐你的车，掉下来了正好。"

阿珍颇为感慨，一转眼，就是二十年。阿花呀，嫁给老邓，那是你有福气啊！

老邓的老婆听了，心里很舒服，但她还是要顺势卖乖一下："哎呀，现在大家都这么说，可是你问问老邓，哼，也只有我了，那时谁肯嫁给他？就说现在吧，他也不过是舍得卖力气罢了，家里那些事还不是我打理的？"说到这里，她又变得神神秘秘的，"哎，我跟你们说，房价不久之后会大涨。"老邓瞪了她一眼，她却一点儿都没有领会，继续说，"我弟的信息很准的，他说我们这里的房价还是个洼地。洼地知道吗？四周的水都要流过来，不涨都难。"

老邓忍不住了："你就吹吧！你弟在北京才待了几天，你就以为他是皇上了？他的话好像圣旨似的，他说什么就是什么呀？"

好在这并没有引发俊良和阿珍之间关于买房修房的争论，老邓于是松了口气。

不过，阿珍还是说了："老邓啊，我是很羡慕你们，房子都买了两套了。"

老邓说："哎呀，你就别提了，一提这事我就感到憋屈。我们家阿花猪脑，她弟一鼓动，她就颠颠地跑去买房子，你说买一套也就罢了，可不久之后接着又再买一套，搞得我们现在的日子过得紧巴巴的，这两套房子每月供着，谁吃得消呀？"

"你们现在吃点苦，把房子供出来，将来房价涨起来，你们就享福了。"

老邓不想刺激阿珍，他低调地说："将来的事都是未知数，谁能把握得了？再说了，也不知道我有没有享福的命。"然后，便有意地将话题引到别的方面去了。

夫妻关系在几天后得到缓和，但问题的症结依然存在，稍有提及，便会引起争论，甚至争吵，因此，买房修房也就成了敏感话题，俩人都谨慎地避免正面触及。相比之下，俊良显得更为焦虑，有一种两面夹击的煎熬，承诺的话已经说出去了，如果不兑现，接下来该怎样面对母亲、面对哥嫂？那天大哥打来电话，电话里除了问好便是聊些家常，可他知道他想说什么，因为自己无法给出一个明确的答复，所以也不便主动提及，心里感到很别扭。

俊良整天闷闷不乐，沉默寡言，家里的氛围便显得沉闷冰冷，时间一长，阿珍就受不了，她问俊良："你脑子里整天都在想些什么？着了魔似的。"

"你这不是明知故问吗？"

"这事我都不再提了，你为什么还在纠缠？"

"不是我要纠缠，而是我过不了这个心坎。我们家的有些事，你并不完全清楚。"俊良于是说起老家的一些事，比如母亲独自一人带大两个孩子的百般艰难啦，哥哥为了让他能继续读书而放弃自己的学业啦，因为孝敬母亲引发的哥嫂之间的矛盾啦，总之一句话，就是自己亏欠哥嫂、母亲的太多。接着，他又说："这么多年来，大哥从不对我要求过什么，现在，他家遇到困难了，我却袖手旁观，我能不难过吗？"

阿珍默默地听着，显然是受了感染。

俊良意犹未尽，接着又说："你说我经常教育学生，说做人要学会感恩，可自己却言行不一，我都成了什么人了？"

阿珍想了想，然后说："这样吧，我们把那厢房让出来好不好？"

"要这样的话，我们逢年过节回去住在哪儿？这不是办法，我妈不会同意的。"俊良摇了摇头。

"你想想看，现在修房子花了一大把钱，等到咱侄子结婚，以咱哥嫂家的情况，少不了还要我们帮一把，这样一来，恐怕我们会吃不消。"阿珍冷静地分析。

"那怎么跟我妈解释呢？"

"我来跟咱妈说，"阿珍自告奋勇，"房子呢，我们是要修的，不过现在有点困难。咱侄子要是结婚急着用房，就先住到我们那厢房吧。等过一段我们手头宽裕了，把房子修起来，就一切都好办了。"

听阿珍这么一说，俊良觉得也是个办法，也就不再坚持，心里的纠结也随之解开了。

时间一晃又过了几个月。

老邓住院了。听到这个消息，俊良和阿珍一起赶往医院探望。病床上，老邓一脸蜡黄，血色全无，人瘦了一圈，他老婆陪在一旁，眼睛红红的。俊良关切地问："老邓你这是怎么搞的，没什么大碍吧？"老邓说："我也不知道是怎么搞的，说病就病了。"俊良安慰他，说："病来如山倒病去如抽丝，老邓你什么都不要想，安心养病，过一段就会好起来的。"老邓苦笑笑，有气无力地说："有些事是由不得自己的，听天由命吧。"

告辞的时候，老邓的老婆送出病房。俊良悄悄地打听："是什么病？"老邓的老婆苦着脸告诉他："是恶症，肝癌，医生让转院广州，说换肝也许是个办法。"俊良说："年轻的时候老邓是有过肝病，后来好了，一直没事，怎么突然就犯病了？"老邓的老婆悲悲戚戚，说："都怪我，是我害了他！自己没能力，给他太多的压力，对他的身体又关心不够，是我害了他。"她抹了一把眼泪，又说，"这下可好，不知道又要花多少钱，还不知道能不能捡回一条命呢。"俊良赶紧劝慰她，说："嫂子你不要想得太多，也不要这样自责，咱有病治病，有什么需要尽管说，能帮上忙的我们一定帮忙。"

老邓的病对俊良有所触动，他对阿珍说，记得老邓说过有没有享福的命这句话，看来他是知道自己身体的，他这么不顾身不顾命究竟是为了什么？要是命都没了，挣得再多又有什么用？阿珍说生死由命，想太多才没用。

不想是不可能的。这天晚上，俊良躺在床上翻来覆去，总睡不着，乱七八糟地想着一些问题。他一会儿想，要是自己还年轻该多好，人年轻就潇洒，就是穷困也不乏乐趣；一会儿他又想，要是自己有花不完的大把大把的钱就好了，想买什么就买什么，想帮谁就帮谁。夜深了，从北面吹过来的风似乎更欢了，一波又一波，一波风过，俊良就会清晰地听到木棉树叶簌簌脱落的声音，他想，这树花开时节有春风驿动，绿叶成荫时节有热风吹拂，现在要落叶了，则是北风光顾，这一切，似乎都有定数，是既定的律动。唉，阿珍说得对，想太多没用，要紧的还是珍惜生活。

阿珍果然没有像俊良那样想得太多，第二天，她一回到家就对俊良说，今天她去看房子了，地段可以，户型不错，质量也好，价格嘛也可以接受，她已下决心了，买一套。俊良感到有些突然，看着她，眼神怪怪的，问她为什么突然就擅自做主要买房了？阿珍说她已考虑很久，也许现在不买就再也买不了了。俊良问她为什么？她说不为什么。

俊良沉吟一下，像是明白了什么，冷冷地说：

"你该不是怕老邓他们家问我们借钱吧？"

阿珍一听，急眼了："老邓他们家问我们借钱了吗？你妻子是这样的人吗？你太不了解我了，没见过如此作践自己妻子的人。"

"要不你就是再不打算给家里修房子了！"

"我说过不给家里修房子了吗？"

"反正我不同意买房。"

阿珍说："我告诉你，你不同意也要买，我已经交了几千元的定金了。"

阿珍以为这一次俊良就是不同意也得同意，顶多是多挨几句骂，她认了。哪知道俊良真的较上劲了，他说：

"交了定金也不行，要买你自己买。"

"你这话是什么意思？"阿珍瞪着俊良。

"没什么意思。"俊良不肯让步。

"你是不是说，我们不过了！"阿珍眼里藏着威胁。

"随你！"俊良很干脆，一点都不肯妥协。

"不过就不过了！"阿珍一把抓起手包，气冲冲地摔门而去。

俩人的关系又再次闹僵。

这一天很晚了，阿珍还没有回来，俊良估摸着是回了娘家，却又有些放心不下，便托了个熟人打听，果然是在娘家。

这一次，俊良真的很气愤，他想，家里要是有闲钱，买一套也好，两套也罢，只要力所能及，做些投资，也是可以的。可家里就这么一点钱，也折腾着要买房，就算东拼西凑，交个首付也艰难，此后还要月月供着，今后的日子怎么过呀？本来，之前他还有一个想法，什么时候阿珍高兴了，再买个相机，毕竟摄影是他的爱好，也尝到了其中的乐趣。现在，相机不买也就罢了，可老家的房子是不能不修的，这件事如果不做，还有什么脸面面对家乡父老？

阿珍一连几天都住在娘家。其实，她也很后悔，就算是同林鸟，也没有到各自飞的时候，不就是买不买房这点儿事嘛，就算是几千元的定金打水漂了，也不至于就到了这种地步。想想又觉得俊良可恨，这话不过脱口而出，说说而已，我一个女人家见识短也就罢了，你一个大男人怎么就这么没气量？你要是给我个台阶下，也不至于出现这种局面。覆水难收啊，话已经说出去了，就算成不了涝，也得湿点地吧！闹一闹是必须的。

有熟人带话，说只要俊良认错，阿珍就回家。俊良说我有什么错？她要回便回，我是不会认错的。他想，这家的日子不是过给别人看的，只要自己满意就可以，干吗要老跟别人攀比？这一次要是让步了，今后的日子只能是由着阿珍的风格走下去了，为老家修房子的承诺便成了个破灭的泡影，自己再不可能做些自己喜欢做的事，这日子过得还有什么意思？

阿珍被驳了面子，一下子就火了，她给俊良打电话，只说了一句："你要真的不想过了，咱俩离婚吧！"

世事难料，俊良下了那么大的决心，说是打死也不会改变主意，可最后他还是服了软。

这一天，突然传来一个重大消息，说是国家决定在本省启动国际旅游岛建设。上上下下都议论开了，都说发展的重大机遇来了，别的倒没什么，房价却是快速反应，直线攀升。俊良不由得想起阿珍之前吵着要买的那套房，却见阿珍跨进了家门，那样子有些招摇。

"回来了？"

"回来了！"

"那套房你怎么处理了？"

阿珍听了，不阴不阳地说："我哪敢做主啊？这买还是不买我说了不算。"

俊良自知理亏，但他还是显得不耐烦的样子："你就不要摆谱了，究竟是买下来了还是退掉了？"

"哟，之前我一提起，你就激烈反对，现在倒主动关心起来了？"阿珍白了他一眼。其实，她心里早就乐开了花，可她却有意拿捏着，先挂好坤包，换了鞋，再倒一杯水，坐下来慢慢喝了一口，然后才说："正要问你呢，卖房小姐今天来电话了，问我那套房还买不买？要不买，定金可以退还，全额，还可以得到几万元的好处。你拿主意吧。"

房价已经涨了一倍多了，俊良心里大概算了一下，这好处是几十万和几万的差距！他无法拒绝这巨大的好处，只能无奈地接受了买房的选择。

在售楼处办好了买房手续，俊良和阿珍抽空去看了房子。几经周折，他们被引导到一处用铁皮围起来的建筑工地，施工机械已经进驻，但地里还满是杂草。寒风中，狗尾巴花左右飘摇，蒲公英则絮絮叨叨。阵风吹过，狗尾巴花更加欢快，而蒲公英则显得七零八落，一朵蒲公英飞起来了，又一朵蒲公英飞起来了。俊良知道，这里将崛起一片高楼，其中有属于自己的一小套，它将改变自己的生活，但他不知道是变得更好，还是变得更坏。

老邓终于还是走了。给老邓送殡时，俊良突然想起他说过的那句话——"有些事是由不得自己的，听天由命吧"，眼前又飞过那朵蒲公英，萦回飘转，不知最终抛落何方。

铁锈锅

1

百无聊赖，我找了个篮球，到球场上，自己跟自己玩。

学校在一个较大的村子边上，三排砖瓦平房，两排做教室，一排是教师宿舍。旁边一间破旧的房子，古色古香，是村里的祠堂，里面的神像牌位在早几年的那场"动乱"中已被扫地出门，现在归学校使用，隔成一大两小三间，大的一间是办公室，两间小的当作仓库，零零散散地堆放着一些教学用品、体育器材、劳动工具。学校后面是一片荒山，遍布藤蔓攀爬的灌木丛、刺竹丛、野菠萝，还有一簇一簇的芒草。若是冬天，那些芒草开出穗状的花，白茫茫一片，在寒风薄雾中兀自摇曳，有一种苍凉悠远的美感，可有时也会让人生出些许寂寥和惆怅。

周边五六个村子的孩子都到这里上学。学校不大，不过十个老师，却有过半是村里代课的。下午放学后，学生回家了，代课老师也回家了，学校一下子变得空荡荡的没一点人气。

夕阳下几排校舍，孤零零，静默无声，我有时会想起山里的寺庙和僧人，或是想起教堂，想起教堂里的牧师和神甫。

玩了几个过人上篮的动作，因没有对抗，了无生趣，便改玩打板进筐，又因为角度把握不好，投了几个，总打不进。环顾之下，我摇摇头。这里与其说是个球场，其实也就那么一块平地，在边上埋两根碗口粗的木条，顶上钉几块木板，再装上一个篮筐，仅此而已。篮下一小块，因为经常踩踏，裸露泥沙，其他地方则全都长满荒草。风吹雨打，篮板已经变形，凹凸不平，有一块还烂掉了。还打板进筐呢！南辕北辙，再玩，恐怕连原有的技术也报废了。还是练一练远投吧。我单脚立地，另一只脚踩住篮球，左手抓着右手，又开五指，前后摆了摆手腕，找远投的感觉。吱溜——球出手后，一个漂亮的抛物线，空心打进篮筐，有些兴奋，可球没遮没拦，飞到远处，落地反弹，又跳起几个碎步，然后滚进荒草里。草地并不葳蕤，可草秆及膝，上面有很多倒刺，球捡了回来，裤腿上已粘满草刺，痒痒的，很烦人。再投，砰的一声，球砸在篮筐上，弹出老远，同样是滚到草丛里，又得费力地把球捡回来。第三个球更让人失望，连篮筐的边毛都够不着，直接就飞进草地里了。望着皮球一点一点地遁入草丛，我突然像一下子被掏空了一样，浑身上下没劲，软塌塌地坐在地上，掏出卷烟，点燃之后，又仰倒在地，茫然地望着风吹树梢动，烟与云齐飞。

"李老师，饭做好了——"花姐喊我。

花姐是我的邻居，孩子已经上初中，她让孩子叫我哥，论起来我该叫她花姨的，却很难叫得出口，她比我大不了几岁。我叫花姐的时候，她就纠正：叫花姨！可我觉拗口，还叫花姐。几次之后，她就说，叫花姐也好，这样更显亲切。"周校长回来了没有？"我问。我知道他今天到镇上的学校开会去了。

"谁知道这老头子什么时候才回来？你要是饿了就先吃吧。"

她一般叫他老周，有的时候也叫他老头子，就因为他比她大十几岁。有时聊起，她就跟人说："他一个右派，也就是我了，谁肯嫁他？"像是急于要表白她下嫁的超脱和高尚似的。他本来是在城里的学校教书的，自己还不明白究竟是怎么一回事就糊里糊涂地成了右派，下放到这个山高皇帝远的地方，一待就是二十几年。她是村里的姑娘，知道的人都说，当年是她追他追得紧，他也是没办法了，最后才娶了她的。结婚后，一开始是东风压倒西风，可慢慢地，风向转了，西风压倒东风，他凡事总让着她。她是得了便宜卖乖呢！别人都这么说，可我倒觉得，他们两个是很般配的。花姐人很热心，她说你要是懒得做饭，就在我们家凑合吧——她这个人有个特点，要帮你的时候，你若客气，就会像是割了她几斤肉一样的不高兴——这正合我意，求之不得，所以就常常在他们家蹭饭吃。

　　"我还是等周校长回来吧。"我说。一转身，看见梅子从从容容看风景一样朝这边走过来。

　　"李老师，梅子来我这里串门很勤呢，像是我家里藏着个帅小伙似的。"花姐看着我，笑意有些暧昧。她的用意再明白不过了，但我装作不懂，只附和了一句："她大概是闲来没事吧。"

　　梅子也是村里的姑娘，齐耳短发，瓜子脸，爱穿一件格子白衬衫，看上去文静、清爽，招人喜欢。她在学校代过课，那段时间，校长安排我当她的师傅，说是她没上过课，让带一带。我不是好为人师的那种人，况且我的课也上得不好呢，但我没有拒绝。我们在一起讨论教学方面的问题，也谈天说地，说一些风土人情、个人记趣。她跟我说过，公社想让她参加斗批改工作队，她不愿意，她就喜欢做个老师，这件事，让我对她另眼相看。在这里我没什么朋友，说心里话，有时还真盼望着能跟她说说话呢，而她好像也喜欢没话找话地要跟我聊一聊，彼此都觉得说话投机。

"他俩倒是一对呢。"有人起哄了。这话就像往湖里丢进一块石头，紧接着闲话就如同漾起的涟漪一圈一圈地扩散开来。小地方就这样，爱管闲事，真拿他们没办法。"梅子是个好姑娘，你要是有意思，我帮你说去。"花姐悄悄地这样对我说。我说不是那么一回事，可她不信，还一个劲地说："别不好意思，喜欢她就放马去追！我也是谈过恋爱的，在这方面，怎么会不好意思呢！"我是喜欢她，但不是那么一回事，你让我怎么说呢？我知道说也没用，所以只是笑笑，但已经意识到问题复杂了，从此对梅子就变得不远不近起来。

"吃饭了没？"我说。转眼梅子就到了跟前，这句话算是打个招呼。

"还没呢！来跟你蹭饭呢！"说着就咯咯笑起来，脸红红的，又说，"逗你玩的，我吃过了，没什么事，来花姐这里串门。"

"那你们聊吧，我去冲个澡。"

回到房间，我拿了个水桶，想想，又将前两天换洗的衣服放进桶里。我这个人有些懒，换洗的衣服随便扔，几次之后，没办法了，才一起拿去洗。有一次，梅子来找我，我说你先坐坐，我要上课去了。待到下课后回来，就看见梅子在房间前面的晾衣绳上晾衣服。这件事，别人有闲话，我也很不好意思。我可不想她这样。

太阳已经下山，夜幕就要降临，伯劳站在母生树高高的梢头，嘎嘎地叫。去水井的路上，一样行走着早出晚归的农人，但跟早几年相比，行色已然不同，有人刚从责任田里忙完回来；有人忙完了责任田，又急匆匆地挑着一对水桶到菜地里浇园。有的人显然是刚从镇上赶回来的，他们不再偷偷摸摸，而是光明正大地做起小商小贩小生意。我感到有一种全新的气息扑面而来，心里躁动，漾起一圈涟漪。

2

到山里的学校来教书，这个过程明明灭灭，到最后，连我也搞不清楚自己是怎么来的了。

那天，是镇里的学区主任送我来的。"就这一点行李啊？"临走时，他问。我说："我一个单身汉，又没有拖儿带女，哪有那么多东西。"他想了想，然后说："别的东西可以没有，锅还是要带一个的，没有锅你去哪儿找饭吃？"说完之后让我稍等。过了一会儿，就见他手里拿着一口小铁锅回来。"我买的，送你了。"他说。山道弯弯，上坡下坡，他推着单车，后架上驮着我的行李，小铁锅磕磕碰碰，不时叮当响。"你看你变成什么样子了，去哪儿哪儿不要！""你是个优秀青年，要振作起来，好好地干出一番事业。"一路上他不停地说，一会儿是恨铁不成钢，一会儿又是语重心长。我默默地跟在后面。我还有什么可说的呢，三年不到就换了四个学校，不过，后面的那句话，还是勾起了我的某些回忆。

"到山区去，到边疆去，到祖国最需要的地方去！"这是我在毕业典礼上的发言。在发言中，有感想、有鼓动、有决心、有誓言，声情并茂，慷慨激昂，台下黑压压上千人，我不知道有多少人在注意听，也不知道有多少人是赞同的。我只是在完成一项任务。我是学生会的干部，领导把这个任务交给我，我就要想方设法去做好。事后，领导说，你的发言很有说服力，反响强烈，不错！不过也有个别同学私下议论，说我作秀，这就让我感到委屈了。

说实在话，对毕业后的去向，我当时并没有什么主见，有时觉得还

142 | 雄 关 漫 道

是待在城市好，城市里条件优越，生活方便；有时又觉得，就是去农村也不是什么坏事，农村是艰苦些，但能锻炼人、造就人，一样能做出成绩，受电影《早春二月》的影响，甚至还觉得农村的生活富有诗情画意。各种各样的想法苍狗白云、白云苍狗，变来变去，但有一点是坚定的，苍狗还是白云，那要看国家需要，服从组织安排。我在毕业典礼上的发言，没有口是心非，更不是要靠出卖自己的灵魂来换取什么好处。当然，对个别同学的非议，我保持沉默，不置辩白，我想，让事实来说话吧，到时候他们就会什么都明白了。

等待毕业分配的那段日子，同学们大多心事重重，而且显得敏感，像是在各自提防着。丹是我的女朋友，在我面前，她没有藏着掖着。

"要是能留在城里就好了。"她说。我们并肩坐在草地上，她折下一草秆，攥在手里，不停地去挠另一只手心，两眼却看向远处。听得出来，话里有期盼，也有担忧，是一种想得到又怕失去的焦虑。

丹是城里人，她的心态我能理解，我一时不知道该说些什么，所以也只是静静地坐着，眼望前方。前方不远处，有人行色匆匆，有人漫步闲聊，也有人低头静读，他们的事与我们无关，正如我们的事跟他们无关一样。

"你呢？"她侧过脸，看着我，"你有什么打算？"

"我无所谓。"我说。她不高兴了，睨了我一眼。我也是这个城市的人，城里的人哪有不想留下来的道理？我想，她一定以为我在忽悠她，便认真地说："我真的无所谓，去哪儿都行！倒是你，想法是好的，我也希望你能留在城里。但是，如果最后不能如愿呢？你想过没有？"她沉默无语。过一会儿，她说："要真是那样，最好是你去哪儿我也跟着去哪儿。"这话动听，我一激动，就想抱她，但左右看了看后，已经半张开的双臂又返回了原位。

丹是同学中最让我怦然心动的一个，细挑身材，眼含秋波，一头秀发领风气之先，瀑布一般泼洒下来；她行走姿态尤为动人，修腿之上，臀部有如两只脱兔亲密互动；手臂向后摆时，手腕柔柔的像是要飞出去却又陡然地收了回来。同学之间，路上相遇，当面装作平常，目不斜视，一声招呼而已；侧身而过后，却回头偷偷地看上一眼，不期然也遇上同样的目光——我和她就这样对上眼了！我喜欢她，她也喜欢我，渐渐地我们两个就常常是出双入对了。"他俩谈恋爱！"有同学这样说。对此，她不否认，我当然也就乐得缄口，心里正暗暗希望她做我的女朋友呢。

两天后，我便得知自己留在了城里，系里领导告知的，说是市里有单位要人，看过档案后，指名要了我。第二天大清早，丹就问起这事，我证实地点点头。没有不透风的墙，古人的话没有错的。看来，很多同学大概都知道这事了。然后，丹向我打听她的情况。我摇摇头，说我只知道自己的，别人的事一概不知，也无法打听，这是原则。她听了满脸愁云，说十有八九她是要安排到农村了，这可怎么办呢？有没有什么办法呢？说着就掉眼泪。我能有什么办法？只有安慰她，说你的学业成绩比我好，人家争着要呢，肯定能留在城市的。

丹的分配最后还是到了农村。那几天，我到处找不着她，最后找到她家里。"为什么偏偏是我？成绩比我差的都能留在城里！""我一个弱女子，山高路远，千年不回一趟，活着还有什么意思？"她是哭着见我的，边哭边说，抽抽噎噎，怎么也劝不住。看她伤心无助的样子，我不由地心生怜爱，同时升起一股豪气，要英雄救美，就说："你不要哭了好不好？我跟你对换，你留下来，我去农村！"

我去了一个乡镇中学，感觉还好，除了上课，还让我管团委的工作。那段日子，丹频频给我写信，浓情蜜意，恨不常见。学校管收发的那位阿姨没几天就要往我这里跑一趟。"你有对象啦？"她问。我只是笑笑。她显得有些失望的样子，"我还寻思着把我姐的女儿介绍给你呢！她在镇医院工作，人长得可漂亮了。"我听了还是笑笑。我把留城的机会让给丹，这件事本身的象征意义，在两家人及亲戚朋友眼里视同订婚。我妈不无忧虑，说你要是调不上来怎么办？我说男子汉志在四方，我去的地方算什么？别人还走西口下南洋呢！让她不要担心。不久，那位阿姨来我这里的次数越来越少，就像没了动力的钟摆，越摆越慢，最后就没动静了。一开始，我没在意，直到有一天，跟一位同学聊起，他说你和丹怎么了？又说丹结婚了，还请他吃喜酒了呢。我听了不明就里，还瞪了他一眼。

我妈向我证实了这件事。那一刻，我只觉得有一团红雾自下而上升腾，翻滚膨胀，直逼脑门，一切都在摇晃，什么都看不清楚，当天怎么回的学校，也是糊里糊涂，像失忆一样，全没有一点印象。

3

"来，咱俩喝点小酒。"

周校长两手搓了搓，有些苦中作乐的意思。他好这一口，每次从镇上回来，总是要买瓶酒、几个花生饼。"别的我不敢说，花生是咱这里的最好，花生饼更是一绝，是下酒的好菜。"花生饼又香又脆，是很好吃，但不贵，五分钱就能买一个，他这样说，总不免让人觉得是在为喝酒找理由。花姐知趣，去炒了两个鸡蛋，端上来的时候，他又说了："没鸡，蛋来凑，也不错。"

"你还想吃鸡啊？我现在就去逮来杀了！"

"去呀？"

"德行！我可告诉你，吃了鸡就没有蛋了。"

"好好好，我还是吃蛋吧。"

两人斗嘴，结局似乎是已经注定了的。花姐像是又想起了什么，她说："昨夜里好奇怪，厨房里那两只母鸡像是受到惊动，咕咕地叫，还听到脚步声，我起来查看，又没发现什么。会不会是小偷呀？"我说："是吗？有这回事？让我逮住揍扁他！"周校长说："别听她胡扯，从没有的事，她那是神经过敏。"花姐白了他一眼，"他这个人除了教书，什么都不管，要没有我，恐怕连西北风都喝不上，真是身在福中不知福！"完了又说："李老师啊，你可别小瞧了农村姑娘，要是娶了农村的姑娘，可真是享福哩。"说着拉过梅子的手，看了手心看手背，颇为欣赏的样子，"梅子就比我强，不仅温柔勤劳，还知书达理，也不知道哪个男人有这个福气。"梅子脸红红的，笑微微的，表情却有些僵硬；我呢，是那种事不关己的态度，默不作声。

"咳咳，喝酒，喝酒！"周校长打破尴尬，我随即举起酒杯，跟他碰了一下。

"只知道喝酒！我可问你，辉儿转学的事办得怎样了？"花姐说。

"晚了，还办什么办！"他睨了她一眼，又说，"前一段我说要办到城里的学校，你死命拦着，还疑神疑鬼的，现在晚了。"

"你要飞我不拦你，但要是把辉儿也拐走了我可不答应。"花姐自觉理亏，语气已有收敛。

"不跟你说了！我要跟李老师谈点正事，你不要瞎掺和。"他把目光收回，跟我喝了一口，接着又说，"李老师，我跟你说，现在形势变了，上面很重视教育，要狠抓教学质量。今天的校长会议上，主任说了，县里要组织比赛，我们学区里也要组织联考。"他搓着手，眉飞色舞，显得很兴奋的样子，可我并没有受到太多的感染，只是默默地喝酒。见我无所谓的样子，他又说："这可是一次机会，你不要不当回事，要振作起来，做出成绩，用事实来证明自己，改变别人的看法。"这句话一下子又触动了我的痛点。

那天怎么回的学校，我糊里糊涂，但我知道，我闹了个大笑话，已经将自己抹黑了。事后他们告诉我，那天晚上，我又是唱又是跳，一会儿号啕一会大笑，疯疯癫癫的，还展开双臂，做翱翔状，要从三楼跳下去，把他们吓坏了，几个人不放心，守了我一夜。接下来的几天，我宿舍里横七竖八扔满了空酒瓶，整日醉醺醺的，神志不清，说话前言不搭后语，常常是突然就冒出一句半句莫名其妙的话来，什么普天之下莫非王土啦、苍天已死黄天当立啦。他们认为我大概是神经出了问题，赶紧通知我父母，把我领回家去。

两个星期后我又回到学校，人是安静下来了，但心里还是想不开，想不开不是因为痛失了什么，而是觉得被欺骗了，一切都不是真实的，自己为之付出甚至牺牲的原来都分文不值。我变得无所谓了，对什么都不上心了。学生对我的授课有意见，家长也有意见，领导多次找我谈话，大概是因为有所顾忌吧，他们没有提出严厉批评，只是苦口婆心地劝说开导，我听不进去，还是无所谓的态度，没什么改观。转眼就是期末考试，班主任追着要成绩单，我说你让学生来抄一份吧。学生来了，我把一沓卷子交给他，说你来给吧！他一脸茫然。我教他将卷子用力往空中一抛，卷子飘飘洒洒落下来。然后我就让他一样一样地整理好，告诉他：落在帐子顶上的 90 分；落在桌子上的 80 分；落在床上的 70 分；那些地上的，随便你给，及格或不及格。交代完毕，我扬长而去。

这件事肯定是传开了。第二个学期，刚回到学校，校长就找我，说是小学的教学相对轻松，组织上打算安排我到小学工作，问我有什么想法。我说我无所谓。就这样，我从中学下到小学，并且像走马灯一样，换了一个又一个学校，到处讨人嫌，一直到周校长这里才停了下来。周校长人很好，像湖水一样深沉和包容，大概是由于这个原因，我这股祸水到了这里才得以安静下来。这期间，父母来看过我，表哥也来看过我。表哥送我电子手表、收录机，还有音乐磁带，都是时尚的东西，他说现在不同了，你要是不想在这里干了，回去跟着他干，肯定混得比他还好。我是有些心动了，但还是不甘心，辛辛苦苦读了那么多年的书，怎么就沦落到要去摆地摊，成了贩夫走卒一类？

周校长说得对！我是需要重新证明自己，做出一点成绩来，让别人刮目相看。

4

五年级是要上晚自修的，我有辅导任务。

一间不大的教室，两个小灯泡，三十几个学生挤挤挨挨，打闹喧哗，像一群叽叽喳喳的小麻雀，待到我走进教室，这才安静了下来。说是学生自修，其实还是让老师带，这帮小家伙童蒙不开，哪里懂得怎么自学呢。我布置两道数学题，让他们先练一练。他们倒是听话，不过神态各异：有的搔首有的低头，有的写写画画有的东张西望，还有的如观天书，茫然不知所措。我不由地想，他们中有几个是可以造就的呢？看他们愣头愣脑的样子，估计有的人连梦想都不曾有过呢，这样一想，就有些悲哀袭上心头。估计时间差不多了，我开始检查，一连查了几人，没一个是答对的，心里有火，忍不住就要骂人了——这么简单的问题都搞不懂，猪脑袋呀你们——好在还有小明，他的答案准确无误，让我感到一点欣慰，肝火平息。再一想，又气馁了。周校长说了，镇中心小学要组建一个重点班，从各小学挑选尖子生，小明还有班上另一个成绩较好的学生阿强下星期就要转学去重点班就读。天底下哪有这样的道理，我辛辛苦苦耕耘浇灌，花开一朵你摘去一朵，让我守着枯枝败叶，还不近人情地要求我要让人耳目一新！看来，人就跟水一样，下去容易上来难！我可以振作，可以努力，但要通过这一帮学生来证明自己的能力，恐怕只会越抹越黑。不要做梦了，顺其自然吧。

一下晚自修，那些学生便像出笼的小鸡，扑扑棱棱地跑出教室，急着要回家去，到最后，剩下三个，他们留下来不走了。他们家住在偏僻的村子里，离学校有十里之远，过一会儿，他们就将课桌拼在一起，在教室里应付一宿，以免去一个来回的奔波劳顿。

"阿强，你们几个这两天不错，上课认真听讲，也没有打瞌睡了。"说着我拍了拍阿强的头。前一段，阿强他们几个上午上课老是打瞌睡，我批评他们，阿强说，他也想认真听讲，但肚子咕咕叫，也不知道瞌睡虫怎么就爬上来了。我说读书不比玩耍，是很辛苦的事，但人是要有点精神的，要想办法克服困难。阿强他们几个听了点点头。没想到我的话还很管用，这两天他们几个果然能够集中精力听课了。

阿强笑嘻嘻的，想要说什么，又不说了。我看见阿文悄悄地拉了拉他的衣摆，便说："阿强你有什么话就直说。"他挠了挠头，还是笑嘻嘻的，"老师批评的对！我爸说了，到了学校，要听老师的。"

从教室回来时，花姐和梅子还在聊天，我不想掺和，径直回了寝室。

乐曲响起，是李谷一的《难忘今宵》，小小的房间一时变得生动和温情起来。收录机是个好东西，可以听听李谷一、邓丽君的流行歌曲，听听姜昆、唐杰忠的相声，也可以听听一些轻音乐。音乐响起，带动思绪，我会想到流云、天际、地平线，感到一些遥远而美好的东西来到我身边，与我相伴，为我打发那些单调枯燥和寂寞难耐。

"笃、笃。"我猜想是梅子，就说："请进！"果然是梅子。

"我也来听听音乐。"梅子说。

"请坐。"我把那张椅子摆了摆。

"你可真是会享受啊！"她随即坐下来，往椅背一靠，做出很享受的样子。

"你要是喜欢，以后有空可以常来听听嘛。"我不过是礼貌性地应和。

"这话是你说的，别到时赶我走。"她很认真地说。

"怎么会呢。"不知道是怎么了，我好像有点做贼心虚的感觉。

这时我才注意到，梅子今天的穿着比较时髦，一件浅红色的连衣裙很好地衬出身体的曲线，她平时的穿着可没这么大胆。

"过几天我表哥娶亲，收录机可不可以借用一下？"她问。

"可以。"我说。

"我表哥为娶亲送了好多彩礼。"她说着就这样那样罗列了一大堆，我听着头就大了，有些惊讶：

"要这么多呀？"又感慨一番，"像我这样的穷光蛋，大概只能打光棍了。"

"我要是嫁人，可不要什么彩礼。"梅子低着头，弱弱地说。

这分明是在糊一层窗户纸，而且我还隐隐觉得，梅子糊这层窗户纸是希望我去捅破它。但我装聋作哑。梅子又说：

"周校长和村支书他们都说了，学校要是缺老师就让我代课，他们还说，要是有机会还可以转正，到那时，我就跟你们一样了。"

今天不知道怎么了，梅子显得自信、大胆，更加楚楚动人，我不知道接下来她还会说些什么，更担心自己还能不能把持得住，一狠心，就说："时间不早了，我还有一摞作业要批改呢！"很显然，这是在逐客，可梅子不知道是听不出来呢还是要怎么样，她说："要不要我帮忙？"像是要赖着不走似的。我说："不用不用。"说这话我都觉得自己过分了，在赶她走，但她还是浅浅地笑着，有些悻悻，"那你忙吧，我回去了。"

眼前是有一摞作业本，但我心里很乱，不想动，呆坐了五六分钟，估计梅子也已走远，便干脆把灯灭了，躺在床上想心事。

"有人偷鸡了——捉贼啊——"

隔壁花姐咋咋呼呼地喊了起来，又传来一阵慌乱的脚步声，我一把抓起手电筒，箭一般冲出门外，跑到后面的厨房。"那边——"花姐手一指，我又急忙追去，远远看见几个小背影，瞬间遁入后山的榛莽之中。

"花姐，鸡还在不在？"见她从厨房里出来，我着急地问。

"还好，鸡没丢。幸亏我有警觉，及时发现，不然早让这帮贼子吞肚里去了。"她说。

鸡没丢就好。我转身走回宿舍。"哎哟——"花姐在后面喊了一声，"差一点就把我绊倒了，什么东西呀这是？"我掉转头，见花姐手里提着一口小铁锅。"李老师，这锅不是你的吗？"她说。我一看，还真是！因为长期不用，它已是锈迹斑斑的样子。"是我的。"我说。"他们为什么要偷一口小铁锅呢？"花姐想不通。我也很纳闷，拍了拍头，突然就明白了：

"一定是他们！"我说。

"谁呀？"花姐问。

"花姐，没什么事，把锅交给我吧。"

5

教室里亮着灯，却一个人都没有。有一半的课桌已经拼在了一块，上面放着几个书包，还有一小包米，一点咸菜，甚至还有一小块豆腐乳呢。教室外面的走廊里有小半桶水，离山墙不远处，几块砖石垒成灶状，旁边还备有一些柴火——全了！要煮一餐饭就差一口锅了！我随手把那口小铁锅架上去，淘米、烧火，不过一刻钟的工夫，饭就煮好了。子夜微凉，灶火明灭，饭锅咝咝冒着热气，香味四溢。咕——是猫头鹰在叫，然后又陷入长时间的死寂；咕——还是猫头鹰，突如其来的一声叫过后，四周依然是静悄悄的，但我知道，那几个兔崽子就在附近，抓耳挠腮，垂涎三尺，正着急得不行呢。我把煮好的饭端到教室，点上一支烟，坐下来慢慢地候着，心里想，看他们能躲到什么时候！

窗口边有个人影一晃就不见了。"阿强，出来！"我大喊一声。果然是阿强！他扒到窗口，"老师，是我。"我又喊："阿江阿勇，全都滚回来！"不一会儿，几个小家伙推推搡搡扭扭捏捏地就挤进了教室。

"刚才干什么去了？"我问，态度有些严厉。

"…………"

"是不是你们偷的锅？"

"…………"

几个小家伙你扯我一下、我拉你一下，就是没人回话。我尽量把态度放温和一些，又问："为什么要偷锅？"

"老师，不是偷，是拿。我们拿您的锅煮饭，用完之后都是刷得干干净净再送回去的。"阿强吞吞吐吐地说。

"不是我的锅，是周校长的锅！我那锅浑身锈迹在那里睡大觉呢！"完了又训他们，"周校长的锅是你们可以乱拿的吗？"他们几个显然是被吓着了，噤若寒蝉，看着有些可怜，也有些可笑，我把口气缓下来，又说："不好好睡觉，就知道吃！吃那么饱干什么？"

"为中华之崛起而读书！"阿勇高声回答。

哟呵！还挺会说话的嘛。我想笑，又忍住了。"我知道你们挨饿，不过，需要用锅的话就跟老师说，光明正大地去拿，为什么要这样偷偷摸摸的？"

"我们怕老师不肯。"阿勇说。

"也怕老师笑话。"阿强接着说。

望着那几张可爱的面孔，我忍不住笑了起来，一下子就原谅了他们。"饭我都帮你们煮好了，赶紧吃吧，吃饱了赶紧睡觉。好了，没事了，还不跟老师说再见？"

"老师再见——"

躺在床上，翻来覆去总睡不着，那口铁锅不停地跳出来，一会儿是学区主任单车架上叮当作响的样子，一会儿是在厨房里闲置不用锈迹斑斑的样子，一会儿又是被遗弃路旁有些委屈的样子。我也想把工作做好，却总做不好，没一点信心，对不起学生，对不起家长。我又想起梅子，她那么有进取心，那样的渴望拥有这么一份工作，可我却亵渎这么一份工作，我对不起梅子。我对不起周校长的期望，对不起花姐的热心帮助……再这样下去，还要对不起很多很多的人。

我该怎么办呢？

第二天一大早，我找来一块椰子皮做的锅刷，一边淋水一边用力刷那口铁锅，铁锈皮屑般一层一层地脱去，可我发现怎么也刷不干净。花姐见了，有些不解，问我大清早的这是干什么？我说我要把这锅刷干净。她问要不要帮忙？我说不用。这不是客气，我真的觉得，这口铁锈锅必须是我亲自动手才能刷干净，别人都帮不上什么忙。

上午上完课回来，看见梅子在厨房里忙着，铁锅里哗哗地冒油烟。我不明白她在干什么，一旁的花姐说：

"没那么简单的。铁锈锅必须用块肥肉一边煎一边刷，这样才能刷干净的。"

是这样吗？我不想深究，由她们弄去。

雄关漫道

　　冯宽在外边一直忙了好几天，有些焦头烂额。领导开恩，说你下午可以不用来上班了，放了他半天的假。

　　下午回到家，他打算先睡个懒觉，这几天也实在是太累了。可是，连水都还没来得及喝上一口，电话又响了，是孩子的老师打来的，让到学校一趟，共商孩子的教育问题，他又急急忙忙地赶去学校。

　　孩子在学校一定是犯了什么错了！一路上他忐忑不安。小女孩一向乖巧可爱，很讨他这个做父亲的欢心。不过，在最近的一段日子却变得让人难以捉摸，一副自以为是又爱理不睬的样子，像只失意的小猫，总与你保持不远不近的距离；你要是走上去想有一些亲热的表示，她伸伸懒腰，躲开几步，又一边静静地待着。在家里任性撒娇，有父母包容，不算什么，如果在学校也是这样，很容易就惹出乱子来的。

　　孩子的内务搞得不好，在这次评比中拖班上的后腿了。老师说。原来如此！他松了口气。孩子没能为班级争光，实在是对不起老师，他向老师表示歉意。但同时又隐隐地有些不舒服，觉得老师未免小题大做了——日常的宿舍内务，纯属学校老师常规的教育和管理范围，没必要动辄把家长召到学校。当然，这情绪他只能隐忍，不敢有丁点流露，哪怕是商讨的口吻也不行，有孩子夹在其中呢！老师又说了许多话，他始终洗耳恭听，不时嗯嗯点头附和，表示赞同。临了，还不忘大加点赞，说老师无私奉献，说老师认真负责，说老师都是为孩子好，家长万分感谢，一定全力配合，等等。

告辞时满脸堆笑，回家的路上却是一肚子憋屈，他闹不明白，做人怎么就这么难呢？

晚饭吃得差不多的时候，冯宽跟妻子说起孩子今天在学校的表现，她只是哦了一声，表示知道了。最近的一段日子，他和妻子的关系也变得有些别扭，都不愿说话，怕说多了，不是伤人，就是自伤。其实，有些事，说出来了，心里反而好受一些，像今天这件事他就很想说一说，捎带把心里的憋屈和怨气释放出来。可是，他唯一的听众无动于衷，没有一传一递的呼应与附和，也没有息事宁人的慰藉与安抚，他觉得再说也是白说，如独掌击拍，心音自知，只好闭嘴。

他需要一个出口。他抓起电话，呼朋唤友，小城故事喝茶。

茶馆是个好地方，会友消闲的、谈情说爱的、谈事谈生意的，各得其所，互不叨扰。冯宽一坐下，就说起今天在学校的遭遇。就有一位朋友接话，说这样的事他遇上不止一两回了，他一个大老爷，代儿受过，像做错事的孩子被老师数落和训斥，唯唯诺诺，一点脾气也没有，想起来真不是滋味。冯宽听了，心里舒服了许多，好像心里的憋屈已经派送出去了一样。他给在座的几个朋友分别递烟，然后总结性地说，电话有三怕：一怕老板的电话，二怕孩子老师的电话，三怕老家父母的电话。另一个朋友说，宽哥，怕孩子老师的电话，我理解；但说怕领导的电话，这话你恐怕是在作秀吧！他笑笑，说你只知其一不知其二。我虽说大小是个处长，可手下不过几个兵，责任全在我一人身上，关键时刻还得自己上。你信不信，要是现在上面来个电话，说领导明天临时有个重要会议，要个讲话稿，我找谁去？还不是自己立马回去，忙个通宵达旦，才能交差？这番话说得可怜兮兮的。原来是这样的呀！朋友表示理解。有个朋友调侃，说冯宽你最怕的大概是老婆的电话吧。冯宽说这你就错了。论起来，我最怕的还是老家父母的电话，电话一响，不是伤就是痛，报风报急，非赶回去不可。朋友说，我们现在都是上有老下有小，很不容易，不过，父母老了，做孩子的尽孝道是应该的。他说尽孝没问题，问题是你一边尽孝一边还要挨骂。朋友说，人一老脾气会变坏，许多老人都是这样，你要体谅，不要一般见识。他说，要是一般的骂骂也就罢了，关键是他还恨你，坚持要你做你做不到的事！朋友就笑了起来，说你父亲对你的期望还是很高的嘛，他一定是希望你至少要当个省长厅长，你可要努力啊！见朋友误解了自己的意思，他本来想解释一下，把父亲的那些事摆出来，让大家评说评说，但想想还是忍住了。

怕什么偏来什么！第二天天还没亮，冯宽还在梦中，就被一阵电话铃声吵醒了。他的第一反应是诈骗电话。那些可厌的诈骗电话总在半夜三更响起，被吵醒后有时再难入睡。辗转反侧，他恨不得立马给那个麻烦的制造者狠狠地来一记勾拳，把他打飞。意淫不能解恨，他又迁怒于麻烦的捎带者，不止一次想要把手机给砸了。可他不仅不敢砸手机，而且还要二十四小时全天候开着，不能关机，领导一再交代过的。恍惚间，他觉得自己好像又眯了一会儿，电话铃如蝉声起伏，一阵一阵地在耳边回响，一个激灵，就全清醒过来了。不对！诈骗电话一般只会响上一两声，可这个电话却没完没了一直响个不停。一定又是领导的电话！他翻转身，伸手从床头柜上拿起手机，正要接通，电话却断开了。查了来电显示，头一下子就炸开来——是老家打来的电话！天不亮就打来电话，肯定不是什么好事。父亲有高血压，母亲心脏不好，不论是谁，发起病来都是心惊肉跳的大事，赶回去是必需的！这一来一回，少说也要一天，弄不好还会待上三五天，又要请假了；可一请假，就要耽误工作，领导肯定不会高兴。他此时是又急又恼，左右不是，但不管怎么样，先弄清楚情况再说，于是便把电话拨了回去。接通之后，电话的另一头，还没说话就先哭起来，一种天崩地陷的悲切——

你爸怕是不行了！

冯宽火急火燎地就赶回去。多年的历练，他还算是沉得住气的人，一路上，不停地告诫自己，要稳住，再急也不能超速了。在母亲断断续续的叙说中，他弄明白了，父亲早起，在洗手间外面摔了一跤，不省人事。他告诉母亲，不要慌也不要急，我立马就赶回去。说着看了妻子一眼。妻子受了惊动，也已睡醒，他说一声，老父摔重，我得赶回去，然后就匆匆出门。发动汽车引擎时，他又拨打了120，让医生赶过去做急救处理。

几十公里的路程，冯宽不到一个小时就赶到了。家门口停着一辆救护车，红灯闪烁，渲染不祥，也让人看到希望。冯宽小跑着，一进家门，就看到父亲直挺挺地躺在地上，旁边围着好几个人。医生像是已经忙过了，若无其事地将听诊器从脖子上摘下来，来回绕了绕，塞进皮包里。医生，我父亲怎么了？他一把抓住医生就问。那医生脸上也没什么特别的表情，只是轻巧地说了一句——我们已经尽力了，你们还是准备后事吧。

你怎么能撇下我就这样走了啊！母亲呼天唤地，哭倒在地，一次又一次地差点背过气去。冯宽将母亲扶起，想劝劝，可人死不能复生诸如此类的话却一句都说不出。父亲静静地躺在地上，对母亲的呼喊无动于衷，一如他往昔的神态——把安享母亲的衣食侍候视为理所当然，还时不时瞪视双眼表示不满。一想到与父亲从此阴阳相隔，他在情感上就像脚下的楼板突然被抽掉，一下子跌入悲伤的汪洋大海，禁不住也抽抽噎噎地哭了起来。

断线的泪珠子唰唰滚落两串后便戛然而止，他不能放任自己的悲伤。他让母亲找出寿衣鞋帽，手忙脚乱地给父亲穿戴停当。然后又张罗着置办棺木、找人选墓穴、派人分头奔丧、请神迎道做斋事、采买吃的用的及丧事所需一应物件……父亲后事的料理，千头万绪，要做的有很多，他没经历过，一切沿袭乡村习俗，按老规矩办事，都是几个叔伯兄弟在张罗。这样办那样做，虽然主意要他拿，也不过是打发式地点点头要人家看着办罢了。

忙过一阵之后，他又回到正厅给父亲守灵。母亲本来已经静下来了，见到他，又嘤嘤地哭起来，惨惨戚戚。他突然就可怜起母亲来，心想，等父亲的丧事办完后，就把母亲接到城里跟自己一起住，不能让她一个人在乡下孤单凄凉。

阿宽，你爸他是死不瞑目啊！冯宽这才注意到，父亲果然还在睁大双眼。母亲又说，我什么话都跟他说了，什么事都答应他，又连抹了几回，那双眼就是不肯合上。那种悲伤和急切，就好像死亡已经变得次要，不瞑目才是最让人揪心的。他觉得不可思议，便伸手在父亲脸上抹了抹，还真是，那双眼睛就是不肯闭上；再一抹，还是不行。他不由得心里发悚，往事浮上心头。

笨，真笨！

在冯宽的印象中，小时候，每当有什么事做得不够好的时候，父亲就会不满意，就会瞪视两眼，脱口就骂上这么一句。特别是书背不熟，或者考试做错题的时候，父亲更是要吃要吞的样子，那种眼神里含有无比威严，让他战栗。他不敢与之对视，更不敢当面顶撞，只能像只绵羊，乖乖地按照父亲的意思，一遍又一遍地重做，直到父亲满意为止。虽然如此，他在心里还是很有情绪的，甚至还有些恨，觉得父亲不像父亲，不爱自己的孩子，并且在想象中将父亲更换了一个又一个，今天换成这个，明天又换成另一个，总之父亲是别人的好。后来，他以优异成绩考上大学，轰动一时，这才改变看法，觉得父亲的严厉是对的。父亲呢，因为脸上有光，眼里就有了爱，也就不再将那句骂人的话挂在嘴边。但是，慈祥温情只持续了十年。十年之后，他又把这句话骂了回来，好像天下父亲面对孩子最应该说的就是这句话，而之前他不过是忘了，现在又重新记起来了一样。开始那几年，骂就骂吧，他也不太往心里去。多年过去了，他已经当上处长了，父亲还那样说他，慢慢地他就觉得有些接受不了。

父亲做过小学校长，桃李满天下；退休之后，也是德高望重、见多识广的角色。村人修族谱，非得让他校对审过才放心；族里祭祖开光，他是祭祀主持的第一人选；街坊邻居闹意见起纠纷，也总是喜欢请他出面论理摆平……他还觍着脸四处找过去的学生，帮别人做好事，他自己就看在父亲的面子上帮地方上做过几件好事。父亲一定是认为自己有天大的本事，连他这个省城处长的儿子也不放在眼里了。一个小地方，至于吗？他觉得有些好笑。那一次，他忍不住了，觉得应该说道说道，也好让父亲活得明白些。

爸，您总说我笨，可是，您说说，我有哪样比您笨了？

这话含有顶撞的意味，而且是一边倒的顶撞。他想，父亲肯定被驳得一时哑口无言，肯定被激怒，然后是一顿臭骂，没想到父亲竟脱口而出：你是了不起，可我问你，我再不济还生了你，你又生了谁？

原来是这样的！他终于明白，父亲为什么现在又把他骂了回来。

冯宽大学毕业后进入机关工作，虽然辛苦些，但事业还是很顺利的。因为遇上一位好领导，所以进步很快，也就十几年的工夫，就当上处长了。妻子是城里的女孩，人很漂亮，读大学时认识的，俩人在一起，郎才女貌，拼成校园各色风景中的一道亮丽风景。谈婚论嫁时，女孩的父母极力反对，就因为他是个乡下人，根基不牢，只是由于女孩的痴情和坚持，两人才最终走到了一起。结婚之后，娘家人依然小觑他。好在他工作努力，进步快，渐渐地在社会上就开始有些人脉，娘家人有什么麻烦事找他，他也能殷勤地托人找关系，疏通帮忙，给足面子，这才渐渐地抬起了头。婚后不久，生了个小女孩，聪明伶俐，人见人爱。无论是事业、婚姻、家庭，各方面都可以说是美满幸福，让人羡慕，他自己也是感觉良好。可是，现在父亲突然冒出的这句话，仿佛当头给他一盆冷水，从此，他心里就再没清爽过。

吊丧的亲戚陆陆续续抵达。男亲戚在遗体前略站一站，神情凝重，表示哀悼，之后便踱到屋外，三五扎堆，说着相关的话题。有的说，他做了那么多积德的好事，不应该那么快就走的；有的说，看他红光满面，身体那么好，都以为要活到百岁呢，谁想到这么快就走了。总之是意外和遗憾。女亲戚大多会号几声，抹两把泪。大姐和小姑哭得最伤心，不需檀板，有腔有调，且泣且诉，数说逝者生前的种种好处，怨诉阴阳相隔后的思念之苦，悲痛欲绝，几经劝说还是止不住。冯宽被人叫到屋外，告诉他丧事中某个必须注意的细节，他嗯嗯着点头应允。屋外空地上已支起好几口大锅，吊丧的亲戚、协办丧事的乡邻、超度亡灵的僧道、掘墓穴抬棺材的民工，所有的来人都是要管饭的。在这场丧事中，悲伤看来只属于少部分人，对大多数人来说，更像是一场热闹。

灶火燃起来了，炊烟袅袅。恍惚中，冯宽有个幻觉瞬间闪过，死者的魂灵轻飏直上。母亲曾说过：人死后魂灵即飞升，只不过空遗一副皮囊让别人收拾。可是，父亲的魂灵看来并没有要急着飞升，他到现在还瞪视双眼，怒气冲冲的样子，像是跟人置气、闹别扭。他还想纠缠什么呢？难道是——这未免太固执了，简直不可理喻！

父亲有严重的重男轻女思想，认为是男孩子才算有后，女孩子不算，并且把有后和孝一起说事。咱家三代单传，香火就像风中一线蛛丝，荡荡悠悠，弄不好在你这里就断掉了。父亲不止一次地这样对他说过。他觉得把传宗接代的责任全归到自己头上，有些不公平，心想，现在知道这样说，早干什么去了？于是便说，爸，您要是这么担心，当初为什么不给我多生几个兄弟？那时候可是没人管的，放开生，想生多少生多少！您要是给我多生了几个兄弟，现在何至于为香火的事整天愁眉苦脸？父亲就瞪视双眼，骂他混账东西！他知道，自己这是气话，对长辈大不敬，往者不可谏来者犹可追的道理，他还是懂的。但是，对于有后无后，他不赞同父亲的观点。他说，爸，你那是封建思想，女孩子也是后代。为充分证明自己的观点，他还给父亲大搞科普，说研究结果表明，事实上女孩子会遗传更多的家族基因。可父亲不吃这一套，还骂他读书读傻了。虽然父子俩只是闪烁其词，没有正面交锋，但意思彼此都明白，所以也就一直说不拢。

妻子看父母脸色，感到委屈，她对冯宽说，你父母表面客气，但在心里对我是有看法的，这我看得出来。好像我在这个家里一点贡献都没有，只会白吃白喝，倒成了多余的人。冯宽劝慰她，说老人那是封建思想，不要跟他们计较，关键是我，只要我不那样看，随他们怎么想，都不重要。他想，幸亏没有生活在一起，真要是长期一个屋檐下，这关系不知怎么处理才好呢。

其实，冯宽也好，妻子也好，都很想再要个孩子。家里只有一个孩子，很容易就成了太阳，成了中心，家里人都围着转。当小姑娘任性撒泼的时候，当小姑娘满地跑不肯好好吃饭的时候，妻子就说，要是再有个孩子就好了。要是再有个孩子，就可以把她晾一边，她就得在竞争中分享父母的爱，分享种种好处。待到小姑娘稍大了，有些懂事了，她又感到孤单，郁郁寡欢的样子，父母再操心，也帮不上什么忙，冯宽和妻子就更想再要个孩子了。可是，他是公务员，妻子是省医院的医生，都是吃公家饭的，国家政策在那里，一动就是红线，不能触碰。

既然话已挑明，干脆就把它说开。爸，不是我们不想再要孩子，是政策不允许。您儿子是公务员，您儿媳是医院的医生，都是吃国家饭的，您让我们怎么做？他说。父亲说你就不能想想办法吗？他说我能想什么办法？父亲就说，所以说你笨嘛！说你笨你还不服！父亲就是这样，做不到就是你笨。

从此，父子俩只要坐在一起，就要扯到这个话题。一开始，通常都是些家常，天气啦、身体啦、饮食起居要注意什么啦，要不就是远亲的一些近况、近邻的一些往事，等等，氛围很好，但做父亲的总是一兜一兜地最后就绕了回来，大讲特讲那套无孝有三无后为大的观点。一次，母亲说，后村那人在县里当局长，这次为村里打井修水塔铺水管，家家户户都用上了自来水，村里人都夸他，说他本事大，肯为村里办事。父亲难得地马上就接话，说本事大有什么用，再有本事也只是这一代了。母亲骂他，说我看你是老糊涂了，乱说话！人家两个孙子呢，有男有女，你知不知道？冯宽清楚，父亲一点不糊涂，那是指桑骂槐，在说他儿子，而不是别人。还有一次，母亲说起一件闹心事：村里某人要把房子盖到咱家的祖地上，与之理论，却胡搅蛮缠。全村的人都说这块地是咱家的祖地，只有他一个人坚持说是他家的，没见过这么不要脸的人。冯宽说，那块地上原来还有一棵荔枝树，一直都是我们家摘树上的果子，我记得很清楚的，怎么就变成他家的地了？父亲在一旁泼冷水，说那是千秋万代的事，我们争来了又有什么用？父亲的话句句戳心，他不爱听，更不想与之纠缠。几次之后，他选择逃避。每次回家看父母，待上十分八分钟，当父亲又要旧话重提时，便借口朋友有约，跑到外面跟朋友喝茶打牌去；返城之前，回家再现个形，然后就匆匆走了。父亲心里明镜似的，岂能瞒得了？心里恼火，嘴上怪话连篇，说是不愿回来就不要勉强，还不如那个送信送报纸的邮递员呢。渐渐地他就不怎么回去了，但这样麻烦更大。父母老了，工作再忙，有空的时候记得也要回去看看，你说是不是？这话借亲戚之口传递，让他很没面子。

院墙里外，熙熙攘攘。前来帮忙的乡邻都已吃过午饭，按照分工，各司其职，都在忙忙碌碌：有几个青壮扛着锄头铁锨迤逦上路，他们是前去掘墓穴的；有两三个坐在手扶拖拉机上，其中的一个大声喊人，等聚齐后，他们就到镇上搬运棺木；有几个大妈围在一起，叽叽喳喳，她们在裁剪孝带、缝制孝衣孝帽；还有一干男女老少，有的洗刷碗盏、有的择菜淘米、有的抱柴火、有的烹鱼肉……他们在为大家的晚餐做准备，彼此之间，为干多干少时有斗嘴……每个人都有事做，都有任务，冯宽知道，这一切都不用他操心。他甚至觉得，这一切都不重要，当务之急，是怎么想办法让父亲闭上双眼。

一拨人鱼贯而入，手里提着些箱子袋子，看过去有八九个人，是僧是道分辨不出，但冯宽知道都是被请来做斋事的。他们先是张罗着用块篷布搭起凉棚，拉上广播，然后从箱子袋子里翻出响器，有鼓、锣、钹、唢呐、二胡等等。答滴答滴——专司唢呐的人在试吹唢呐；咿咿呜呜——专司二胡的人在调试二胡，都在为斋事做准备。凉棚一角，挂起一面镜子，有一男一女在涂脂抹粉，装扮成戏台上的角色，看上去，女的有点姿色，男的有些轩昂。斋事中，有念斋，也有唱斋，这一男一女就是唱斋的。女的是苦旦角色，凄凄惨惨，翻来覆去，把人唱得肝肠寸断；男的是小生角色，一脸沉稳，却透着英气，一招一式都是那种金榜题名、加官晋爵的得意之态，昭示死者已托生诗礼簪缨之族，荣华富贵，给伤悲中的家人以某种慰藉。这种唱斋冯宽见过。他随意瞄一眼，见那俩男女一边化妆一边嘻嘻哈哈，打闹调情，很不是滋味，不由地心存疑问：这帮一样吃人间烟火的人，难道真有本事神通天界？当然他没有较真，也不愿意较真。

那边有人在抄抄写写，案上排满已经写好的各色条纸。冯宽被叫了过去，问他的姓名，还有妻子女儿的姓名。未亡人、孝子、贤孙，还有其他直系亲属，所有人的名字都分别写在一张张条纸上，他知道，过一会儿，这些人都要全程参与整个斋事。

准备工作已经差不多了，斋事马上就要开始。冯宽心情沉重，也很乱。他想起父亲那双瞪视的眼睛。他那样固执，死活不舍，再过一会儿，锣鼓一响，僧道发力，超度亡灵，到那时，会有些什么情况呢？一想到可能出现那种拉拉扯扯、反反复复的难堪场面，遭人指摘，他的头就肿胀变得大如竹篮一样。

逃是逃不掉的。就算不大情愿，隔上一段时日，冯宽照例还是要回来看看的，特别是父母生病时，电话打过来，更是不能不管不顾。前两年，母亲告诉他，说你爸那双眼睛差不多要瞎了。他当然不能撒手不管，就要带父亲上医院，父亲却不愿意，他连哄带劝，费了不少口舌，好不容易才将父亲哄转。在医院，医生看过后，说是白内障，要动手术，并告诫说现在是手术的最佳时间，再耽误就错过了。完了又说，小手术，其实很简单的，不必有什么心理负担。他听了就说，那就动手术吧。可是，父亲不愿意，扭头就走。他追上他，仍是劝说，但不管怎样讲情讲理，父亲都不为所动，只是摇头。他有些生气了，忍不住，嗓门就大起来：爸，您说说，到底为什么不肯动手术？眼不见心不烦。父亲闷声闷气，只蹦出这么一句。天啊，又纠缠上了！没办法，他只好妥协。他说，爸，我听您的还不行吗？回去我就想办法，照您的意思办，行不行？父亲这才回心转意了。

不行你就另找个人吧。妻子说。他显得很不高兴，看着她，问：你这话是什么意思？妻子说，看你遭罪的样子，我心里也不好受。他说，这话今后就不要再说了！你要理解我。再说了，除了你，我到哪儿找这么好的老婆。后面的一句有讨好的意味。妻子说，我也想再要个孩子，但我没什么办法。他说，只要你支持，积极配合，办法我来想。这事算是征得妻子同意了，他便开始张罗。为了一张准生证——当然是弄虚作假——他请客送礼，托人找关系，都办得七七八八了，但因为二胎问题敏感，最终没能办成。他又想到另一办法——躲。他托人疏通帮妻子请了半年的病假，把妻子送到乡下亲戚家里住下，想等几个月生下孩子后就回单位上班，以为这样神不知鬼不觉，什么事都不会有的。想不到单位的相关领导追查得很紧，多次打电话说要上门慰问以示关怀。他表示感谢，一再强调说妻子在乡下养病，多有不便，上门就不必了。可人家说不在乎路近路远，坚持要当面慰问，有生要见人死要见尸的意思。看来躲是躲不过的了，他只得让妻子回来，悄悄地做掉孩子，点卯上班，这事才算完。

折腾了几年，二胎还是没要成。妻子忍受着身体和精神双重折磨，到最后，她不干了。她说，你不要指望我了，要想留后，还是找别的女人吧。妻子已经做出很大的牺牲，尽了最大的努力，算是够不错的了，而且，妻子已属高龄，怀不上不说，就是勉强怀上，也难于优生优育，更何况政策还不让生呢。事已至此，他还能再说什么呢？只好百般抚慰，讲了一大筐箩的好话，而且保证，此事今后不再提起，好好过日子。虽然如此，他还是能感觉出，妻子已经心存芥蒂，把不忘初心之类的誓言不再当回事，好像夫妻俩随时会各自分飞似的。

他真想大喊一声：爸，您还要我怎么做呢！真要再做什么，就是妻离子散家破人亡了！但他不敢喊。对着死者父亲呵斥，那是大不孝。再说了，喊也没用！

手扶拖拉机突突突地开过来，最后停在了院门口，众人吆喝着把棺木卸下，然后又将之搬到正厅里遗体旁。请来的装殓师开始往木棺里一层一层地铺垫油布、草纸、布料，为遗体装殓做准备，好几个人围在两边，准备随时帮忙。

母亲再次呼天抢地哭了起来：

你还记挂什么呢？啊——

你还想要怎么样？呜——

你不要吓人好不好？咳咳咳——

这哭喊，一声又一声，撕心裂肺，闻者为之动容。旁边就有人附和：是啊，他还有什么放心不下的？

父亲还记挂什么、还有什么放心不下，这事他知道，母亲知道，近亲知道，乡邻也隐约知道！他们这样说，其实是故意留白。他一时被推上风口浪尖。做与不做，都是他一个人的事，别人都是旁观，想帮忙也插不上手。他很清楚，如果不能让父亲安详地一路走好，自己将一辈子背负骂名。所有的压力都指向他，他有些喘不过气来。

咚咚喤——咚咚喤——那是鼓与锣相呼应；锵——锵——铜钹声紧接着也响起来；接下来，又是深情的唢呐声声。他们这是在告诉大家：一切准备就绪，单等遗体入棺完毕，便要开始超度亡灵。

最后的一层草纸和布料铺垫好了。装殓师直起腰身，活动活动筋骨，那意思很明白——接下来就要将遗体装殓入棺了。盖棺即成定论，到那时，一切都晚了。

已经没有退路，豁出去了！他上前一步，跪在父亲身旁，一字一句地说：爸，您说啥就是啥，儿子全听您的，您就放心吧！说着往父亲脸上轻轻一抹，眼前的一幕让旁边的人都惊呆了——话音刚落，那双瞪视的眼睛竟听话似的徐徐合上，一脸安详。

剩下来的丧事，按部就班，该做什么做什么，在乡邻和亲戚的帮助下，父亲终于入土为安。他长长地舒了口气。

但是，接下来的日子，他脑海里时不时就浮现出父亲那双瞪视的眼睛，挥之不去，也忘不了自己曾经对父亲许下的诺言，这让他心神不宁，坐立不安。

不久，他递交了辞职书，自谋职业。同事和朋友都为他惋惜，也很奇怪，常有议论——他年纪轻轻，干得好好的，听说组织上还准备提拔使用，前途无限，怎么就放弃了呢？

又过了不久，他和妻子离婚，净身出户，好聚好散。大家更加不解。男人都靠不住，说变就变！有些女同胞为此发过一番感慨。

臭水田

　　"你又要去哪儿呢？"世忠爹抓起一顶斗笠，正要跨出门槛，老婆子说了他一句。此时，她正提着一桶猪食，有些艰难地向猪圈走去。圈里的猪显然已经闻到那种它们喜欢的香味，急煎煎地把前爪搭在圈墙上，嗷嗷叫，作势要跳出来，这让她心烦。偏偏小孙子又跑来添乱，他拉着她的裤腿，说要奶奶抱，她不知如何是好。

　　"宝宝乖，爷爷抱！"他还算知趣，一把把孙子抱过来。

　　"你这是又要去哪儿呢？"老婆子的口气温和了些。

　　"臭水田。"

　　"一个破地方有什么好看的？是有金锭呢还是银疙瘩？"

　　他有一种被人点破的尴尬。这些日子他来来回回地往臭水田那里跑，像是着了魔似的。

　　"去泡一泡脚不行吗？"这只是本能的一句掩饰，但他这样一说，就觉得脚趾缝里真的有些痒痒了；脚趾缝里有些痒痒了，就觉得他去臭水田名正言顺，用不着要遮遮掩掩了。他脚气有几十年历史了。"叫你不要到处乱跑，就是不听话。"小时候，当他又哭又闹时，父母就这样说他。村中的巷道、家里的小院，到处是烂泥，还有狗屎猪粪鸡大便，全不出门呢？和牙痛一样，脚气论起来也算不上什么病，可它发作起来又痛又痒，一样是很难受的。村里缺医少药，不过对付脚气还行，他们有办法——母牛一低臀，尿桶已接着，脚泡在烫烫的尿水里——特有效。他不想这样。他喜欢去臭水田，泉水很烫，双脚泡在里面，有一种全身通透的舒服，太享受了。几十年来，他都这样，今天又去一次，这有什么值得大惊小怪的呢？这样一想，他心里就没了尴尬，脸上有一种理应如此的坦然。

臭水田原来并不是水田，只是山脚下一块小湿地，几个泉眼汨汨地终年冒水，水很烫，却有股臭鸡蛋的味道，挥之不去，除了偶尔害了脚气的，我们没人愿意亲近它。千百年来，这股热气蒸腾的泉流，带着受嫌弃的委屈，自流不息，源源不断地注入罗田溪，再流到下面的万泉河。湿地周边的树林，是他家的祖业，后来换了说法，叫自留山，山上葬有祖坟。有个路过的风水师瞅了瞅，然后有些神秘地说，这里依山傍水，山势如龙椅临风，水流似财源滚滚，也像砚池流溢，翰墨飘香，此户人家，今后非富即贵。当时他听了，初以为不过讨巧，后又有些好奇，便这里看看，那里相相，见山川走势，气象变幻，是有些那么个样子，就觉得风水师的话有道理，于是就有些欢喜，也有些希冀。不过，迄今为止，他家既没有富也没有贵。尽管如此，对风水师的话，他还是抱着宁信其有不信其无的态度，心想，不定哪天祖坟就冒烟了呢！

农业学大寨的时候，这块湿地才变成水田的。那时，我们响应政府号召，要扩大水稻种植面积，就盯上了它。世禄是村主任，带着一帮人要平他家的祖坟，他死命拦着，世禄就叫人把他捆了起来。学大寨是生产运动，也是政治运动，他胳膊如何扭得过大腿？湿地换了模样，成了村里的一块新水田。村里人没上过几天学，不辨雅俗，不过是为了易于识别，近取诸身远取诸物，就称这里为臭水田。因为这件事，他和世禄结下了梁子。

当然，臭水田现在又不是水田了，除了几个泉眼依然终年汩汩流淌之外，周边都是大片的橡胶、槟榔。

初春的天孩子的脸，变化无常，有些恼人。刚刚还是阳光灿烂，一转眼又变得阴沉起来，乌云如豆腐脑若即若离，阴风吹过，又起寒意。纷纷扬扬，有水汽扑来，似雾，又像雨，土路面略有潮湿，草尖上已挂着水滴。他不紧不慢地走着，倒背双手，头微微昂起，一顶斗笠歪歪斜斜挂在头顶，看上去有些俏皮，也有些倨傲。终年的劳作，岁月的刻刀已经把他雕塑成一个典型的老农模样：皮肤黝黑，一脸褶皱，驼背弯腰，像一棵饱经风霜却还能紧紧抓着地面的老树。

"世忠爹，大中午的也不歇晌，你这是要到哪儿去？"路上，有人和他打招呼。

"走走。"

"是要去臭水田吧！脚气又犯了？"话中有话，有些戏谑。他不想搭腔。

"世禄也太不知羞耻了，他凭什么呀？要是没有他捣乱，你现在怎么说也是百万富翁了！"那人还是要一味地提起话题。他知道，如果接话，人家就会接着说个不停，像是同情，也像看热闹，还夹杂着一点幸灾乐祸的意味，听着很不舒服。他不想理睬，擦肩而过，走自己的路。

臭水田那场闹剧刚刚谢幕，作为主角，他那点心思谁都能看得出来。

横线高速公路要正式开工的事沸沸扬扬说了好几年，始终不见动静，大家都快把这事给忘了，又听说对面村子里有很多人家都拿到了大笔的征地补偿款。邻村之间，亲戚熟人多，消息很快就得到证实。"种地的农村人也能发大财呢！"大家像是突然有了重大发现一样兴奋起来。接下来便是遗憾，也有人抱怨："高速路为什么就不能从咱村的地里经过呢？"当然，兴奋也好，抱怨也罢，都没用，好事是别人的，与己无关。狗还想咬乌鸦呢！但除了转几个圈哼几声之外，还能有什么办法？

就在这一切差不多都已经过去了的时候，突然有个消息传来，说是在我们村里发现了一处优质温泉，国内罕见，开发前景广阔，大家就猜是臭水田。消息还说，这里将建起一家五星级酒店，好像还要搞高尔夫球场，成为旅游度假胜地。真是山不转水转！于是大家又开始兴奋起来——好事终于也轮到自己头上了！不过，也有人泼冷水，不以为然。"咳，不就是臭水田吗！"那意思是就算全世界脚气流行，人家也犯不着大老远地跑这旮旯里来泡脚，"屙屎拾着金，做梦吧！"

但之后不久，我们还是看到有辆卡车拉着一堆机器来到臭水田。"果然是臭水田！"大家怀着好奇，纷纷跑去围观。柴油机的引擎轰鸣，钻架上的钻杆呼呼地转，浑浊的泥水不断地从地下深处挤出来，几个着工装的人不停地忙碌。

"师傅，你们这是在干什么呀？"有人扯长了嗓子大声问。

"勘探。"

"这里真的要建什么五星级酒店吗？"

"那是别人的事。"

"这泉水怎么样呀？"

"要等最后的结果。"

几天后，还是那辆卡车开过来，把机器拉走，几个工人拍了拍手，带着结果，跟着也走了。此后，再不见有什么动静，虽然也有各种各样的消息流传，却像风儿一样，来了又去，不知起于何处，也不知消散于何方。光打雷不下雨，这样的事我们见得多了，不会有人傻乎乎地要去追风较真，大家该干什么还干什么。

当那一拨人前呼后拥地来到村里，我们就知道有戏了。那拨人里有书记、有镇长、有镇里的其他干部，还有几个油头粉面西装革履看起来像老板总裁模样的陌生人。书记镇长热情洋溢，忽前忽后地攀着那几个陌生人指指点点，谈笑风生，看上去就像某些生意顺手的牛羊贩子，买卖已然谈成，正领着买家实地清点交割呢。村民们被召集起来开会，书记讲了一通话，镇长也讲了一通话，什么为官一任造福一方啦；什么高速公路就要开通，开发建设迎来大好机遇啦；什么经济发展再上新台阶，村民的生活将发生翻天覆地的变化啦；等等。官话套话，都是些左耳听进去，又会从右耳飞出来的胡咧咧。最后好不容易讲到征地，也只是撂下狠话，说是谁要砸了我们的饭碗，我们就砸谁的饭碗！至于征谁的地、征多少、有没有补偿、补偿的标准怎样，这些我们最关心的，都没有具体讲到，只是强调，政府是不会亏待大家的，让大家放心。这话掷地有声，不是要让我们觉得有多可靠，倒像是为了强调一种做孩子的对父母应有的孝顺。手心手背都是肉，父母哪有不爱自己孩子的！但会哭的孩子有奶吃，这又不是个例，所以大家当面唯唯，其实心里嘀咕，各有各的小算盘。

过了不久，在一个阳光灿烂惠风和畅的日子，臭水田那里搭起了彩门，升起几个大气球，车水马龙，来人一拨又一拨，聚齐后，热热闹闹地搞了个奠基典礼。宾客散去后，我们看到，那里留下一块半截埋在地里的石头。

报纸消息出来了，说我们县招商引资成果斐然，开发建设再上新台阶，正在紧锣密鼓打造福田国际旅游度假胜地，云云。福田？是臭水田好不好！有文化的人说话就是不一样，不过我们知道说的肯定就是臭水田，臭水田这里要建五星级温泉酒店，打造国际旅游度假胜地。在这件事上，全镇里最高兴的人当属书记、镇长了。那段日子里，我们看到，这一对搭档隔三岔五地来到村里，这里走走，那里看看，欣赏把玩，爱不释手的样子，像是在暗自庆幸：遇见臭水田，上天有眼，三生有幸！我们还发现，因为臭水田，书记、镇长对村里的人也变得温情起来了，就好像臭水田是我们养在深闺天生丽质的女儿，而我们现在全都成了他们的娘家人一样。

征地工作进展顺利。红线图一划，我们就看到，村里大片的土地都被圈走了。这一次要分的果子一定不少！一想到从此就变得有钱了，大家全都高兴起来，村里到处洋溢着喜庆的气氛。到最后却发现，小到一村之内，也是雨露不均，有的人家拿得多，有的人家拿得少，仨瓜俩枣，基本上等于是陪着玩。世忠爹是全村最大的赢家，他家在臭水田那里种有几十亩地呢，光是青苗补偿就有好几十万，也有的人说是百几十万，那可是一笔巨款啊！祖祖辈辈，谁家见过这么多的钱？大家先是羡慕得不行，渐渐地心里又开始感到不平衡了。

"还不如没有征地呢！"有些人不高兴了。

怎么说呢？没征地之前，村里大家都是穷人，不分彼此；征地之后，高低立判，有的人变富了，有的人还是穷，反差变得这么强烈，心里一下子怎么接受得了？我们甚至还隐隐地觉得受了伤害，却不明白伤害来自哪里；或者虽然知道伤害源于何处，又没有能够说得出口的堂皇理由，有些憋屈，也有些酸溜溜。闲来没事，聚集在村东头荔枝树下的大堆人就热烈地讨论，或者说是猜测他会怎么使用这笔巨款：有的说他会拆掉老房子盖新楼房，站高望远，占尽风情。他的邻居就忧心忡忡起来，认为这样一来，自家的风水就全给遮挡了，再没有翻身之日；也有的说，都百万富翁了，谁还肯住这个破地方，他一定会考虑把房子盖在镇上的，镇上什么都方便，岂不比在村里强？公说公有理、婆说婆有理，争论不休，面红耳赤，非要分出胜负不可，无聊之极，除了证明自己并不笨，知道该怎样花钱之外，并没有什么实际意义。

他是不会扎堆参与这些议论的，有时路遇，别人问起，比如能拿到多少补偿款、拿了钱打算做些什么，等等，他总是嗯嗯啊啊地避免正面回应，按村里人的说法，他这是偷着乐呢！风水先生的那番话，我们都略有耳闻，就认为他家这次真的是祖坟冒烟了。他喜欢一个人跑到臭水田那里去，优哉游哉地走走看看。要是以前，他会拿把砍刀，这里砍点杂草，那里加固一段篱笆；现在，他不需要再做这些了——圈里的肥猪已经讲好价钱卖出去了，等着数钱，谁还会傻乎乎地再下料催肥？

世禄这天回村里来了，这事还真有些稀罕。世禄在当年的每次运动中总是先进典型，他自己虽然没捞到什么好处，但儿子还是沾了光，因为他的关系，儿子被保送上大学，然后又在城里成家立业。老了之后，他孤身一人，就跑去省城跟着儿子养老去了，多年来很少回村里一趟。他在村里口碑人缘不怎么好，这并不是因为当年他为了跟风讨好争当先进批这个斗那个留下了积怨——那些陈芝麻烂谷子的事其实我们大家都淡忘了——而是因为他这个人脚跟不着地，爱吹牛皮。在省城住下还不到两个月，一开口就我们海口人怎么样我们海口人怎么样地夸口，好像他打娘胎里一出来就是海口人一样，让人听着很不舒服。"地瓜屎还没拉干净呢，就说自己是海口人了。"我们常这样拿他说事。更让人不能接受的是，他还嫌弃村里人，说什么"村里人拉的尿都是臭的"，这还是人说的话吗？所以，我们大家都不愿理他。不过这次他回村里，见人就派烟，笑嘻嘻的很热情，我们只好给他个面子，跟他寒暄。

"世禄爹，您真是有心了，知道回来看我们！"

"唉，老了，懒得走动，可那个吴局长非得拉着我，说是我们海口太闹了，要到乡下来散散心，呼吸一下新鲜空气，没办法，陪他玩，就下来了。"

看看，还是那德行！我们知道，你要是跟他搭腔，他肯定又是我们海口人我们海口人地一直说不停了。懒得理他！大家勉强吸了几口烟，便推说有事，纷纷走了，让他自己一个人得瑟去。

世禄回来了，又走了，大家都不太当一回事，没想到，第二天村里就议论纷纷，说世禄这次回来是要认领臭水田的补偿款的。原来如此！我们这才恍然大悟。

世禄凭什么可以拿臭水田的补偿款？村里人闹不明白这究竟是怎么一回事，同时也看到一种可能——他能拿得，我为什么拿不得？

世忠肯定也是闹懵了。连着好多天，我们看到，他常常一个人往镇上跑，早出晚归，一副风尘仆仆又闷闷不乐的样子。村里人自然是很关注这件事的，见了他就打听，想知道个究竟。这一次，他态度与上回不同了，不再嗯嗯啊啊地回避关注，而是带着苦主的悲愤，不厌其烦，大讲特讲自己这几天的遭遇，渐渐地我们就了解了事情的大概：他先是去找村主任，村主任说这事村里不管，归镇里管；他又跑去找镇里。镇里的干部说，是有这事。他问凭什么呀？人家说凭合同呀，他有承包合同，你有吗？他就说地是我的，橡胶、槟榔也是我种的，全村人都很清楚的，他那一纸合同算什么！这事镇里不解决，我就去找县里！他真的就去找县里了。可县里又把问题转回镇里，他转了一圈还得回来找镇里，镇里还是坚持原来的说法，要把补偿款给世禄。

原来是这样，世禄有臭水田的承包合同！这事说起来莫名其妙，好像又有那么一回事。

　　当年世禄要开垦臭水田，我们是反对的，这里土地贫瘠，水也不肥，怎么说也不适合种植水稻。可是世禄坚持，他根本听不进别人的意见，谁有不同意见他就开谁的批斗会。全村人只好跟着他，日干三刻夜加一班，推高填低，累死累活了几个月，辟出了十几亩地，他因此成了先进典型，大会小会受表扬。臭水田当年就种上了水稻，虽然加强管理，依然长势不好，几乎绝收，辛苦不说，村里每年还要因此向国家多交十几亩地的公购粮，村民意见就更大了。改革开放后，实行联产承包责任制，臭水田谁都不肯承包，所以村里在分配责任田时是将之排除在外的，说谁爱种谁种。但是，水田面积政府是记录在案的，地种不种，公购粮一斤不少是一定要交的，另外，摊在田亩上面的各种收费也不能蠲免。这部分额外的负担怎么办呢？一起分摊，我们不同意，大家认为，这坨屎是世禄弄出来的，应该由他来收拾，臭水田就交给他了，怎么处理是他的事。当时没有说签合同的事，臭水田也一直撂荒，他有没有为此缴交公购粮和各种摊派收费，不得而知。在这件事上，大家心里好像觉得亏欠了他，谁还会主动提起？避之还来不及呢！

　　几年之后，政府减免了农村的各种税费，也减免了我们的心理负担，这件事算是扯平了，谁都不亏欠谁的。见臭水田一直撂荒，世忠觉得很可惜，就跑去跟世禄商量，看能不能拿一点自己的责任田跟他置换。没想到世禄显得很大度，说换什么换，我不要了，你爱种就拿去种。又说我是打算要到城里享福的人，谁还要种什么地？见世禄这么说，世忠就种了。臭水田种不了水稻，他就开挖排水沟，把水排干，种橡胶，种槟榔，也种其他树，十几年了，一直没什么异议——这里是他家的祖业，天经地义，谁还能说什么呢？如果不是征地补偿款，绝对没人能想到臭水田还有什么承包合同。

世禄这么一搅局，事情就变得复杂起来了。世忠天上掉馅饼一样得了笔巨款，我们不少人本来就眼红，但因为找不出挑理的地方，也就不说什么。现在世禄把承包合同拿出来，这下说什么的都有了，有支持世忠的，有支持世禄的，更多的人是希望这牌局能够推倒重来。不管怎么说，臭水田是当年全村人累死累活开垦出来的，补偿款不能全归世忠，不能全归世禄，也不能只由他俩分享，全村人或多或少都应该从中分得一杯羹。村里一时议论纷纷，沸沸扬扬。一开始，大家还能就事论事，但说着说着话就说多了，一些不该说的话也连带着扯了出来。

"大房支什么时候都欺负三房支！"有人这么说。

这话就扯远了。村里只一个姓氏，一个祖先养四个儿子，繁衍到现在几百口人，分属四个房支，世禄属大房支，世忠属三房支。兄弟之间难免有些恩怨，口口相传，说是大房支的人欺负三房支，但究竟这是祖上哪辈子的事，谁是谁非，都说不清楚，再次提起，等于吹去尘封。尘封一点一点地被吹起，真相永远无法搞清楚，却吹起了仇恨的火星，终于在一次争吵中，一言不合，就打了起来，引起械斗，结果是两败俱伤，有好几个人被砍得头破血流。伤者送进医院，火药味还在村里弥漫。祖上的事怎么样我们不得而知，但这一次是确定无疑的，大房支和三房支的人又结怨了。

镇里惊动了，干部们下到村里来，看到村东村西村南村北村民扎堆交头接耳议论纷纷，大概也嗅到了空气中那股灼人的火药味，不敢大意，就一村一户地走访，做思想工作，保证安定团结。他们妥善地处理了打架事件，也处理了臭水田征地补偿款的事，当众宣布，在没有解决好臭水田补偿款归属问题之前，村里停止发放征地补偿款。这个结果，世忠听了松了口气，我们也感到基本满意。

"这还差不多！"三房支的人像是终于出了口恶气一样额手相庆。

但是，用不了多久，我们又感到不对劲了：臭水田的补偿款有争议，我们的补偿款可没什么问题呀，怎能把我们的也连带着停下来了？大家都正等着钱用呢！我们去找村主任，又让村主任带着找镇里说明情况，镇里还是原来的意见，说臭水田问题不是孤立的，坚持要一揽子解决。真是引火烧身呀，我们知道问题麻烦了。钱在人家手里，你什么时候把问题解决好了，人家什么时候给你发，人家不急！臭水田问题怎么解决？当然是要商量着才能解决，可世忠说，地是他家的，橡胶、槟榔也是他种的，拿补偿天经地义，没什么好说的！至于那一纸合同，不明不白，谁知道他是怎么弄出来的？不肯让步。世禄则说，现在是法制社会，一切按法律法规办事，该怎样便怎样，不能胡来！也不肯松口。我们都分别探了口风，两个人根本谈不拢。

"凳子夹蛋蛋，自找的！"有人这么说，很后悔又很无奈。

但人是活的，总是要想尽办法出脱的，为此，大房支和三房支的人又握手言和走到一起，说好了分别负责做世禄和世忠的工作。

"忠爹，你要是一点都不肯通融，那就辜负了我们这些做兄弟的一片真心了！"

在臭水田补偿款的争执中，他对村里人给予的帮助还是十分感激的，所以在再三劝说之下，虽然很不情愿，但最后还是松口了，答应坐下来商量。

世禄那头就难剃得多了，他很固执，口气很强硬，大房支那些找他的人说了一笸箩的好话，他一点都没有为之所动。好话说尽，最后没办法了，他们就撂下了狠话：

"世禄爹，你要是这样绝情，今天出了这个门，以后我们就不再是兄弟了！"

"不做兄弟就不做兄弟，我没有你们这样胳膊往外拐的兄弟。"

"既然这样，那我们就告诉你，村里人已经怀疑你那张合同有猫腻了，到时候不要怪我们不帮你。"

世禄一听这话，口气就软了下来，到最后，终于也答应可以坐下来，商量着解决。

祠堂里点起了两支大红蜡烛，烟火明灭，香气缭绕。神案上摆着两片月牙形木块，乌黑闪亮。神案后面是梯级条台，山一样依次升高，上面密密麻麻摆满了列祖列宗的牌位，最顶端是进村始祖的神像，庄严肃穆。村主任、世忠、世禄，还有村里几个有些威望说得上话的人，陆续走进祠堂，大家围着一张桌子坐下来。村主任是这次议事的主持人，他说：

"今天在列祖列宗面前，就臭水田补偿款争执一事我们要做个了断，大家要摸着自己的良心说话做事。没有什么是解决不了的，我们如果解决不了，那就请列祖列宗来做决断。"

说完之后就让世忠、世禄先说说自己有什么想法。两位当事人相互看了一眼，却都没有说话，不知道是担心先说了会吃亏还是担心会陷入被动，都不肯先开口。沉默了几分钟，村主任再次问：你们两位有什么想法？我们在一边也附和，说有什么想法就提出来嘛，大家商量着办嘛。可那两位还是不吭声。我们就着急了，事主不表态，问题怎么解决？又过了几分钟，村主任就说：

"既然你们两位不说，那我就代表村里提个方案吧。"

臭水田的情况我们都很清楚，村主任提的方案，合情合理，谁也不算吃亏。可是，那两位听了，又都提出异议，各有主张，相互辩驳，互有进退。我们当然是不偏不倚，极力劝说疏导，争吵才渐渐地止息，算是拢到了一起。

"做人做事都要对得起列祖列宗。这件事大家算是达成一致了，待我再问过列祖列宗。"村主任说。

他理了理衣襟衣袖，净手，点燃一炷香，向着神像牌位拜三拜，然后恭恭敬敬地从神案上拿起那两块月牙形的木块，口里念念有词，将木块望空一抛，落地查验，再望空一抛，落地查验，如此三次。三轮既毕，拾起木块，他说，元亨利贞，大吉大利！

世忠在方案上签名、按指印，世禄随后也签名按了指印，这件事就这样完满解决了。

接下来，祠堂里摆了桌酒，大家有说有笑，有度尽劫波、兄弟和好的意思。

第二天，当我们满心欢喜地找到镇政府"征地领导小组"办公室，却看到大门紧闭，经打听得知：征地领导小组已暂停办公。

"为什么？"我们全都大惑不解。

"因为征地工作已告一段落。"

"那我们去找书记、镇长！"

"书记、镇长都调走了！因为招商引资成绩突出，调到县里升官去了！新的书记、镇长要明天才能到任。"

"这究竟是怎么一回事？"我们面面相觑，尽是沮丧与无奈。

像是一场闹剧，轰轰烈烈，热热闹闹，又突然戛然而止，烟消云散。我们觉得有些可惜，一开始是恨世禄，说如果没有世禄的捣乱，事早就成了；恨世禄的同时又迁怒于世忠，说世忠如果没那么固执，通融一些,事情也不至于如此。后来慢慢地就想通了,公司要真想开发,这点事不是什么大问题,他们肯定会想办法把问题给解决的。这样一想,就有点被忽悠的羞愤。

最让人难堪的是,在镇上赶集,常常要为别村的人所取笑,这我们认了,谁让咱智商低呢!可有个问题我们还是想不明白:书记、镇长是何等聪明的人,他们怎么也被忽悠了?别人就说,书记、镇长开拓进取,敢想敢干,政绩突出,上级已经肯定,怎么说被忽悠了呢?我们想想,觉得有道理。但是,开发公司为什么要忽悠我们呢?难道他们折腾一通会有什么好处?别人就笑了起来,带着不屑,悄悄地透露其中的一些奥妙,听起来像是那么一回事,但也只是捕风捉影,那些话别人可以说,我们可不敢信口开河。

也许,他们是遇到什么难处了,温泉度假酒店动工建设,那是迟早的事。反正土地还在村里,要想动用,绕不过补偿款的,咱来个守株待兔,到时候再跟他们理论也不迟。

世忠爹晃晃悠悠来到臭水田,地还是那些地,树还是那些树,老婆子说得对,既看不出来金锭也看不出来银疙瘩。他在水边找了个舒服的地方坐下来。泉水咕噜咕噜地冒出来,热气蒸腾,他把双脚伸进水里泡着,那样子很惬意,偶尔也踢一踢脚,好像还有些乐趣。那种情形我们知道的:双脚泡在热水里,脚趾缝里的死皮烂皮便纷纷扬扬地脱开去,引来鱼儿争相吞吃。较大的鱼儿总想通吃,不让那些较小的鱼儿靠近,你看不过,就用脚踢它,要维护一种秩序,让大鱼小鱼共享好处。当然,大鱼是不会老实的,秩序需要不断地维护,这个过程,你会享受到一种道义的满足。

玉不琢不成器

窗外，天色暗了下来。五光十色的灯饰，把城市映射出既梦幻又繁华，繁华中透着负累——大街上汽车塞得满满当当，像萤火虫的长河，闪闪烁烁，艰难而缓慢地蠕动。这种时候，塞车没得商量。

冯宽伫立窗前，俯视的姿势，翘首的心情。

"他不会是不来了吧？"张成咕哝了一句，他已经在烟灰缸里留下三截烟屁股。

"不会的！"冯宽转身，重又坐回到沙发上，"李牧不是那种有头没尾的人。再说了，就算真的有什么事来不了，他也会事先打电话的。"

包厢门推小半边，服务员探头探脑。"大哥，可以上菜了吗？"她问。冯宽告诉她再稍等一会儿。她正要把头缩回去，又被喊住，让进来倒些热茶。天已变冷，小姑娘还穿着T恤短裙，咬牙绷紧面肌，显然是有些受冻了，看着让人怜惜。"大冷天还光着屁股？"张成逗了她一句。冯宽看向她，虽没附和，却也有些取乐的意思。"不要你管！"她半嗔半怒，不愿搭理，公事公办地倒好茶就走了出去。

他们几个是高中同学，李牧是政府官员；冯宽是医院的主任医师；张成是一家企业的部门经理。在社会上，他们几个只是不上不下的人物，但在同班同学中，却是算混得不错的，说到底，这全得益于当年的高考。"知识改变命运。"他们是深有体会的，常发自内心的感慨，一感慨，又变得充满紧迫感。都是结婚有孩子的人，现在是知识社会，孩子要是没有知识，将来怎能自立于社会？李牧经常说，"孩子是祖国的未来""少年强则国强"，冯宽和张成十分赞同。李牧还说："一个人的幸福，小时靠父母，长大后靠自己，老了就要靠孩子了。"这句话，冯宽和张成听着更觉贴心。谁说不是呢！要是老了老了，孩子无才无德，不能自立于社会，晚景凄凉，哪还有幸福可言？他们几个年龄相仿，但结婚生子，先后相差有一大截，李牧的孩子已经大二了，而张成的孩子才上小学。

"他懂事可早了！我还懵懵懂懂的时候，他就已经拉着女孩子的手，会吃东西了。"过去，张成经常这样说李牧。结婚晚不等于懂事也晚，李牧就说他："别以为你那些事别人不知道，打死都不冤屈！"但这样说他反而更得意，总是笑嘻嘻的。他把恋爱的游戏玩了一回又一回，以为这样才是占尽春色，人生浪漫，就好像直到暮春他依然一树花开灿烂，而像李牧那样，不过昙花一现就早早地绿叶成荫子缠枝，未免太傻帽了。

不过，张成自从有了孩子，对李牧就变得尊重起来，围绕着怎样教育孩子，不时讨教。李牧呢，也是知无不言，诲人不倦，时常帮着出些点子，让张成不少受益。

张成孩子还在娘胎里的时候，李牧就告诉他，要重视胎教，他便成天一有空就把老婆那滚圆的肚皮摸了又摸，老婆说孩子烦了，他踢你了。他说孩子高兴呢，他在跟爹亲热呢！又整天无间歇地播放音乐，都是中外名曲，老婆说耳朵都快听出茧子来了，受不了。他便百般抚慰，说为了培养孩子的艺术细胞，你就受些委屈吧！孩子周岁抓周，眼前的东西琳琅满目，那么多吃的玩的不抓，偏抓了书纸笔墨。李牧说，读书的料，是个可塑之才，又给张成支招，说孩子早期教育最重要，关键是培养兴趣、智力开发。于是，孩子咿呀学语的是唐诗，然后是识字、拼积木，还有脑筋急转弯，比大人转得还快。稍大一些，便是音乐、舞蹈、绘画，这种班那种班，像顽童鞭下的陀螺转个不停，一路折腾下来。孩子现在小学快毕业了，每次考试成绩班上名列前茅，张成心里高兴，饮水思源，他说这全是李牧的功劳。

"我有些想李牧了。"张成说。

"是啊，我们是有段日子不在一起聚聚了！"冯宽表示了一样的愿望。

"感觉心里有些空落落的。孩子就要上初中了，不知道怎么办才好，真希望有人能够指点指点。"张成说着抬手看了下手表。

张成未雨绸缪，预设孩子上中学后可能出现的问题，及早应对，冯宽觉得并非杞人忧天。冯宽的孩子读小学的时候，也是成绩优秀，而且很乖很听话。可上了初一，就有变化；到了初二，简直是像换了个人，对人爱理不理，处处跟你做对，你说东他往西，而且不爱学习，沉迷电子游戏。他跟孩子讲了一堆又一堆的道理，打也打过，都没用，一点办法都没有，整天闷闷不乐。李牧批评他，说打孩子是不对的。他说我没办法，受不了。李牧说受不了也不能打，打是解决不了问题的。他就问他有什么好办法？李牧说办法是有的，但要看你肯不肯去做。冯宽说除了杀人放火，只要是对孩子进步有利的事，没有不愿意做的。李牧说，这办法其实也很简单，说明白点，就是你得装孙子，在孩子面前装孙子！冯宽说你不是开玩笑吧？给他装孙子，那他不是得寸进尺，更加无法无天了吗！再说了，我还是老子呢！李牧说你不要一根筋，要讲点策略嘛！重要的是结果，不是过程。你放低姿态，不温不火，死磨烂泡，最后将他降服了，他听你的，好好读书，你不还是老子吗？为了让冯宽信服，李牧讲起了自己的故事。

李牧秘授给张成的那一套，其实就是他自己的经验，他自然是很重视孩子的早期智力开发的。不知是基因遗传还是兴趣培养的结果，孩子七岁时，已经拉得一手好二胡，引得邻居朋友啧啧称奇。孩子聪明，多才多艺，他当然很高兴。不过，上学之后，他说功课为重，不肯让孩子再拉二胡。可孩子已经入迷，很不舍，就提了个条件，说要是考试班上第一，还让拉。他想了想，点头同意了。孩子很争气，每次考试都得满分，这样，陆陆续续又玩了几年。上初中后，功课要求高了，轻易没有一百分了，他就坚决中止了孩子的二胡爱好。可孩子变了，变得倔了，不乖了，偏不听他的，父子俩于是杠上了：

"我喜欢！我就是要拉二胡！"孩子说。

"你喜欢有什么用？关键是社会喜不喜欢！"父亲说。

"老师说了，个性和特长很重要。"孩子说。

"老师也就是说说罢了。高考的时候，你要不出成绩，看老师还表不表扬你？"

三番五次，孩子就是不听他的。孩子的话也不是没有道理，但他觉得那是目光短浅，将来注定吃亏，而且，他怎能容忍孩子的忤逆？到了最后，他一时脾气大发，抢一把砍刀，哐的一声砍向桌面，说是再不听话，就剁掉你的手，情愿今后养着你。那样的暴烈决绝，却没能吓住孩子，他只好认输。可他并没有服输。他想，不行就换一种方式吧，死马当活马医，也是实属无奈。孩子再拉二胡时，他不数落也不骂，只是坐在一边，静静地听，不时点评。又从网上搜资料、找乐谱，指出二胡练习要注意的一些问题，还当场示范，拉了一曲《田园春色》，孩子一高兴，就夸他：

"我们家还是爸的二胡拉得最好！"

"过去是，现在不是了！"他像是话中有话。

孩子赶紧谦让："我还差得远呢！"

"我说的不是你！"

这话让孩子略显尴尬，知道是自己领错情了，但还是很好奇，就问了一句："还会有谁呢？"

"你二叔。你二叔的二胡拉得比我好多了，在十里八乡很有名气，改天你见识一下就知道了。"

刚好暑期，李牧领着孩子回乡下的老家小住几天。他告诉孩子，说你爸小时候二胡拉得可好了，二叔拉得也不错，可在爸面前，他顶多算个跟班的小学徒。后来，爸听你爷的话，一心读书，不拉二胡了；你二叔呢，由着自己的性子，不听劝，放任自己，自然技艺日精，他凭一把二胡也进了县里的宣传队，洋洋自得，风光了一回。不过，现在他在乡下拼凑一个八音班子，热热闹闹的，有吃有喝，也算不错。

那几天，孩子跟着二叔的八音班子，走村串巷，给人办喜事，也给人办白事。李牧注意观察，发现孩子由最初的好奇、兴奋，渐渐地就露出了倦态，就问：

"你二叔的二胡拉得怎么样？"

"棒极了！喜事他拉得喜气洋洋；白事他拉得撕心裂肺。从没见过二胡拉得这么好的。"

"要不你就住下来，在这里继续跟二叔学二胡吧？"他这话是征询的口气。

"不要。我要回去！"孩子把头低下去了。

他脸上掠过一丝欣喜，却不动声色，只是很平静地说："回去也好。回去爸陪你练。"

孩子慢慢地抬起头来，"爸，我想通了，听您的，一心读书，不拉二胡了。"

他就这样不费一枪一弹赢得了这场父子的战争。

这件事让李牧很有些成就感。不知道是好为人师还是要自得其乐，反正在朋友圈里，他总是有些津津乐道的意思，通过口口相传，事情就变得神奇起来。后来，他孩子读了名牌大学，就更加印证了他在教育方面的智慧，大家都说，他不当教育厅长，太可惜了。

冯宽也是没办法了。他听信李牧所说的，怀着一试的心态，也给孩子装孙子，虽然装得不比李牧好，但孩子一年之后也有了很大的转变。这件事有些像病急乱投医，好多方子都用过，总不见什么效果，反反复复，最后病突然就好了，却弄不清楚是怎么好起来的。但不管怎么说，冯宽还是相信，在教育孩子方面，李牧总是很有办法。

他们几个是经常一起喝茶闲聊的。不过，那是在以前的事了，这几个月，看不到李牧的影子。茶三酒四，边喝边聊，多几个人，才能有一种起承转合的热闹。冯宽和张成两个人喝茶，有时难免冷场，也少了那种韵味。

"什么茶啊这是？"张成说。

"白沙绿呀！喝过多少回了！朋友特地从白沙捎来的，说是好茶，市场上轻易买不到的。"

"这就怪了，我怎么喝不出那种味道？"

"那不奇怪！你心思不在喝茶上嘛，怎么能品出茶味来？"

场面一时沉默。冯宽添水续茶。张成点上一支烟，同时给冯宽也递了一支。

"是啊! 最近心里好乱。孩子快小学毕业了, 也不知道要上哪个中学。"张成说。

"当然最好是上重点了。"冯宽觉得这不是问题。

"可现在是划片上学。按照片区划定, 我孩子上的是一般中学。"

"那就比较麻烦了。只能按规定了。"

"哎, 你有没有什么办法?"张成知道, 冯宽的孩子几年前上重点, 也不是按正常渠道进去的。他希望冯宽能给自己指点门路。

"我能有什么办法?"冯宽笑笑, "前几年, 上学没有划片一说, 舍得花点钱, 找个托, 孩子就进去了。不过, 听说现在这一套行不通了。"

"你说李牧有没有办法?"张成隐隐约约听说, 冯宽的孩子当年好像就是李牧办进去的, 不过他没有明说, 只是侧面打探一下。

"不知道。"冯宽想了想, 又说, "你直接找他问一下嘛。他是教育局的官员, 兴许会有办法的。"

"电话里不好说, 我想约他一起喝茶, 可约了几次, 这家伙总说有事走不开。要不你帮我约一下他吧。"

"我约过他的。我那孩子现在面临文理分班, 读理还是读文, 不知如何取舍, 也想听听他的意见。可他也说有事走不开。"

"要我说, 读理还是读文, 问题没有那么复杂, 优势 + 兴趣, 便是选择的依据。"

"问题没那么简单。再说了, 我那孩子, 理也好、文也罢, 优势都不是特别明显。我问过他的老师了, 老师建议还是读理妥当, 说理科学校多, 专业好, 高考时报志愿选择余地大, 大学毕业后也比较容易就业, 等等。"

"老师说得有道理，那还是读理吧。"

"可孩子对文科感兴趣，坚持要读文，说不动。"

冯宽记得很清楚，三年前，李牧的孩子起初也说要读文的，但最后还是选择了理科。一年后，高考报志愿，李牧发过牢骚，说工科有什么好？进了工厂，不定什么时候就失业了，哪比得了医生？不管哪朝哪代，医生都吃香，变不了！他孩子最后上的是医科大学。

"也不知道李牧是怎么说服孩子的。"冯宽说。

"要说忙，大家都忙。关键是，他已经翻身得解放了，可我们还生活在水深火热之中。"李牧以前经常说，熬到孩子上大学，就能翻身得解放了，所以张成有此一说。

"是啊，真希望我们也能尽快地熬到这一天。"

"他是上岸了，可我们还在苦海里挣扎呢！他一上岸甩手就走，对我们不闻不问，是不是有些不够朋友？"

冯宽听得出来，张成有些抱怨的意思，于是便说："也许他真的很忙呢！喝茶毕竟是休闲消遣，人家没空，也怪不得。这样吧，我来做东，约他一起喝点小酒。喝茶没时间，但吃饭总会有时间的。"

李牧一进包厢，就说："抱歉！让你们两个久等了。"说着跟冯宽握了握手，然后又跟张成握手，又说："一路堵，真对不起！"本来很熟的朋友，因为几个月没见，不自觉地就客套起来。

石山乳羊火锅，味道鲜美，本地一道名菜。张成老家就在羊山地区，他介绍石山乳羊的饲养，说是羊羔关在小笼子里，不让走动，不见天日，跟发豆芽菜一样。豆芽菜尚且要浇水，羊羔还不给喝水，只吃树叶。在整个过程中，要是羊羔晒了太阳或是喝过水，那羊肉就不是这个味道了。冯宽皱起眉头，说这未免过于残忍了！它让我想起法国鹅肝。

这道名菜，没有吃过也一定听说过。我听说为了一个鹅肝，对活鹅也采用类似残忍的饲养方式。李牧说，事情往往就是这样，因为特殊的饲养方式，才造就出特殊的味道。只不过人们在餐桌上，眼里只有美味，否则，就很难说得上享受了。

让座之后，冯宽给每人盛一碗汤。"先喝点汤。"他说。这是他们吃饭喝酒的一个习惯。他们喝酒还有一个规矩，就是前三杯见底；三杯之后，自由发挥，说是"三军过后尽开颜"。当然，既然是好朋友，各人酒量如何，彼此也是心知肚明。

"好酒！"一杯下去，李牧赞了一句。张成给他续上一杯，举着酒杯说："好品位！十年珍藏茅台，冯宽贡献的！"说着俩人碰了碰，嘴唇一啜，吸溜有声，然后酒杯一翻——干了。

你来我往，也有五六杯下肚了，但场面还是热不起来。以前可不是这样的。以前，他们几个在酒桌上，段子笑话、风土人情、同事朋友、国事家事，不拘什么，逮着什么说什么，不时插话，说个不停，气氛很好。今天，李牧好像有点不对劲，很少说话，只顾埋头喝酒。

"李牧你最近都在忙什么呢？叫你喝茶你不来，叫你喝酒也推三推四的。"张成说。

"也就是上班下班，不忙什么。"李牧想了想，觉得这话没能很好地回答张成的问题，为了避免做进一步的解释，又说，"要说忙也忙，不过都是瞎忙。"

"你哪有瞎忙的！"张成站起身，端着酒杯走到李牧身边，"不过，就算瞎忙，也比我好，我现在正抓瞎呢！"说着跟李牧又喝了一杯。"也是逼急了，老同学啊，今天我就冒昧一回，请求你帮个忙。"

"我现在跟毛蛋里的小鸡差不多，自己都出不了壳，哪有能力帮别人？"李牧淡淡地说，不像调侃的意思。

"说正经的吧。老同学哎，我那孩子今年上初一，我希望他能上重点，想借你点力、沾点光呢！"张成说。

"我没办法。"李牧摇头。

李牧今天是怎么了？过去可不是这样的。过去一说到孩子，总是很热心，问你孩子的学习成绩怎么样呀、告诉你孩子在学习中要注意的问题呀，等等。今天好像很排斥的样子。要是一般的议论话题也就算了，但这次是求他办事，张成不想放弃努力，所以耐着性子，笑笑说：

"你是教育局里的人嘛，总是会有些办法的。"

"我没办法。"李牧还是摇头。

张成一时下不了台，有些尴尬。冯宽见状，便端起酒杯劝酒："来，喝酒！喝酒！"缓冲了一下氛围，又说，"李牧，我们都是好同学，你要是有办法就帮一下张成吧。"

"我要是有办法能不帮他吗？我跟你说，我既不是局长，也不是校长，说了不算的。这样吧，我帮你留意一下，要能帮的话肯定帮你。"

"这还差不多！"张成说，那张脸重又舒展开来，道过谢，刚落座，李牧举起酒杯，示意一下，自己先干了。

"你很想孩子上重点吗？"他问。

"想啊！谁不想孩子上重点呢？"张成说。

"我问你，重点有什么好？上重点，也就是成绩好些罢了。可是你知道吗？凡事总是有得有失，那些因此而失去的，往往是最宝贵的，可人们却鬼遮眼一般给忽视了。我的意思是，孩子并不是非上重点不可，走正常渠道，能进则进，进不了也就算了。"

要是以前，张成肯定会反驳他，说既然如此，为什么你的孩子要上重点？（当然也包括冯宽的孩子）并因此引发一场辩论，谁输谁赢还不一定呢！但现在他有事求人，只好示弱。他说："你说的确实也很有道理，不过，我还是想孩子能上重点。"

冯宽将火锅里的羊肉捞出，分别打到各人的碗里。"大家吃菜呀！不能只顾喝酒说话。"说着揿一下服务灯，让服务员给火锅里添些二汤，再倒进一些羊百叶。不一会儿，火锅开了。"羊百叶一开就得吃，再煮就老了。"他招呼大家，自己先吃一口，又往李牧的碗里捞一些。

"李牧你好像变得越来越睿智，你以前可不是这样的。"冯宽有些调侃，"当然我不想跟你争论这个问题。我只想知道，你当时是怎么说服你孩子放弃读文而选择读理的？"

"现在我知道错了。"李牧说。

"不要这样嘛，我是正经的。我现在就遇到了麻烦。谁都说读理科好，可我那孩子就是听不进，我都不知道怎么才能说动他。"

"你还是趁早算了吧！是孩子读书，又不是你读书。"

"那还不是为他好！你说他要是读文科，普普通通，什么都懂一些，又什么都不懂，甘草一般，将来怎么找工作？"

"要我说，你那不是为他好，而是害他！做家长的总是自以为是，要规划孩子的人生，你能规划得了吗？就说读文读理吧，孩子要读文，你偏要他读理，要是几年后孩子读不下去了，再不肯读，也不肯做别的，那不等于废了吗？"李牧一本正经。

"没有你说得那么严重吧？"冯宽笑了笑，不以为然。

"每个孩子都有自己的个性和特长，都有自己选择的自由。路是人走出来，不是规划出来的。做家长的应该做的，是尊重孩子的选择。不怕你们笑话，我也是到现在才明白这个道理的。"

张成有些坐不住了。这一番话，应该是领导在主席台上神侃的大道理，而不是朋友喝酒闲聊时会说的话。这个李牧，今天也太假正经了。他瞥了一眼冯宽，感觉到他虽做洗耳恭听状，其实也不爱听。他有心帮他解脱，当然又要给李牧面子，于是便站起来劝酒，并以这一方式打断李牧的话。

　　"李牧，不说我们了，说说你吧！"张成喝了一口，又说，"听你说话的意思，好像最近要高升了。"冯宽也附和："应该是要转正了！这事早几年就说过。哎，是在原单位高升，还是调去别的单位？"

　　"你们就别胡扯了！明年，我就满五十了，还能进步到哪儿去？"李牧说罢，问张成要支烟。他平时是不抽烟的，根据以往的经验，张成知道，他喝得差不多了。他把烟点上，又说，"前几年，组织上让我去长三角挂职锻炼，那倒是一次机会，可为了孩子，我放弃了。你们应该知道的，我还能进步吗？"

　　"真没这事？"

　　"真没有！"

　　"不会是跟我们保密吧？"

　　"信不信由你！"

　　冯宽说："不张扬也好。不过，正式任命下来之后，就不能躲着我们了。记住，一定要请我们喝酒，让我们也高兴高兴。李牧啊，你这家伙真是交上狗屎运了，也不知道是哪辈子修来的，先是孩子顺利考上重点大学，接着又升官发财，我们都羡慕得不行呢！"

　　"别提了！"李牧很失落的样子，"到现在才明白，我不过是瞎操心！"

　　冯宽听了，觉得不对劲，就说："我看你也不是很热衷官场的人，可是你这几个月总是说忙，又是一副心事重重的样子，是不是发生了什么事？"

"我没什么。"

"可不可以跟我们说说？"冯宽说。

"是啊，说出来看我们两个能不能够与你分担一下。"张成也说。

李牧不说话，端起酒杯又要喝。"还是吃点菜吧，你也喝了不少了。"冯宽拦着他。他不听劝，坚持要喝。"喝！喝了这杯，我就跟你们说说我的事，好让你们也惊醒惊醒。"冯宽和张成两人只好陪着又喝了一口。

可是，喝了这一杯，李牧又陷入沉默，两眼痴痴地望向窗外。窗外，街对面一家歌厅，"KTV"墙幕霓虹灯闪烁，不停地变幻出各种图案，给人一种迷离和放纵的视觉效果。

"究竟是什么事呢？"冯宽问。

"还是不说吧！这样的事，说出来，丢人丢到家了。"李牧还是不肯说。

看他十分不情愿的样子，冯宽不忍心再问。张成却说：

"李牧你不说，我也可以猜出一二，你肯定是遭红颜劫了。你说我猜得对不对？"

"不可以乱猜的。"冯宽说他。

"怎么会乱猜呢！这种事现在多得是，我单位就有一位。孩子上大学了，一下子轻松起来，闲得没事干，便去拈花惹草，说是人生第二春。结果呢，让一位女孩缠上了，家里不得安宁不说，还到单位里闹得沸沸扬扬，传为笑话。单位领导很恼火，告诉他，说这件事不处理好，就不要来上班了。"

冯宽看向李牧，想知道他的态度。可是李牧保持沉默。

"老牛吃嫩草，也算是得了便宜，哪有不付出代价的？"张成接着又说，"遇上这种事，最好是快刀斩乱麻，该怎样便怎样。如果舍不得，麻烦会更大。"

张成这么一说，冯宽就感到问题的严重。"李牧，你是不是真的遇上这种麻烦了？要是这样的话，张成说得还是有道理的，一定要尽快想办法把问题解决好。"

"什么第二春！那是别人的事，我连第一春也没有过。你们不要乱猜，也帮不了我。"李牧说着站了起来，他让服务员找来三个玻璃大杯，将剩下的酒咕噜咕噜地分别倒进去，然后又说，"我其实也是有过春天的，心里已经开出了一朵花，却鬼迷心窍地掐掉……"

李牧的婚姻恋爱史，张成和冯宽略知一些，这可是新情况，所以有些好奇，支起耳朵，想听下去。可是，李牧又不说了，而是把杯酒分别递给他们两个，然后端起自己的一杯，碰了碰，"不说了，喝酒！"

"酒不能这样喝的。"张成皱起眉头，很犯难的样子。冯宽也劝他："不要急，坐下来慢慢喝。"

李牧不管不顾，一仰脖子，大半杯酒就灌到了肚子里。他显然是有些撑不住了，刚坐下来，就一头趴在了桌上。

"喝高了吧！"冯宽推了推他，他不动，"看来他是真的喝高了。"

张成说："看他今天的样子，肯定是有什么事！"

"他那样备受折磨又羞于启齿，究竟会是什么事呢？"冯宽很纳闷。

"我看十有八九是桃花劫。"

"他不像是那样的人。"

"说不准，万事皆有可能。不过，他不说，我们怎么知道。"张成摇了摇头。

"唉，家家有本难念的经，古人的话没错的。都以为他事事顺心，谁想也是一肚子心事……"

"今天也喝得差不多了，要不就散了吧。"张成说。

"这位老兄，看来他自己是回不去了。"冯宽又推了推李牧，李牧摇摇晃晃地站起身，突然一把抱住他："兄弟，我们是不是好兄弟？"口里含混不清，却一脸急切。

"我们是好兄弟。"冯宽附和。

"好兄弟，你刚才有什么事问我来着？"

"我没什么事。"

"你请我喝酒，你有事！说吧，说来听听，看我能不能帮你。"

冯宽哭笑不得，拍着他的肩膀说："好啊好啊，下次再说吧。"

"我们送你回去吧。"冯宽说。李牧趔趔趄趄，却不让冯宽扶他，说他没事，能自己走。冯宽说，你看你路都走不稳，怎么回去？不理睬他，坚持要送。

张成拦了辆的士，冯宽又推又送的让李牧坐了上去。"去哪儿？"司机问。冯宽推了推李牧，问他："去哪儿？司机问你呢！你还住府城吧？"

李牧含含糊糊地说了一句："6栋，6栋901。"

"哪个小区？你得说明白呀！"

"901，6栋，路口有根电线杆。"

冯宽一下子头就大了，全市得有多少电线杆啊！能找得过来吗？司机知道遇上醉酒公了，想要拒载，看是三个大男人，只好耐下心来。张成突然拍了一下脑袋，转过头来，"我想起来了，他一定是搬到公务员小区了。"又问，"李牧，是不是公务员小区？"李牧嗯嗯啊啊。张成就说："走吧，滨江路，公务员小区。"

出租车在小区大门前停下。冯宽和张成一人一边架着李牧，寻往6号楼。时有路人擦肩而过，无不作侧目掩鼻状，让冯宽和张成感到尴尬，也只能把不满发泄在李牧身上："不能喝就不要喝，呈什么英雄好汉！"李牧也没有不高兴，只是嘿嘿笑。终于到了6号楼的电梯口，"李牧，是不是这里？"李牧又是啊啊。张成不想上去，冯宽也不想上去，便说："李牧，你自己回去，行不？"李牧还是啊啊，又挥挥手，说再见。可是，冯宽和张成还没走几步，就听到身后传来扑通一声，回头一看，李牧已摔倒在地。"送佛送到西天吧。"冯宽说。俩人只好又踅回去，搀扶着把李牧送到家里。

李牧一屁股坐到自家的沙发上，笑嘻嘻的，眼神涣散，有些傻样。他妻子只瞪了他一眼，头就扭向了另一边。

"大嫂，真不好意思，让老李喝高了。"冯宽表示歉意。

"真是的！谁会逼你喝呢？越老越没个人样了！"他妻子不停地抱怨。冯宽和张成觉得不好掺和，说声告辞。刚要离开，噗的一声，沙发上的李牧侧身吐了一地，整个人也滚落在地。

"阿伟、阿伟，快出来呀，快把你爸扶起来。"李牧的妻子大声喊叫。

冯宽和张成回过头来，没看到有别的人影，俩人连忙把李牧扶到沙发上。安顿好之后，冯宽问："大嫂，你刚才是喊孩子吗？"

"嗯。"

"还没放寒假呀，孩子怎么在家里？"

"给退回来了。快三个月了，整天把自己关在房间里。"

冯宽和张成面面相觑。

"那要想办法呀！这样下去怎么行？"冯宽说。

"办法不少想了，可他拒绝再上学，说是除非上音乐学院，好像音乐学院是自家办的，想进就进。造孽啊，这孩子废了，他父亲也快要疯了，我们家算是完了！"说着就抽抽噎噎地哭了起来。

"大嫂放心吧！会有办法的。"

"大嫂，会好起来的。"

俩人匆匆告辞。

大街上华灯齐放，两边高楼彩灯闪烁，亦真亦幻，有一种格式趋同的繁华。街树婆娑，灯影摇落，行人或悠闲漫步，或行色匆匆，各以自己的方式，点缀城市的生动存在。

冯宽和张成心情复杂，沉默无语，一路走到街口处分手，然后各自向自家走去。

世蕃爹的烦心事

"爷爷，您就带我去吧！"小家伙穿戴整齐，甚至背起了双肩包，像是马上就可以出发一样。

小家伙是小学二年级的学生。离放假还差两个月，他就有个计划，暑假上城里跟父母住上几天，到动物园看老虎狮子，到公园坐过山车，到超市坐观光电梯……城里有好多东西对他都充满魅力。电话里跟父母说了，父亲许诺，期末要是能考双百，就让他来。考试一结束，他就兴奋地告诉他爸，他数学考了一百分，语文也考了一百分。"那就让爷爷带你来吧。"电话里父亲这样对他说。听了这话，他高兴得跳了起来。

可是爷爷不乐意。

爷爷六十多岁，村里人都叫他世蕃爹。世蕃爹身子还算硬朗，只是瘸了条腿，走起路来，像小船在波峰浪谷里，晃晃悠悠的。省城他也去过几回，热闹、繁华，不过他还是不喜欢。街道上的车辆如过江之鲫，你追我赶，不管不顾的，只认灯光不认人。街道两旁，人流如潮水奔涌，挤挤挨挨，那些人却能如水中鱼儿，只需轻摆腰身，便能左右逢源。他不行。置身其中，他有一种被淹没的感觉，只想尽快站出来。相比之下，他还是喜欢村里。那条小路怎么走都是自己的；那棵木棉树，绿叶飞尽，红花便开始绽放枝头，从没爽约；那畦白菜，浇足水肥，它就会一天一个样地长，绝不偷懒。他喜欢村里的自由自在，喜欢村里季节的生动，就像鸟儿恋绿树、鱼儿离不开水，他觉得，村里才是自己安身立命之所在。

"还是叫你爸回来带你走吧。"他说。

"我爸说了，他没得闲。爷爷，您还是带我去吧。"孙子话里近乎哀求。

"他又不是省长，哪能会忙得孩子都顾不上了？"他咕哝了一句。隔代亲，他最疼这个孙子了，孙子的要求平时他总是想办法去满足。今天他这样说，其实是在生儿子的气，半年都过去了，也不知道要回来看望一下父亲，做儿子的怎能这样不懂事？

他感到孤单。以前他可不是这样的，生龙活虎，风风火火，在村里也算是个能人。那时候，村子不大，贫穷，最让人瞧不起的是了无生气，衰相十足。各家的房子东一间、西一间，破破败败且杂乱无章。他不断地串门，把大家都给说动了，对村子重新规划，统一的朝向，整齐的巷道，然后拆老屋，建新房，几年工夫，村子大变样。不久，连村里的几个老光棍也娶上了媳妇，村子开始兴旺起来。这件事，让他在村里博得了声誉，引以为自豪。后来，水利工地上他瘸了一条腿，对他是个打击。再后来，妻子病逝，对他又是一个打击，但他也没有像现在这样感到孤单。孤单是一个过程，一点一点地到来，若即若离，有点恼人，不过，仿佛只需挥挥手就可以赶走它，所以谁也不会在意。但是，一旦发现它实实在在地与你面对面，就再也摆脱不掉了。

"我真的老了。"有时他会这样自言自语。人老了，抱怨像皮肤上的斑点，无缘无故地就会冒出来，不是矫情，倒像是小孩子的撒娇或邀宠。

他不回来看我，那我就到城里找他，我还要当面问一问，他答应下来的事什么时候兑现？世蕃爹这样一想，便对小孙子说：

"好，爷爷答应你，明天就走。"

"永明，吃饭吧。"妻子在小茶几上摆了两个菜，一荤一素，招呼永明吃晚饭。

这是他们在城中村租住的地方。房间不大，一张双人床占据了差不多一半的地面，沿墙摆放着一个尼龙柜子、一个大纸箱，还有一个硕大的编织袋，装着他们的衣物和日常生活用品。另一面墙沿，摆一个小茶几、两张塑料凳子，墙上挂着个小电视。房间里挤挤挨挨的，再多个人，恐怕连个转身的地方都没有。房间的一隅有个水龙头，平时他们在这里做饭，有时偷懒也在这里小解，大解则要到楼层过道里公用洗手间。

"小军说他明天就到咱这。"饭吃了一半，永明说。

"是他爷爷带他来的吗？"妻子问。

永明点了点头，嗯了一声。

停了一会儿，妻子说："那我明天跟工友换个班吧。"

永明没有接话。沉默了一会儿，他说：

"哎，老爷子明天来，一定会跟我说起家里房子的事。"

"那你是怎么想的？"妻子说着又扒了口饭，抬起头望着他。

"我想，要不还是回去把那破房子修一修吧。"永明说，但没有抬头回应妻子的目光。

家里那间砖瓦平房还是父亲年轻时盖的，几十年的风风雨雨，它已破败不堪。今年他回家过春节就看到，闹腾的虫子在立柱横梁里嘈嘈切切，木灰簌簌地掉个不停。好些檩条都烂掉了，父亲用几根槟椰木艰难地支撑着。屋面已经变形，让人感到整个房子随时都可能坍塌。当时父亲就问他，这房子你打算什么时候修？他说爹您放心，该修的时候我会修的，算是敷衍过去了。明天，父亲要是再次问起，他该如何面对呢？

"你不是说想在镇上盖间房子吗？"妻子提醒他。

这个话题，这几年夫妻俩时常说起。进城之后，适应了城里的生活，村里人便感受到城里的好：在城里不用脸朝黄土背朝天，日晒雨淋；城里机会多，挣钱比村里容易；在城里，要买点什么，坐个车，看个病，还有小孩上学，样样都比村里方便……没有人不羡慕城里人的生活。但是，他们知道，要在城里买房子，比登天还难。一些人怀有幻想，但最终希望都会破灭。于是，更多的人退而求其次，希望能在家乡所在的小镇上盖一间自己的房子。永明也有这种想法，这几年都在为这个梦想努力挣钱攒钱。可是，他没有别的人那样幸运。他挣得不多，再怎么攒钱都不济于事。什么东西都在涨价，他发现，尽管他拼尽全力想一步一步地接近那个梦想，但那个梦想却一天天离他远去。

"我们那点钱买个地皮还不够呢，更不用说盖房子了。"永明说。

"可是你要是修了老家的房子，要在镇上盖房子，今后提都别提了。"

"我也不知道该怎么办呢。"永明说完，放下饭碗，转身就出去了。妻子知道，他准是又找那些老乡闲聊去了。

世蕃爹和孙子到达省城时已是后半晌。永明骑一辆摩托，在车站接人。

摩托车驶离繁华大街，拐进了一处密集的居民区。世蕃爹看到，一条条巷道其实并不宽大，两边的楼房盖到第二层之后都努力地向外飘出一点，楼和楼之间便脸贴脸了，即使大白天，巷道里也是阴森晦暗。密匝匝的楼群中，终于见到一处空地，那里有间祠堂，里面香火明灭。祠堂的对面有个小戏台，之间的空地上停放一些拖拉机、搅拌机，还有手推车。榄仁树宽大的叶片，遮起一片阴凉，南腔北调的人三五成群，或坐或蹲或站，有的闲聊，有的玩牌，好像有的还在赌钱。

"这里看起来就像个村子，不过楼房多些罢了。"世蕃爹咕哝了一句，像是自言自语，又像是要说给儿子听。

"这里本来就是个村子嘛。"永明说。

"我还以为他们进城了呢，原来还是待在村里。"世蕃爹有些揶揄，"既然这样，干吗不在家好好待着，何苦要跑到这里来？"

永明知道父亲在说他，便不好气地回了一句："他们都是傻瓜，脑子进水了，哪有您聪明？"想想又觉得冒犯了，又说，"这村和那村能比吗？人家这是城中村，跟城沾了边，挣钱就容易。"

世蕃爹听了，不再说什么。

永明领着爷孙俩在巷道里左拐右拐，然后上楼梯，走过道。楼道里黑乎乎的，世蕃爹一时适应不了，看不清前后左右，只是迷迷糊糊地跟着走。

"到了。"在一间房门前，永明说。

敲门之后，儿媳兰菊开了门，把三人让进屋。

世蕃爹随身带来了一塑料小桶花生油，还带了半袋苦瓜，怕是有十几斤。兰菊随手接过，说："爹您也真是的，苦瓜怎么也带了这么多，不嫌累啊？"

"这是你桂花婶种的。一地的苦瓜，没人要，任凭它烂在地里。你桂花婶让村里人谁要吃谁摘，不要钱，我要有些力气，还会多带些呢。"世蕃爹告诉她。

"可惜了，这里市场上一斤要五块钱呢。"兰菊有些遗憾。

世蕃爹环视一回小屋，问："你们就住这么一点地？"

"哎呀爹啊，您以为这是农村呀？就这么一个小地方，每个月也要七八百呢。"兰菊说，听不出她是为城里人骄傲还是为乡下人卑微。

想了想，世蕃爹说："那我还是回去吧。"

"现在都下午三点多了，您怎么还能回得了？"永明拦着。这个时候，从省城到县城的班车还有，但到达县城时，已经没车到镇上了，何况还要从镇上回村呢。永明突然明白了父亲的心思，便说："爹，兰菊今晚上夜班，就我们祖孙三人，您就委屈一下，今晚在这里将就过一宿吧，要走的话，明天也不迟。"

世蕃爹点了点头，答应留了下来。

永明觉得在这里他是主人，又觉得做儿子的有孝敬父母的义务，不能冷落了父亲，便主动提起一些话题，跟父亲聊了起来。

"爹，咱村里现在怎么样啊？"

"还是老样子。不过，老奔公上个月过了，没人照顾，死得好惨。"

"他不是有三个儿子吗？怎么会这样？"

"是有三个儿子没错，那又有什么用？家庭有矛盾，别人说不清楚。"

"村里人是怎么说的？"

"三个孩子成家后，便分家了。老两口跟着老三一家生活，据说老大、老二认为父母偏心，只对老三好，对他们不管不顾，心里有气，留下积怨。老两口也不在意，觉得有老三在，也算是个依靠。哪里想到去年老三得绝症死了，随后老三媳妇又到城里跟了在那里工作的儿子。老两口一下子变得无依无靠，可老大、老二只顾在城里打工挣钱，对父母不闻不问。唉，山鸡无种，不是人养的。这个世道，叫人怎么说呢。"

儿媳兰菊似乎对这种事不感兴趣，她岔开话题：

"爹，我听邻村的小梅说，现在村里冷冷清清的，好多人都到城里打工了。"

"是啊，好多地都撂荒了。不过也有人回来了。村西永福两口子上两个月就回来了，他们在村里干得也不错。现在种地不仅不用交税费，还有各种补贴，条件比以前好多了，怎么能做不好呢？"

永明接过父亲的话，说："在村里什么都好，就是跟钱有仇。像桂花婶种的苦瓜，那么好的东西，在地里贱的没人要，到了城里，身价便翻了几番，你能有什么办法？"

"爷爷，你怎么这么啰唆呢？"孙子对爷爷，说话经常是没大没小的。

永明瞪了他一眼："大人说话小孩子不要随便插嘴。"

"我想去动物园。"小孙子拉着爷爷的手。

"现在什么时候了？还去动物园！"永明有些不耐烦。

见孙子不高兴，世蕃爹连忙抚慰他，说："爷爷也不识路，带不了你，等明天你爸一定带你去。"

兰菊说："你们爷儿聊吧，我得做饭了，一会儿还要去上夜班呢。"

吃过晚饭，儿媳兰菊上夜班去了，孙子小军躺在床上看动画片，也许是坐了一天的车太累，不一会儿就睡着了。现在，就剩下父子俩面对面。

"你打算什么时候把家里的房子修一修？"老爷子果然谈到修房子的事。

"该修的时候我自然会修的。"永明说。

"这话你都说多少遍了！你能不能给个明确的说法？"老爷子耐着性子。

"．．．．．．．．．．．"

永明感到很为难，他不知道应给父亲什么样的答复。父亲是没有能力了，但他把自己拉扯大也很不容易。那年，他要进城打工，父亲不同意，主要是不放心，讲了很多理由，还是不放他走，最后，他说了一句："我要是就这么在村里耗着，几年之后，恐怕家里的房子塌了也没钱修。"父亲听了这话，便同意了。现在，这么多年过去了，答应下来的事一直都没能兑现，心里老是觉得愧对老人家。

"你跟我说实话，这几年你有没有攒下些钱？"老爷子问。

"城里的钱也不好挣，要吃要住的，花销不少，能攒下几个钱？"

"既然这样，还不如待在村里呢！"老爷子不以为然了，"村里怎么不好，也不至于住的地方像鸡窝一样，连转个身都难。"

"爹，您总说村里好，可为什么有那么多人要跑出来？还不是因为村里穷！我们跑到人家的地盘，难道是为了看人家的脸色？还不是为了多挣点钱？在哪儿钱都不好挣，但城里毕竟比乡村机会多，运气好的话，收入也相当可观。您总想着要修房子，拿什么修？我在这里窝着，就是为了挣钱修房子呀！"永明耐心地跟父亲解释。

"理是这个理，我也知道，但这么多年过去了，事实上怎么样呢？你们是怎么想的，我不管。我可告诉你，咱家那房子，也就一两年的事，说塌就塌，你要不修，到时我们连个家都没有。我一把老骨头，无所谓，一个破草棚也能将就，可你们怎么办？小军怎么办？"

"爹，这事我们先缓一缓再说好不好，您放心，我会看着办的。"

话说到这个份上，老爷子只能长长地吁了一口气，不说了。

夜里，世蕃爹翻来覆去总睡不着，不知道是因为地方陌生，还是因为心事太重。

世蕃爹在城里只住了一宿，第二天便回到村里。

　　蓝天白云，绿树红花，斑鸠在林子里和鸣，轻风倒梳公鸡漂亮的羽毛，树下牛儿静静地磨牙，狗儿撵着小猪汪汪叫，这些熟悉的东西又回到他身边，可是，他看起来好像情绪不高。

　　孙子小军不在，很多家务事他都省略了。早上煮一锅饭，一日三餐都在里面，倒是清闲，可他反倒闷闷不乐。瞅着那间破屋，心中气急。村里有的人家楼房都起了，自家的房子摇摇欲坠，却没能力修，哪天坍了，家就没了，还有什么面目去见祖宗？他恨儿子不成器，都几十岁的人了，还这样没个定性，浮萍一般，水流跟着走，风吹跟着飘，不知道要扎下根。现在年轻，还能快活风流，只怕到老了，想哭都来不及呢。

　　心里有话，憋久了，忍不住，就想一吐为快。在村里跟人聊起，总说儿子的不是。

　　"我以前一直都以为他是个好孩子，没想到他现在变成这样。他答应说要修家里的房子，但每一次都是哄我骗我。"

　　"您怎么知道他不给家里修房子？说不定过几天他回来就给修了呢！"别人问他。

　　"你们不要为他说好话，我算把他看透了！没什么本事，挣那点钱，不过仨瓜俩枣，塞牙缝都不够，还心比天高，羡慕人家城里人。没能力也就算了，明说了我也不怪他，干吗要拿说辞搪塞我？"

　　别人听了，就说："世蕃爹您操这份心干吗？您就等着到城里享福吧。"他鼻子里哼了哼，更加抱怨了，说："我都一把老骨头了，他们两个扔下我不理不睬，别说享福，不定哪天死翘翘了都没人知道呢！"

　　家长里短，这类话题，村里人没有不感兴趣的，世蕃爹数说儿子的不是，在村里自然不乏听众。不过，话说三遍淡如水，到后来，听的人就腻烦了，他一说，有人就逗他，说："老爷子，您就等着到城里享福吧，别到时不认咱们这些乡亲。"他知道人家逗他，渐渐地也就不怎么说了。

一天，闲来没事，他到村边走了走，一走便走到了上村，一幢二层小楼在他眼前一亮。"她家都起小楼了。"他心里嘀咕。他知道那是谁家的房子。这房子里有个老太，当年是个迷人的小寡妇。那年在水利工地上，人们都收工了，她男人却迟迟未归，村里人放心不下，摸黑在一处土崖下找到他，发现他摔断了一条腿。工地上传颂着他的先进事迹，人们都说他这个当队长的为了检查工地，做收尾工作，顾不上吃饭，因公摔断了一条腿。至于真实情况，只有他一个人清楚，当然还有另一个人心知肚明。事后，也有一些传闻，纯属捕风捉影，自生自灭。望着这幢小楼，他有些伤感，感到后悔。瘸了一条腿，他基本上就等于废了，家道渐渐地变得艰难起来。他觉得对不起孩子，对不起死去的妻子。要是腿不瘸，不用说修房子，他就是盖栋小楼也没问题。这房子自己早就应该修好的啊，早干什么去了？为什么瘸了那条腿？这事是自找的，不能怪别人。他突然意识到，不能把责任推给孩子。每代人有每代人的过法，孩子的事，随他去吧，还真不该责怪他。

"该怎样便怎样吧，很多事都是由不得自己的。"他心里已经豁然。

林子那边的晨雾不知什么时候已经散尽，路边草叶上的露水也干了，两只蝴蝶在一簇山牡丹上翩翩起舞。

世蕃爹从失望到看淡，心里归于平静，很是用了一些时间。只是，用不了多久，他心里的平静又被打破了。

暑期很快就要过去了，永明把儿子小军送回家。一回到家，就动手收拾正屋里的东西，床铺被褥、坛坛罐罐，一件一件地搬到后枕屋。老爷子感到奇怪，便问：

"你究竟想干什么？"

"盖房子呀！"永明说。

"盖房子？"老爷子以为听错了，不敢相信。

"是盖房子。"永明说，"您不是一直都想要盖房子吗？"

"可是，你不是说没钱吗？"

永明说："爹，实话跟您说吧，这几年，我们也攒了几个钱，但我们有个想法，要在咱镇上盖个房子，所以家里的房子就一直拖着不修。"

"能在镇上盖房当然好，我不反对，怎么没听你说过？"

"不现实。那点钱，现在连买块地皮都不够呢。我思来想去，还是先盖家里的房子吧，不然的话，两头落空，到时连个养老的地方都没有，那就惨了。"

"是啊是啊！"他听了，心里一下子变得亮堂起来。

择了个吉日良辰，家里的房子便破土动工了。永明说，这次干脆一点，要盖就盖两层的小楼，一劳永逸，住着宽敞。他很为儿子感到自豪。

这段时间，世蕃爹十分高兴，也十分勤快，乐呵呵地一会儿烧水，一会儿泡茶，帮忙递件工具，到镇上买一时短缺的小件材料，瘸着条腿，一摇一摆的，波峰浪谷中的小船，来来回回地颠簸，也不知疲倦。村里人见了，便逗他：

"您老人家知道个啥，儿子都准备盖楼了，尚蒙在鼓里，还满世界抱怨，想逗我们开心是不是？"

每当这个时候，他总是连忙摆摆手，说："人老了，话多、啰唆、糊涂的话，不能当真的、不能当真的。"

人家便嘿嘿笑，然后说好话，说他命好，老了，能享福。他也嘿嘿一笑，说，还行，还行。

世蕃爹嘴上谦虚，其实他心里已经开始憧憬了。二层小楼盖起来，再砌上院墙，齐整的院落，在村里也算是个门面，别人会高看一眼。房子盖好后，永明两口子说不定就不走了。现在村里种地不交费也不交税，种出来全是自己的，还给补贴，没有哪个朝代这么舒服过。种地嘛，什么都要种一些，遇上市道好的，就能挣些钱；市道不好的，也能吃饱肚子，有什么可担忧的？一家三代，其乐融融，自己也能享些清福了。这样的憧憬，让他像个充气球，心里整天都鼓鼓胀胀的。

不过两三个月，新房就盖好了。孙子小军吵着要到新楼里睡，爷爷拦着，说不可以的，要等喝了进屋酒之后才能住进去。小军问，为什么呀？爷爷告诉他，只有这样，新房住进去后才能兴旺美满。永明说，没关系的，小孩爱穿新衣，他就是图个新鲜，随他去吧。

临近年关，儿媳也回来了，她今年可是提早了好几天回来的。两口子忙里忙外，把该完善的一些地方完善了，又给家里添置一些家具电器，连冰箱这样稀罕的东西也买了回来。这才是过日子的样子！世蕃爹看在眼里，心里直乐。

建屋、娶妻、生孩子，农村人一辈子的三件大事。好不容易建起新屋，喜庆一下是少不了的。择了个吉日，永明向父老乡亲、亲朋好友发出了邀请。这一天，客人们陆续到达，家里热闹非凡。一阵长时间的鞭炮声响过，人们就开始吃喝起来。世蕃爹笑呵呵的，把客人们送给他的祝福，什么老来福气啦、儿孙孝顺啦、家道兴旺啦，悉数笑纳。永明也是很高兴，他一桌一桌挨着给客人敬酒。

"永明，你有能耐，我敬你！"一客人手里擎着酒杯，咋呼着。

永明仰起脖子，一口干了，然后说："你敬我，你得喝两杯！"

那人不同意，问："为什么？"

"你讲错话了！"永明向那人竖起大拇指，又说，"你都在镇上盖房子了，你比我有本事！你讲了错话，得喝两杯！"说着硬是给那人把杯子满上，众人起哄，那人只得又喝了一杯。

永明意犹未尽，又往自己杯子里倒酒。他显然已经头重脚轻，晃晃悠悠的，但他还是一手扶着桌子，一手举杯，说："要我说，那些在省城里买了房子的人才是真有本事。来，我敬在座各位在省城买了房子的朋友。"说罢又干了。众人面面相觑，没听说过在座的有谁在省城买了房呀！大家知道，永明喝多了。

春节的几天，家里一派祥和。这么舒心地过年，世蕃爹已经记不起来是什么时候的事了。他变得很勤快，每天早上，都将院子外荔枝树下那块地方打扫得干干净净的，还搬来一些旧椅子、旧板凳，希望村里人多些来这里坐一坐、聊一聊。

"世蕃爹，过完年，永明那两口子还去不去打工？"有人问他。

"他们的事，我哪里清楚？"他说。

"看样子，像是不再走了"别人又说。

"不走也好，在哪儿过不是过？"别人的话，让他心里踏实。他本来就希望这样。

他觉得，自己好像应该做点什么了。

一大早，世蕃爹就到柴房里，拉出那张铁犁，扯破了几张蜘蛛网，其中的一只蜘蛛匆匆逃逸。铁犁久已不用，犁铧已经松动，他往里紧了紧，又擦了擦上面的锈迹，还换了新的套索，然后归拢，原地放回去。

做完这些，他直起腰身，擦了把手，吸口烟，若有所思。

吃过午饭，一转身，他一个人独自往地里走去。自家的承包地，除了一些种上橡胶、槟榔，其他的全撂荒着。少了人气，小径上杂草葳蕤，有的地方连脚都插不进，世蕃爹这里砍一下、那里砍一下，想整出个路的模样。一圈走下来，他已微喘吁吁，手脚乏力。他想，自己真的不中用了。

众村神踏村过后，年味便一日淡似一日，村里人开始下地干活了，进城务工的也陆陆续续返城。永明还没有什么动静，依然每天喝茶、喝酒、会朋友。有些话世蕃爹憋了两天了，终于还是说了出来："那块水田还没有翻耕，这一造水稻怕是来不及了。后山那块地只能种地瓜，过一段再弄也不迟，但井坡上那块地最好种花生，这两天就要把它犁好耙好，赶紧下种，再迟恐怕就耽误了。那块菜地，这个季节一般是种些冬瓜、葫芦瓜，还有苦瓜……"说这些，他想，主要是提个醒，毕竟儿子已经有好多年不跟庄稼打交道了。

永明静静地听父亲说，不插话，也没有商量和讨教。完了，他只说了一句："爹，您一个人，年龄也大了，吃饱穿暖就行，操那么多心干什么？"世蕃爹明白了，儿子并没有打算留在村里，还是要走，便不再说什么。

不但儿子儿媳要走，这次他们把孙子小军也带走了。永明对他爹说："我是没有指望了，多吃点苦不算什么，啥时候做不动了，就回村里。小军还小，人也聪明，还有希望。城里的条件比咱乡下好得多，他到那里上学，就是指望着将来能读个大学，做个城里人。"

这事世蕃爹绝对意想不到，他的心像是被人掏了一把，一下子变得空落落的。

早春的太阳升起来，暖暖地照着这个显得空寂的小村子。露水被晒干之后，轻风吹过，荔枝树下飘飘洒洒落满了一层花屑，浓郁的花香便四处弥漫开来，引来无数蜜蜂，蜂鸣嗡嗡不绝于耳。旁边的那幢二层小楼，看上去十分迷人。这个时候，左邻右舍常会看到，院门咿呀一开，从里面摇摇摆摆地走出一位老人，一边用一把长条扫帚清扫地面，一边自言自语：

　　"我一个老人，要这么好的房子干什么？还不如把钱留给孙子上学用呢！"

秋水时至

　　卸下货物后，轻车跑在路上，而且是通往家乡的路上，明江在心里，就像这辆疾驰的小货车一样欢快。

　　今天一早，老板安排他跑一趟，送货到下面的县城，那里离他家就不太远了，他提出要回一趟家，第二天再赶回来。老板想了想，便点头答应了。他还拍了拍他的肩头，不无戏谑地说："回去要好好表现，啊！"嘿嘿的笑声里，表情有些暧昧。店里的几个工友听了，也都嘻嘻笑着附和，将他打趣了一番。

　　有家室的男人出来做事，请假回家，同事都喜欢往那方面想，这很正常，所以明江也只是敷衍他们，笑了笑。

　　但这一次，他并不是因为想家而回去的。

　　前几天，妻子荣华打来电话，让他回一趟家，他问是不是家里有什么事，她不说，但能听得出她的怨艾和茫然。是家里有谁病了？是小孩子淘气不听话？还是婆媳不和？或者只是想他？他各方面都想了想，闹得挺揪心的。

　　公路两边的风景次第为开，不停地扑入眼帘。春天里还是光秃秃的橡胶树，现在已经郁郁葱葱，泛着绿光。收割后的田野残留稻茬，几头水牛悠闲地在吃草，两三只鹭鸶一会儿扶摇升起，一会儿又盘旋着落下，像是被拽着线的风筝。

现在六月了吧，明江想。春节之后出来，到现在差不多要半年了，时间过得真快。这么长的时间竟然不怎么想家，他想起来心里也觉得有点奇怪。

"也许她只是想我了。"这样一想，他心里一下子变得湿润起来。

他让车子慢慢地在路边停下。下车后，跳过路边的排水沟，找一遮蔽处，往裤裆里掏了掏，一线黄水便飞泻而出。在僻静的荒野，当膀胱憋胀时，他享受着这样一种排解方式。看着那线黄水的飞行轨迹以最大的限度拉抻和坠落，一种自由自在的感觉，仿佛又将他拉回到无忧无虑的孩童时代。

他真的有些想家了。

西山顶上的太阳轻轻一跳，就隐到山后去了，但夜幕不会马上就落下。傍晚时分，照例是小村子里最喧闹的时刻，下地劳作的人们陆陆续续地回来，有的荷锄挑担；有的扛犁斥牛；有的挑对粪桶，臂弯抱一捆青菜，村子里呈现着一幅近乎本质的生活图景。

村东头的人家，前"正屋"后"枕屋"，中间连着一厢房为厨房，前庭后院，围墙门廊，门廊外有几株高大的荔枝树、龙眼树。一老太在往食槽里舀猪食，圈里的两头猪有些挑食，长嘴在食槽里拱来拱去，将潲水弄得噗噗直冒气泡。老太婆有些恼怒，用勺子一边敲打一边咒："这个你不吃，难道要吃尖刀？"两个小孩子蹑手蹑脚，在捉蜻蜓玩。那蜻蜓的尾巴实在太长了，一只小手已经快够着它，竟浑然不觉，瞬间就落入了孩子的手里。荔枝树下，一妇人手端小笸箩，"咕咕咕"地唤着自家的鸡。她撒一把谷子唤一遍，又撒一把谷子再唤一遍，末了，将笸箩里剩下的谷子全都倒了出来，那些大鸡小鸡兴奋异常，争先恐后地抢食。她站在一边，低着头，表情木木的。

"明江家的，你也不知道是吃谁家的饭，净喂别人家的鸡！"老太站在猪圈边朝她喊。

她抬头一看，见邻居的几只鸡也趁乱围过来啄个不停，忙抓起响篁，"去去去"地驱赶。

她不由地一阵心慌。

最近一段日子，家婆总看她不顺，一会儿说她做事丢三落四，连顿饭也做不好；一会儿说她孩子饿了也不管，不知心肠怎么就这么硬；一会儿又说她几十岁的人了，还以为自己少女呢，穿得胡里花哨的。她懒得理她，只当是两代人之间有代沟，只当是她人老了脾气变坏。

前几天，她回了一趟娘家，吃饭的时候，父亲一脸严肃，他说："闺女，俗话说在家从父出嫁从夫，照理你的事我是不该管了，但有句话我还是要唠叨唠叨，既为人妇，就要谨守妇道，孝敬公婆，相夫教子，说话做事都要规矩些，不能让人笑话哩。"一旁的母亲瞪了他一眼："你说什么呢！喝几口猫尿就神志不清了，净说些不着边的天上话。"可父亲还是不依不饶："你不要老护着她，只怕到时哭都来不及呢！"

她低眉顺眼，一句辩白也没有。

"可是，我做错了什么呢？"她闹不明白，父亲这话究竟从何说起？

车子拐上了乡村公路。那路原来长满杂草，只有两道若隐若现的车辙，现在已被修整一新，堆放着一堆堆的砂石，看来是要铺水泥了。这些年，农村的变化很大，就是通水泥路这样的稀罕事也没能在他的心里引起多少惊喜。

结婚之后，他已经没有太多的想法，生活的轨迹似乎已经很清晰，无非是像祖祖辈辈那样，在这个小山村，生儿育女，侍弄庄稼，知足常乐，生老病死。

可是，他遇上了一个崭新的时代。那年，当他将一台电视机搬进家里时，不自觉中就已经开始颠覆了日出而作日落而息的古老生活方式。此后，电扇音响、电饭锅电磁炉，还有冰箱空调，各式电器一样紧接着一样走进村民的生活。做饭也不兴烧柴火了，改烧燃气。摩托车成了不可或缺的交通工具，不拘上街下地，出门一溜烟。本来鸡犬之声相闻，有事靠传个话递个信，现在全指望不上，人人兜里装个手机，有事没事打电话。

这种崭新的生活让人眼花缭乱，兴奋无比，不过，用不了多久，村民们就发现，他们为此要付出太多的代价，而且没了退路。人就像一枚干果，在时代潮水的浸泡下一下子浮了起来，尽情地吸纳和消受，可是，当吸够水分后，便开始了下坠和沉沦，必得不停地挣扎，才能站出水面。

那种慢悠悠的乡村生活再也找不回来了。

上午，他去给气瓶加气，前脚刚到家，催缴电费的电管员后脚也跟随而至。下午，手机欠费的短信响起，却发现摩托车已经快没燃油了。每一样东西都要花钱，每天都要花钱。

在农村，基本上是土里刨食。人勤地不懒，春种秋收，一些粮食，几只家禽牲畜，收获总是有的，但要指望着能变现成更多的金线，不是出大力气、下死功夫就能如愿的。你既要躲过天灾，又要跟上市场的趟，而经常是躲过了天灾，却跟不上市场的趟，或者跟上了市场的趟，却躲不过天灾。

那一年，他和妻子凑了些本钱，种了几亩香蕉，下死功夫，像照料孩子一样伺候着，一大片香蕉像点化了一样长势喜人，眼瞅着丰收在望，他们的心里也是花团锦簇，可一场强台风顷刻就让希望破灭。接下来，政府扶持鸡苗，号召村民大养其鸡，他们领回了几百只鸡苗，一样是精心服侍。这一回，东成西就，瘟疫没有，盗贼没有，小鸡变大鸡，大鸡变肥鸡，赚钱看来是铁板钉钉的事。可待到春节投放市场时，满大街到处都在卖鸡，价格贱得不行，最后一算账，结果还是蚀了本，白费力气。

折腾了几年，总不见什么起色，温饱不成问题，但就是缺钱用。

村里有好些青壮劳力都到城里打工去了。

终于，妻说："你要是想到城里打工，那就去吧。"

"我走了，家里怎么办？"

"家里有我呢！"

"听说城里的钱也不好挣呢。"

"你放心吧！有我在家里守着地，看好家，好歹还有个窝，实在不行，回来咱还过穷日子。"

于是，他也像村里那些人一样到城里打工去了。

明江进城打工后，妻子就不再像过去那样卖力折腾了，只安心种好两季水稻，应付全家的口粮，再就是种几畦菜，养头猪、几只鸡，剩下的就是照看孩子了。说起来，活儿不算多，加上家婆才五十出头，还有些力气，里里外外是把好手，她落得比过去轻松多了。

村里像她这种情况的女人有好多个，闲来便扎堆，扎堆便要折腾些什么事。

前晌，几个女的匆匆吃了午饭，便相约玩麻将，三圈四圈后正好傍晚。也不是纯粹的玩，输赢是要来点意思的，不然就没有积极性。她玩过一两次，家婆便絮絮叨叨地讲了一通大道理，又一连讲了好几个故事，大概是嗜赌必败家。她说："妈，我不玩就是了。"此后，再不玩麻将。

到了傍晚，又有几个活跃些的妯娌姑嫂相约去参加村委会组织的舞会，为此，她早早梳洗。一旁的家婆就有些冷言冷语："才吃饱了饭就忘了自己啥身份，泥腿子一个，也学人家城里人跳舞。"

"妈，你落伍了！"

"我落伍？批林批孔那阵我们还赛诗呢，结果怎么样？还不是饿肚子！净是瞎折腾！"因为有所顾忌，那些撩人心弦、让人期待的舞会，她也不大参与。

闲暇时间，她更多的是靠闲聊来打发。三个女人一台戏。早晚晌午，村头巷尾，女人扎堆的地方，聊起来就是没完没了，无非是些油盐酱醋、家长里短、八卦传闻，其中，总是少不了那个永恒的话题。

"哎，我算是看透了，吃亏的总是咱女人，男人们哪里肯受委屈，在城里，一个个没有不偷腥的。"说这话的是隔巷的桂婶。只见她招了招手，几张脸便靠在一起，她神神秘秘地嘀咕几句，又说："他半年了没有往家里寄一分钱，累死累活挣得几个钱都跑到'小姐'的窟窿里了。"

"男人从城里回来大家可要当心呀，不然的话，一年半载才吃一次肉，就弄得上吐下泻的，惹一身的病，花钱不说，还搞得很痛苦的。"村前的芬嫂咯咯笑着附和。

有人说，村里的谁谁这一段常到镇上赌钱，连裤衩都输掉了。

还有的说，村里的谁谁和谁谁好上了，跳了几次舞，就跳到树林草丛里去了。

有些事可以点名道姓，公开地说；有些事就只能是月影移墙般一带而过，弄不好就会招惹口舌是非。有一次，桂婶不知道说了芬嫂什么不是，传到芬嫂的耳里，气得她登时上门叫骂，俩人针尖对麦芒，吵成一团，还动了手。桂婶嘴巴厉害，手脚功夫却不怎么样，拉扯之中让芬嫂一撸到底，狼狈不堪。芬嫂不知道从哪儿抓起一把辣椒粉，抹了人家的嘴巴还要抹人家的裤裆，幸亏旁人及时拉开，否则后果不堪设想。

事后，村里人在舆论上是各打五十大板，说桂婶信口开河，捕风捉影，口舌伤人，实在不该；而芬嫂得理不饶人，君子动口不动手，欺人太甚，也不厚道。

俗话说得好：闭嘴强于闭户。在这方面，她谨言慎行，口碑不错，人缘也好，日子过得安安稳稳。

日子潭水一般，安稳倒是安稳了，只是，有些话听了，心里不免漾起涟漪，有时睡不着，夜间就显得特别漫长。窗外虫声唧唧，万籁俱静，思念总是不可遏制地翻飞，千里万里。透过那块玻璃瓦的月光，东斜又西斜，飘逸的思绪却迟迟不肯归宿。她幻想在转身时分，丈夫已在身边，让她惊喜万分。她甚至幻想黑暗中有陌生人悄然降临，如天上浮云，让大地沾湿后就消失得无影无踪，或者像花间蜂儿，忙完之后又悄悄飞走。

梦幻是夜间生成的露珠，太阳一出来，就消失得无影无踪。

一夜又一夜的露珠，照例让一个又一个太阳晒干，她想，日子大概就这样平淡地过下去了。

刚进城时，人生地不熟，明江只能逮着什么做什么：在鸡饭店宰过鸡帮过厨，在物业扫过地做过保安，在货栈里散广告做搬运。工作不稳定，报酬也低，还有诸多的不如意：吃饭没人侍候，衣服脏了没人洗，住的地方猪窝狗窝一样，还整天被老板索命似的呼来唤去。他觉得城里也就热热闹闹，并不比农村好多少。于是就经常想家，想老婆，打算卷铺盖回家，再不愿待在城里了。

电话的那一头，妻说："看来你还是没头笼的犊，想回来就回来吧。"

这话让他很伤自尊，这才顾虑到，就这样半途而废地回去，是会让人瞧不起的，是会让人笑话的。为了面子，这才坚持了下来。

后来混熟了，工作稳定了，收入增加了，他又慢慢地觉出了城里的好。城里活儿多，机会多，就算你再不济，拎个小箱子往街边一坐，一支鞋油，一个毛刷，挣的钱也不会比农村少。关键是干了活就有钱拿，不像地里的庄稼，没个定性，弄不好就会让人空欢喜一场。在城里，不拘什么时候，花上几个小钱，都能吃上热腾腾的饭菜。累了，郁闷了，觉得孤独了，叫上几个老乡，点几个小菜，你来我往，几盅白酒下肚，头大身体胀，世界又全都是自己的。

有的时候，心里火烧火燎，有一种无处安放的憋屈，也不愁没有排解的去处。

他有些乐不思蜀了。

城里人的生活真的让人羡慕。他们住着高楼大厦，保养得那么好，肌肤像葱儿一样的白嫩水灵。衣服变着花样穿。到超市购物，东西随便拿，手推车堆得冒尖，像是不用花钱似的。下馆子就跟在家里吃饭一样平常。白天养尊处优，一到晚上便在街边空地上扎堆蹦跳。更奇妙的是，他们的小孩子宝贝得不得了，聪明得不得了，小小的人儿，那小嘴叽里呱啦，跟大人似的说着大道理。

他想，要是自己一家也像城里人一样生活该有多好！

不过，他心里很清楚，自己只是一个闯入搵食的，不可能在城市里立足。他听说，就是那些有一身本事的人也买不起房，连那些得了政府很多好处的居民也感到生活的压力，自己一个农民而已，又怎能奢望城里人的生活？出来做事，其实就是为了补贴家用，混得好的话，能有一点积蓄，十年八年之后，将那老屋修一修，上对得起祖宗，下对得起儿孙，然后终老故土，也就心满意足了。

这样一想，他就觉得有点愧对妻子。

妻现在忙些什么呢？她要是下地，这个时候也该回来了。现在，她应该是在厨房里忙着做饭，要么就是呵斥那两个淘气的孩子。他脑子里满满的都是妻的影子，心里升起了丝丝缕缕的温馨，膀胱里似乎又有了一些憋胀的感觉。

那天，荣华和家婆商量，要买个洗衣机。家婆说，就这么几件衣服，搓搓揉揉就完事了，要什么洗衣机？她说村里好多人家都有了，也不差那几个钱，还是买一台吧。见她坚持，家婆也就不再说什么。

在镇上的家电商店，她随便挑了一台价钱相对便宜的。家婆的话也有道理，就几件衣服，洗衣机其实也不大用得上。但是，女人们一起闲聊，她们总爱说些有关洗衣机的话题，什么洗衣机用哪种洗衣粉好啦，洗夏天的衣服要注意什么而冬天的衣服要注意什么啦，用洗衣机可以预防手指关节炎啦，她家里因为没有洗衣机，自然插不上话，就感觉低人一等。她想，不拘什么样的，买上一台塞债，免得被人瞧不起。

晌午，有人送货上门，她一看，来人是邻村的，还是初中的同学。既是熟人，之间就多了几句客套，他说："我在店里帮工，负责送货和安装，以后有什么需要帮忙的就尽管说。"她听了，淡淡一笑，有些调侃："好啊！我们家里正缺男人呢！"话音刚落，便觉冒失，心里微微一怔，脸上已泛起潮红。好在那同学并没有细察，也没接话，自顾自地忙去了。

毕竟是师傅，轻车熟路地摆弄了一会儿，便拆箱安装完毕。

收拾工具时，他环顾了一下，若有所思地说："改天我帮你改善一下家里的电线吧。"

过两天，他果然带着些电线开关，帮她更换了家里部分老化的电线，在几处需取电的地方安装了插座开关，还用冲击钻在院子两头打上膨胀螺丝，拉上一条晒衣绳。她有一种被呵护的感觉，心里漾起丝丝的温暖和感动，又不知道该如何感谢他，只当是欠他的人情。

一天，家婆风风火火地从地里回来，"田里的禾苗闹虫子了，你去买瓶农药回来吧。"她说。

"那我去问问有没有谁要到镇上去，让他捎带吧。"

"你什么时候变得这么娇贵了？就几步子的路，竟也劳驾不起了。"

她不敢再有二话，只好亲自走一遭。

暮春时节，风景宜人。路边的山捻花、金银花、山牡丹竞相绽放。清风吹拂，阳光灿烂，空气中弥漫着迷人的花香，惹来蝶舞蜂忙，小鸟欢叫。她的心情变得格外爽朗起来，忍不住将手伸向花丛，要摘一朵半朵戴一戴，却又心里暗自好笑，都已是两个孩子的母亲了，还以为自己黄花闺女呢，也不怕别人笑话！

路上，不时有摩托车嘟嘟地由远而近地开过来，又由近而远地开走了。她有些期盼，要是遇上个熟人，捎带自己一程该多好！这个念头一起，果然就有辆摩托车停在了她的身边，一看，是那老同学。

"顺路，上来吧！"老同学笑眯眯地说。

她有些踌躇，坐上去吧，怕招惹口舌；不坐上去呢，又显不够大方。扭捏了一下，最后她还是坐上去了。

说来奇怪，在这之后，连续好几次，她在半路上都能巧遇老同学的顺道车。

村里起了传言，说是荣华坐上了她同学的摩托车；有些人由此及彼，想象丰富，传言便变成了谣传，有的话说得还很难听。

明江的母亲应该是听到了什么，对儿媳心存芥蒂，又不好明说，整天脸黑黑，言语挑刺冲撞。对母亲的反常，荣华诸多猜想，但那天在娘家，父亲的一番话，她似乎明白了——她猜想，村里一定是起了不利于她的谣传，也猜想到究竟是为了什么。真是太可恶了！自己并没有做过什么出格的事呀！可是，找谁说理去呢？她知道这种事只会越描越黑，谁都帮不了自己。

"我该怎么办呀？"人言可畏，她感到孤独无助，很为自己的处境而担忧。

明江到家时天已擦黑，一家人围在一起正吃晚饭。

"你这冷不丁就回来了，怎么没听你媳妇说一声？"老妈见他回来，有些意外。

荣华默不作声，只管低头吃饭。

"她现在有些话也不跟我讲了。"老妈有些不满。

"妈，这是临时决定的，我没跟她说，她也不知道。"

老妈白了他一眼："你先坐坐吧，我去给你炒个菜。"

"妈你就别忙了，我在镇上买了一些熟食。"说罢他让妻子拿碗盘，从几个袋子里倒出几样熟食，有叉烧、卤肉、白切鸡，又从包里拿出一瓶酒。

老妈想了想，然后说："我还是去做个热汤吧。"

两个孩子有些兴奋，叽叽喳喳的，一人一个鸡腿，吃得满嘴流油；妻子一边吃饭，一边叮嘱孩子要安静些，不要弄脏了衣服；老妈则在灶台边张罗热菜热汤。明江喝着小酒，他看到，一家子都没病没灾的，其乐融融，之前悬着的心也就放下来了。

他给儿子买了个遥控玩具小车，给小女的是个布娃娃。布娃娃一头金发，衣着花俏，两只眼睛扑闪扑闪的，让小女喜欢得不得了。可是，那辆在地上来回跑动的小车还是让她产生了新的兴趣，直嚷着她也要玩小车。他便逼着儿子让出来。儿子很不情愿，但还是将遥控器交给了妹妹，自己则拿起布娃娃抛上抛下，拍来拍去。妹妹一看哥哥欺负自己的娃娃，便十分委屈地哭了起来。他只好一边虚打儿子，一边软哄小女，俩人终于还是各玩各的。

两个孩子正玩得高兴，奶奶踅进来，对那两个孙子说："你爸开了一天的车也累了，让你爸早点休息吧！"说着便领着两个孙子走了。

躺在床上，一张被单一拉，俩人就是一个被窝里了，可是，妻子却转身背对着他。他伸手在她肩头扳了扳，感觉有些僵硬，没有默契的翻转，于是戏谑地说："你'妹子'来了？"她不吭声。

停了停，又说："你和咱妈置气了？"。

"好好的谁置气了？"她闷声闷气地回了一句。

他知道她不高兴，但又不清楚究竟是为了什么。这一路上，他兴冲冲地往家里赶，临了，却遇着一盆冷水，不由得便有些恼，可他还是强压着火气，质问她："那你为什么对我不理不睬的？"

她呼的转过身来，"谁对你不理不睬了？你说你一年半载难得回来一次，对我没有一点关心体贴的表示，也不问问我过得怎么样，有你这样做夫妻的吗？"

　　原来如此！他想，自己确实做得不对，不过也不是什么大问题，赔不是认个错就是了，于是便说："是我不好，可也是身不由己呀！养家糊口嘛，很不容易的。再说了，我这不是回来了吗？一家人高高兴兴的，不是都很好吗？"

　　"我不好！"

　　"你怎么不好？"

　　"反正就是不好。我也要到城里打工！"

　　明江一听，感到奇怪了，这不可能！转念一想，她一定是跟我赌气才这样说的，何必跟她认真呢？哄哄她，让她气顺了，一高兴，也许就没事了。这样一想，便装出一副无所谓的样子："好好好！你要怎么样就怎么样。"

　　"这话是可你说的！"

　　"是我说的。"

　　"不许反悔！"

　　"不反悔。"

　　明江又换了个话题，一番和风细雨之后，妻子这才温软如春泥般的翻转过来。

　　第二天醒来，天已大亮，妻子已经起床，不知道忙什么去了，却瞥见房间里摆着好几个箱子袋子，明江的头一下子就大了起来——她不是说说而已，她是认真的啊！这下麻烦大了。这时，妻子进来，说早餐已经做好了。他问她：

"你把这些袋子箱子都翻出来干什么？"显然是明知故问，可他还是想再听听妻子的说法。

她一脸严肃："昨夜不是说好了吗？难道你想反悔？"

他知道遇上难缠的事了。不行！这事得想办法阻止她。略想了想，便说：

"你要走也可以，不过要等我先去做些安排，过几天再走也不迟嘛。"他用的是缓兵之计。

"你就不要耍我了，你那点花花肠子我能不清楚？过几天，你就会说找不到工作什么的，随便拿些借口来搪塞我。"

既然妻子已经点破，他只好直来直去了。他说："我跟你明说了吧，我不同意你去打工。"

"为什么？"

"你不知道，这城里的钱其实也不好挣。"

"再怎么说也比在村里强！"

"不是你想的那么简单。"他显得苦口婆心，"我跟你说，我们到城里，打的是零工，三天打鱼两天晒网的，收入不稳定，可是，每一天都要吃都要穿，都要住都要用，每一样都要花钱。城里的哪一样东西不比村里贵？混得好的还马马虎虎，混得不好的，这一年下来，根本挣不到钱，还要倒贴。你说你到城里干什么？"

妻子听了，却不服气，"我连试都没试过，你怎么知道我不行？"她说。

"试一下不是不可以，可是，你这一走，家里怎么办？咱妈上了年纪，两个孩子还小，能撂下不管吗？再说了，这地不种了，就会荒芜，要是变没了，我们连条退路都没有，到时怎么办？"

"我不管！"

"我不同意！"

"你要不同意也行，那你也留下来，不用走了。"

"这不是胡搅蛮缠吗？"明江激动起来，"哎，当初是你一再鼓动我，现在我干得好好的，却要让我回来，你还有个定性没有？你说这地里也不长钱，我要回来了，今后家里的花销怎么办？"

"你去得，为什么我就去不得？"

明江一时语塞，火气就大了起来，骂了一句："神经病！"又恨恨地说，"不可理喻，懒得理你。"

荣华很强硬，蹦出一句："你今天要是独自走了，过两天就回来收尸吧！"说罢，趴在床上，嘤嘤地哭了起来。

明江一时不知如何是好，便躲了出来，身后传来砰的一声，扭头一看，妻子已经从里面将门反扣上了。

"明江啊，有话你就不会好好说呀？"俩人的争吵显然是惊动了院子里的母亲，她有些不满地责备儿子。明江不说什么，却悄悄将母亲领到一旁，问："妈，荣华这几天跟您置气了？"

"没有。"

"那她有没有跟村里人闹什么矛盾？"

"好像也没有呀。"

"这就奇怪了，这一向好好的，为什么突然就起了念头，闹着非得要到城里打工？"

母亲欲言又止，叹了口气，然后说："谁知道她是为什么啊？"

明江清楚妻子的倔脾气，她认准了的事，九条牛也拉她不回，看来，这一时半会儿自己是脱不了身了。这样一想，便给老板打电话告假，说是家里有点急事要处理，今天要晚些时候才能过去。

妻子赌气躲在房间里；母亲里里外外，忙碌的身影晃来晃去。明江心里好烦。

洗把脸，他清水寡面的一个人坐着吸闷烟，思前想后。他明白了，妻子这次让他回家，不为别的，只是为了让他带她进城。这个举动有些反常，他感到很不解。隐隐约约，她好像是要逃避什么，是不是她有什么事瞒着我？难道她做了什么对不起我的事？他真想找人打听打听，或者直接就质问她，可想想又打消了这一念头。这只能是自取其辱，弄不好，就是无端生事，刺挑不出来，还留下难于愈合的伤口。可是，又怎样才能说服她呢？他理不出一个头绪，站起身来，漫无目的地在村里转了一圈。

"这个家不能丢下不管！实在不行，我干脆就回来吧。"这样一想，又往村外的地里走去。

菜畦上，小白菜显得参差不齐，竹架上的豆角零零星星。收割后的水田还没有翻耕，静静的水面上天光云影，有的地块显然已经撂荒。坡地上，大都种上长期经济作物，却疏于管理——橡胶树枝叶稀疏，林下杂草丛生；槟榔树倒是摇曳飘香，却显得无精打采，藤蔓攀缘。花生、地瓜、黑豆等，过去是本地有名的出产，眼下却难觅踪迹。见不到耕耘的忙碌、稼穑的欢欣，他有一种地老天荒的感觉，不过几年工夫，村里怎么就发生了这么大的变化？

"福爹你在忙啥呢？"明江看见自己的堂叔，他正在地边种些野菠萝，围篱笆。

"不忙啥。你回来了？"福爹看了他一眼，停下手里的活。

"送货下来，顺便回家看看。"明江给他递根烟，又说，"福爹你这胶树也该开割了，怎么还没动静？"

"割啥割？不割了！胶价贱过土。"福爹深深吸了口烟，又呼呼地吐出，他告诉明江，过两天他也要到城里打工了。

望着福爹的身影，他隐隐地有些悲哀。

回到家，明江和母亲又聊了一会儿。

"妈，村前那么好的水田，怎么会撂荒了？"

母亲叹了口气，说："你也看到了，现在村里净是些老人和小孩，哪还有几人种田？"

"我听福爹说，他过两天也要到城里打工，他都过五十的人了，怎么还要到外边去吃苦？"

母亲说："不光福爹，你兰婶上个月已经去打工了。唉，他们想攒点钱翻修老屋，不进城又有什么办法？"

"我在市场上看到，地瓜、花生卖得也不便宜，可刚才我在村外走了一遭，好像都没人种这些了，为什么这样呀？"

母亲苦笑笑，说："你以为还是从前呀？现在这地是越来越贫瘠了，收成不好。有人说是因为化肥农药用得多了造成的，有人说是种过马占相思给害的，谁知道呢！"

母亲的话让明江彻底泄气了，他想，真要回家种地，要养家也太艰难了。可是，要是荣华也进城打工了，这家里又怎么办呢？这事不知母亲是怎么想的，他想听听母亲的看法，便不置可否地说：

"妈，荣华也想进城打工呢。"

"去吧！"母亲倒是爽快，一点都没有为难，她还说，"夫妻还是在一起要好些。"

明江表示担心，说："可是我们两个都走了，家里你能吃得消不？"

"做做饭，带带孩子，我现在还行，到哪天做不动了，再另说吧。"

小货车徐徐开出村子。在路口，明江往村子那头又望了望，不无牵挂。村东头绿树掩映下的小院，青砖绿瓦，那就是他的家，这个家，还是原来的那个家吗？也许，它只是漂泊奔波生涯的年节客栈，只是落叶归根历程的终点站。

村里要修大路

1

"咱白茅村就要通水泥路了！"

百几十户的村子，这两天都在相互传递着这个信息，男女老少没有不高兴的，仿佛在干渴煎熬中行军的士兵望见了那片诱人的梅林，既兴奋又急切。津津乐道中，好多村民表现出作为本村人的自豪，夹带着对外村不屑的神气——"外边那些村有什么？方圆几十里，其实就数咱村的条件最好。"口气里，听得出蒙羞的耻辱，还有重见天日后的挥洒。

自从现代公路交通普及后，虽说村里也通了公路，但那条土路坑坑洼洼，弯弯曲曲，车子碾过的地方留两道深辙，其余则是杂草丛生。晴天还勉强应付，雨天就糟糕透了，泥泞及膝，车子抛锚，特别是那段长坡，总是打滑，还有村前穿过田洋的那段，与沼泽无异。卖头猪卖只羊，或者到镇上买包化肥买些家具，司机一听说是到白茅村，便不愿意，讲价还价中，要价就上去了，村里人感到很无奈；村里的小伙子求婚，外村的姑娘十有八九不乐意，条件降低，好话说尽，勉强凑合了，彩礼上还会多挨一刀，村里人感到很憋屈。点点滴滴，日积月累，外村人的眼光在白茅村人心里投下了阴影，渐渐地白茅村已被边缘为偏僻荒凉之地。

现在，村子马上就要通水泥路了，最高兴的人恐怕就是福爹了。福爹是村委会主任，下午开完会，回到家时，妻子正在做饭，他朝她喊："老婆头，晚饭做什么好吃的呀？"

"萝卜白菜，便宜又好吃。"她有些调侃，自顾忙着，头也不抬。

"哎，我是小白兔啊？整天又是萝卜又是白菜的。"

"听你口气，好像自己是只狐狸，要吃鸡子哩。"妻子回了一句。

"好好好，我不是狐狸，但也不是小白兔，我要喝两杯，你总得给我煎个鸡蛋、炒把花生米吧。"

"这不年不节的，喝什么酒，难道你中了大奖？"

"你这个婆娘，吃灶前睡灶后的主，什么都不知道。"

"行了，我还不知道你是为了那条村路？八字还没有一撇呢，就把你高兴得不分东西南北了。"

"这你还真不懂了。现在国家不差钱，立了项，钱马上到位，又是现代机械施工，修条路像画道线似的容易，工程队明天进场，下个月路就修好了。跟你说这些你也不懂，你还是赶快去小卖店给我买酒吧。"

"小样！看把你能的。"妻子其实心里也很高兴，故意逗了几句后，拿了钱，颠颠地就奔小卖店去了。

下午的村委会议上，福爹特别强调，说这次修的是水泥路，路面要拓宽，同时还修环村路，肯定会动用一些地，伤到一些树木庄稼，触及一些人的利益，大家回去要做好有关村民的工作，克服抵触情绪，避免不和谐的行为。他要大家排查排查可能出现的问题，可大家你一言我一语，都说修路是件大好事，祖宗功德，子孙福祉，求都求不来呢，谁还会反对？几棵树木半垄庄稼，粪土一样的贱，谁会在乎？除非他的脑子进水了。他想想也是。不过，修路是大事，他还是再次强调，要认真对待，不能马虎。明天工程队就进场了，如果有什么闪失，我诅咒十八辈子祖宗。

开完会，福爹长长地出了口气，心想，这下可好了，真是天无绝人之路，咱也有露脸出彩的一天。

2

福爹姓张，叫张兴福，四十刚过，中等身材，爱穿一身迷彩服，戴头盔，骑着摩托车跑来跑去，一副身手机敏并且总是忙忙碌碌的样子。他当过几年兵，在部队入的党，退伍返乡，又在外面兜兜转转打了几年工，自认为是见过世面、长了本事的人，常在众人面前自吹自擂，说他要是运气好的话，在部队里提了干，早就是团长了。有人打趣，说福爹你连一个小小的村主任都不是，还敢提什么团长师长。他不屑，说村主任算什么东西？我要想当，早晚是我的。几年前，村委会换届选举，别人一鼓动，他真的就报了名。在村主任竞选中，他向村民做出郑重承诺——如果当选，任内将如何修村路、建文化室，推进生态文明村建设；如何帮助村民发展生产，增加收入，家家户户小康富裕；如何帮助五保户和低收入家庭解决生活困难，建设和谐村庄……这一切，从他口中蹦出，有鼻子有眼睛，很生动，跟真的似的，而这些又都是村民迫切要求而上届村委会没能够解决的问题。其实，他心里也没有底，之所以说得天花乱坠，只是为了多拉选票。不过，村民们对上届村委会已经彻底失望，觉得是该换换马了，而且认定福爹就是他们心目中的那匹好马，所以很多人都支持他，加上张姓在村里又是大姓，在这方面也使他得到不少的选票。结果，他以压倒多数的优势顺利当选为新一届村委会主任。

可是，说来轻巧做起来却不容易。几年下来，村里人发现福爹与他的前任其实也没有什么两样，除了上传下达，应付一些琐碎事务，没做过一件像样的事。于是，村里人开始对他说三道四了，净是些不爱听的话。他老婆就经常抱怨，说你当这个村主任有什么好？招来多少闲言碎语！什么咱白茅村啥都缺，就是不缺会吹牛的人啦；什么卖只鸡卖棵菜都交税，就是不见吹牛要纳税啦；什么给我一个村主任，我就能让白茅村旧貌换新颜啦，等等等等，多了去了，哎呀，我的耳朵都快磨出茧子了！你快别当这个村主任了。

其实，不用老婆传话，他也知道村民对他的工作有意见，所以，一有机会便做些解释，一会儿说咱村里穷，财力有限，做什么都难，心有余而力不足；一会儿又说村里"朝内无人"，没官没吏，也没出什么大名人，想沾点体制内的恩典，门都没有。总之，他竭力要人们相信，他已经尽力了，不是他无能，而是条件太差。

可村民认为他那是为自己辩解，不买这个账。

上镇里开会，书记、镇长总讲政绩。东村的蔬菜基地搞得不错，西村的外出务工组织得好，北村重视学校教育，南村的精神文明建设开展得有声有色……这些村时不时总受到表扬。而他所在的白茅村，似乎还没有一件事能拿得上桌面，只有挨批评的份儿，因此总是有些灰头土脸的。

原以为当村主任能为大家办事，又能得到大家的尊重，是件很体面的事，谁知道这个"山芋"是如此烫手？出力不讨好，上有批评的压力，下有不满和抱怨，加上一些别有居心的讽刺、无中生有的诽谤，还有各种各样冷言冷语，这日子混得实在窝囊，不但自己不讨好，连带家里人也跟着遭罪。早知今日，何必当初。算了，这个村主任不当也罢！凭自己的能力，只要肯出力，干什么不比现在的日子过得滋润？不过，现在说这些已经晚了，当下之急是考虑如何找个体面的理由，把这累赘卸了。可是，找个什么样的理由呢？说身体不好？谁会相信，早晚谎言不攻自破；说自己能力不行？或者说自己厌烦了，不想干？要这样的话，丢人就丢到家了。想想又觉得，都是好死不如赖活，这话对当这个村主任也一样适用，既来之则安之。继续当着这个村主任，多少还能维护着正面形象——不是自己不行，而是条件太差，巧妇还难为无米之炊呢。但你要是这样半路撂挑子，人家就会说，不行了吧，没有金刚钻偏要揽瓷器活，耽误了多少事啊！真是造孽！笑柄就这样落在人家手里，起码数落你三代呢。不行，再难也要坚持把这一届任期做满。

3

正当福爹进退维谷、左右为难的时候，事情突然有了起色。

那天中午，有人告诉他，说村里来了个扶贫干部，正在兴秀家里呢。一听说是扶贫干部，他就没了兴趣。白茅村不起眼，上面派来的扶贫干部都是些来自没什么权力的部门，他们下到村里来，不过是走走形式、做做样子罢了，没能给村里带来多大的实惠，随他去吧。可想想又觉得事情有些蹊跷。兴秀虽说是村里的文书，算是个村干部，可往常若是上面有干部到村里扶贫，都是先跟他这个主任打招呼的呀，这一次是怎么回事？兴秀不报告，不请示，擅作主张，难道他有什么想法？他心里有些不舒服，觉得还是先去看看究竟是怎么一回事。

兴秀家的院子里果然停着一辆越野小车，他家的人正从车上大袋小袋地拿东西。屋子里坐满了好些人，其中有一男一女两个陌生人，约有五十岁的样子。兴秀已迎了过来，向陌生人介绍说这是咱村的主任，福爹，又向福爹介绍：这是我堂哥、堂嫂，彼此之间客气地握过手。福爹说："兴秀啊，你有这么好的兄弟，以前怎么没听你说过呢？"兴秀说："我也是刚知道的哩。"陌生人给福爹递烟，笑着说："兄弟我生在外省，长在外省，前两年才调回本省工作，今天是回来认祖归宗的，以后还指望各位兄弟的关照呢。"福爹明白了，原来是村里的兄弟回来认祖归宗。

之后，大家便七嘴八舌地说起这件事，福爹知道了个大概。上午的时候，一部小车开到村里，一路打听，一寻寻到兴秀家，向兴秀说起三代以上的事。兴秀对这事不是很清楚，便叫人去请大清的爷爷。大清的爷爷八十多岁了，他说，听说当时村东头有个孩子，好像是兴秀家你们三房支的，父母早死，给人放牛。一次，东家的牛丢了，他也失踪了。后来，村里人说他跑去参加了革命。新中国成立后，听说在一个大老远的地方工作，娶妻生子，不久，又听说他死了，妻子带着尚在襁褓中的孩子改嫁。之后，再没人提起。

来人的叙述与大清爷爷的说法相吻合，因此便认了自家兄弟，正准备吃团圆饭呢。

兴秀悄悄告诉福爹，说我这兄弟在省里工作，好像还是一个处长呢。福爹一听，热情的态度里又多了一份巴结。兴秀又告诉福爹，说他那兄弟说了，既已认祖归宗，想在村里给祖上盖间房子。福爹一听，满脸堆笑，很热情地对那新认的兄弟说：

"兄弟呀，以后可要常回村里走走看看啊！都说百川归海、叶落归根，您要是想在村里盖间祖屋，村里大力支持，宅基地不成问题。"

"那太好了，谢谢村主任和乡亲们！"新认兄弟笑着又给福爹递烟。

"应该的，您就不要客气了。"福爹想了想，又说："不过呢，咱村里穷，条件差，这您也看到了。村里人一直想修条水泥路，没什么办法，到现在都没能修成。"

"这是好事啊，我会想办法促成的。"

⚡

一晃两个月过去了，没传来什么好消息，福爹让兴秀打电话了解了解，兴秀说，他那兄弟说了要等一等。再一晃又过了三个月，依然没有丁点好消息。福爹心想，当时也就这么一说，之后连个影子也没有，十有八九是没什么指望的事，因此，渐渐地也将这事给淡忘了。

忽有一天，镇委李书记打来电话，要他马上到镇里一趟。挂了电话，心里忐忑，不知究竟有什么事等着自己。他想，好事轮不到自己；要说是坏事呢，也坏不到哪里，自己又没有违法乱纪。杀人不过头点地，管他呢，先去看看再说。

在镇委办公室，福爹看到李书记脸有笑容，一颗悬着的心便放了下来。李书记拍了拍他的肩头，让他坐下，然后对他说："福爹啊，有好事等着你呢！镇里决定大力支持白茅村推进文明村建设，现在马上要做的是修村路，工程队明天就进场，你和村委会要大力配合，做好保障工作，保证村路工程顺利完成。"福爹一听，兴奋得那颗心差点没蹦出来，当即表示："请领导放心，我们不会让领导失望的！"

走出办公室，福爹一综合，马上明白了是怎么一回事。他心想，领导就是领导，辖制下所有的好事都是他的功劳，"镇里决定大力支持白茅村……"，说得那么好听，早干什么去了，现在突然说大力支持白茅村，以为我们不了解情况呀？福爹的心里，很有些鄙夷的意思。可转念一想，人喜锦上添花，就像水性趋下，自然而然，你管得了吗？好不容易得了点好处，不知道要好好享用，反而不知好歹地刨根问底吹毛求疵，你说你贱不贱呀？

突然，他用力打了一下自己的脸，像是要把刚才那些对领导不敬的想法打掉似的。他想，一定要好好利用这次机会，做出点成绩，取得镇领导的信任和支持，树立自己在村里的正面形象。

次日，工程队的挖机果然来了，要平整路面。福爹让村文书兴秀和村治保大清配合协调，自己当起了甩手掌柜，随兴四处走走看看。挖机"呼——呼——"地喷着黑烟，长长的机械臂力大无比，弹指之间便将合抱大树连根拔起，才一刻钟的工夫已经整理出一大段路面。福爹在心里啊，比挖机还得劲，一高兴，骑上摩托像欢蹦的马儿一溜烟往镇上跑去了。

上午还很顺利，到了下午却遇到了麻烦，老鹿勇手拿长柄砍刀，挡住挖机，说谁要从这里走过就砍谁。

老鹿勇人不起眼，却爱认死理，又臭又硬，以吝啬出名，是个锱铢必较不肯吃亏的主，在村里没什么人缘。村里人经常说起他的一个笑话，说是他年轻时，一次跟着媒婆上姑娘家提亲，临进门前灵机一动，将作为礼物的猪肉挂于门外，心里早有打算：同意呢，就孝敬孝敬；不同意呢，就悄悄带回，不做赔本的买卖。见过后，人家不乐意，他只好起身告辞。到了门外一看，那猪肉已没了踪影，便向人家索要。人家说，你进门时两手空空，何曾有什么肉呀骨的？他说我明明是挂于你家门外墙上的，有两斤呢！人家说兴许是狗给叼走了。他说那我不管！胡搅蛮缠，嗓门越来越大。人家磨不开面子，只好答应在第二天赔他两斤猪肉，这才打发了他。

大清上前要他让道，警告他不要破坏村里修路。

"我没有破坏修路。这是我们家的地，没有我的同意谁都别想拿走它。"

兴秀见状，跟了上去。他说："勇爹啊，修路是件大事，对全村人都有利，你不也一样受益吗？"

"路是全村人的路，为什么只让我做贡献呢？"

"有十几家呢，不只你一家。"

"别人我不管。我只问你家有没有？"

"这路又没有经过我家的地。"兴秀解释说

"这就对了嘛。为什么没有经过你家的地呢？"

兴秀不想跟他胡搅蛮缠，直接问他："那你想怎么样？"

老鹿勇瞅了一眼兴秀，又别过头去，将砍刀插进地里，爱理不理地说："想怎么样？跟你说你能做得了主吗？别在这里充大了。"

兴秀和大清商量了一会儿，没什么办法，只好电话报告福爹。福爹了解了一些情况后，想了想，电话里告诉兴秀："说让挖机先停下吧，老鹿勇这个人我了解他，硬碰硬解决不了问题，还是等我回来再说吧。"

吃过晚饭后，福爹带着兴秀登门造访。老鹿勇态度不冷不热，他知道来者不善，但早已抱定应对之策，无非是兵来将挡水来土掩。

"勇爹呀，你支持村里公益，大家都会感谢你的。"

福爹甚至承诺今后村里会在种子、化肥、救济补助等等方面给他更多的照顾。

"你少跟我来虚的。"老鹿勇说，"听说城里的地卖到几百万一亩，咱乡下的地不值钱，打个一折还是有的。这样吧，村里补偿我十万，别的我就不要了。"

"勇爹啊，咱们村里这是自个修路自个走，向谁要补偿款？你是知道的，像你这种情况有十几家呢，咱村里穷，就是想补偿也没有钱啊！"

"那是你村主任考虑的问题，我不管！"

之后，任你再说一千道一万，老鹿勇就是油盐不进，咬定十万补偿不放。

福爹本来以为老鹿勇多少会给他些面子，哪知道竟一点商量的余地都没有，最后只好悻悻地空手而归。

第二天，兴秀告诉福爹，挖机司机说他耗不起，板车一来，将挖机拉走的，走的时候留下话——什么时候你们把问题理顺了他再回来。

这一停就是几天，福爹骂娘了，但也只能干着急。

村里的土地有些复杂。从法律上说，农村的土地都是集体的，但这在村里习惯上指的是耕地，山林则以祖宗留下为依据，以自留山的形式归到各家各户。老鹿勇这块祖宗留下的林地是一狭长地块，像一柄长剑横插在村道上，让村里奈何不得。

兴秀说："要不我们请镇政府出面征地吧。"

福爹摇摇头："这事我跟书记、镇长都提过，他们说，你们村里的事不要来烦我，政府征地是为了什么？是为了出让给开发商的。我们征了地，谁买？你买呀？"

"要不我们先下手为强，我倒要看看这个老鹿勇能把我们怎么样？"治保主任大清说。

福爹还是摇摇头。

大清说："怕什么？有什么事，政府还不是站在我们这一边？"

福爹显得不耐烦："你懂什么？政府站在法律一边！谁要动了粗，犯了法，法律就制裁谁！"

大家再想不出什么好办法来。

福爹想了想，然后说："这样吧，我们几个分头在村民中造些声势，说老鹿勇坏了村里的大事，形成舆论压力；再发动村里有些威望的人及他的至亲好友做做他的工作，我就不信了，他能够与全村人为敌。"

舆论声势已经起来，村民们差不多都义愤填膺了，但是，全村人骂他，他骂全村人，这事在他看来算是扯平，自己一点也没有吃亏，谁怕谁？也有好几人找他叙情讲理，可说好听的他不感动，说难听的他不在乎，像茅坑里的一块石头，又臭又硬，只咬住补偿款不放。

没办法，这事就这样给晾起来了。

5

日出月落，一个月过去了。镇里书记批评福爹："你这个村主任执行力太差！我可告诉你，项目是今年的计划，明年作废。过了这村就没了这店，你看着办吧！"

村民也多有抱怨，说他成事不足败事有余，不是干事的料，这么好的机会硬是白白地给浪费了。

福爹像热锅上的蚂蚁，急得团团转，却又一筹莫展。

彷徨间，福爹约了几个人，借酒消愁。三两杯下肚后，自然又说起修路这件烦心事。兴秀说："论起来，这块地其实也不是老鹿勇的。"这话让福爹眼前一亮。

原来，老鹿勇的父亲有三兄弟，大伯无男儿，二伯有两个儿子，但二伯早在十几岁时就参加工作在外。这样，家产实际上就由大伯和老鹿勇的父亲分享，这块地就是大伯的名分。前几年，大伯过世，因无子嗣，须有承继。"长承长、次承次"，论起来，大伯的香火应由二伯的大儿子承继，但二伯一家远在千里之外，十几年也没有回村一次，因此，族里人便让老鹿勇承继了。

去年，二伯的大儿子调回本市工作，为遂父亲心愿，回村里认亲，并且表示想在村里盖房子，可老鹿勇硬是不肯让给宅基地，这事村里人多有议论。村里人还说，这老鹿勇说是承继，其实只是承继大伯的财产，其他的他就不管不顾了，对大伯，清明不见祭扫，年节没有烧纸，太不像话！

福爹一拍大腿，说："当时让他承继不是还没有写进族谱吗？既然还没有写进族谱，就不能算是正式的。现在，情况不同了，应该变更。"众人附和："就是！应该变更！如果根据'长承长、次承次'的族规，由二伯大儿承继，他有了宅基地，村里也能顺利修路，岂不两全其美？"

这个方法好！福爹当即领着几个村干部分别找到族里的头人和另外几个德高望重的老人，他们表示：支持文明村建设，将择日在祠堂议事厅召集各家长议事解决。

柳暗花明，福爹和那几个村干部都笑了起来。

第二天，村里却有个传闻，说是昨晚二房支的人聚在一起议事，发出了反对的声音。

情况是这样的，张姓祖先初到白茅村，育有三个儿子，繁衍至今的几百人就分别属于长房、二房和三房。兄弟阋于墙，相处中，磕磕碰碰总是有的，二房人少，相对处于弱势，有些积怨代代相传，说是长房欺负二房。

二房的人说，老鹿勇承继这件事是二房内部的事，他们可以自己解决，长房不能什么时候都欺负二房！

事情就变得复杂起来。族里头人觉得二房的人说得也有道理，同时也怕二房的人因此翻老账，把事情闹大，于是赶紧撒手，说这事还是先让他们二房自己协商解决吧。

可是二房自己却议而不决。因为利益关系，老鹿勇死不放手，他说："承继是大事，岂能儿戏？早干什么去了？让我披麻戴孝，打幡摔盆，几年后又没我什么事了，有这样办事的吗？"

这件事就这样不了了之。事情又陷入了僵局。

一晃已是年底，再过十天，就是新年，到那时，村路就泡汤了。福爹无计可施，他恨死了老鹿勇，这个灾星怎么就跑出来了呢？

在村里，他逢人就说："这事不怪我，我已经尽力了，谁能有什么办法呢？希望大家理解。"他还表示，谁要有能耐搞定这事，他情愿让出这个村主任。

6

时及冬至，福爹刚扫完墓回到家，忽然看见老鹿勇低着头、急煎煎地过来找他，让他有些纳闷。

老鹿勇这一段日子也不好过，村里人都不大理他。村民聊天，他一来，人家就打住，让他很是尴尬；他一走，人家又说开了，让他感到脊梁骨凉飕飕的。老婆孩子也时常抱怨，说他让村民瞧不起家里人。

一天傍晚，他老婆在邻居家闲聊，后乘着月色回家，在自家院墙处，踩到一团软绵冰凉的东西，脚腕处被蜇了一下。"哎呀——"老鹿勇听到喊声，赶紧着跑出来，用手电筒一照，原来是一条不大的眼镜蛇，便用棍子将之打死，又急忙上镇医院处理伤口并打了针。过两天，伤口化脓，但不论如何用药，总不见好，也没有恶化，持续了半个月，医生也觉得怪异。有人指点，让老鹿勇找神汉作法消灾。那神汉焚了一把香，口里念念有词，上天入地似的狂舞一阵，然后神神道道地说，你家有鬼魂四处游荡叫屈呢。老鹿勇惊出一身汗，这才想起，他大伯死后满三年时还没有给招魂呢，连忙请神汉主持，供上祭品，点燃麻绳，焚香烧纸钱，恭恭敬敬地对他大伯进行招魂。说来奇怪，第二天，伤口开始见好，到第五天就痊愈了。

惊魂甫定，只过两天，又发生了一件让人心惊肉跳的事：他儿子骑摩托车在村前撞到路边的树上，脑壳都撞破了，已送市医院，在重症病房里抢救呢。

令人不解的是，这段路又直又平坦，出事的地方不过多出一些沙砾和浮土，怎能出这么大的车祸？村民们议论纷纷，说什么的都有，有的话还很难听：

"堵村人路，断子绝孙。"

"人不报天报，不是不报，是时间不到。"

"想钱简直想疯了，真要给他这钱，他敢花吗？"

有些话七绕八绕就传到老鹿勇耳里。他越想越不对劲、越想越害怕，上次老婆子被蛇咬，已是凶兆，而自己竟如此粗心，一点都没有觉察，才招致儿子出了车祸。好在这次只是重伤，若再坚持，接下来只怕就是家破人亡了，真要到了这一步，一切皆空，要那块地还有什么用呢？最后，终于想明白了，着急地找到福爹，怀着忏悔赎罪的虔诚，表示无条件支持村路建设。

福爹一听，不由得乐了——如此得来全不费功夫！当然，只能是偷着乐。他脸带悲戚，关切地了解孩子的伤势，又安慰老鹿勇，说吉人自有天相，孩子的伤很快就会好起来的。

感谢村前那小堆沙砾和浮土！感谢这起车祸！福爹开心极了，几乎就要大声地喊出来，当然，他头脑是清醒，知道自己不能有这种不近人情的表现。但是，他还是很急切地要与人分享喜悦。他很快招来几个村干部，开了个短会，通报老鹿勇突然转变的态度，也通报了刚刚发生的这起车祸。

几个村干部都感到很开心，几个月来笼罩在大家心头上的阴影顷刻烟消云散。不过，大家觉得还是应该表示一下，便凑了些钱，一起到医院看望伤者，说了些安慰的话，并表示了一点心意。

回到村里，大家便分头准备，忙碌开了。在村民的共同努力下，只用三天时间，就将环村路的路基整理出来了。

英 子

那时的水库工地，远远望去，像蚂蚁搬家。人们从两旁的山上取土，挑到峡谷里垒坝，一队队地上来，又一队队地下去，源源不断，却忙而不乱。若是走进去，又是不一样的火热场面：粗重的喘息、急匆匆的脚步，挥汗如雨的人们都憋着一股劲，你追我赶，不让自己停下来。

"大家继续加油干啊！"

说这话的是个姑娘。她头戴一顶草帽，齐耳短发，垫一围肩垫，衣袖裤腿高卷，腰扎皮带，干练利落。别人一挑俩簸箕，她一挑四簸箕，已经装满了还叫喊着再多装一些。

"英子主任，我们的任务也完成得差不多了，就歇一歇吧！"铲土的人说。

"还不到歇的时候呢，今天我们还要继续争第一，超额完成任务！"说着身子一蹲，再一发力站起来，扁担两头吱吱直叫就弯下去，她略摆一摆，迈开大步向大坝走去。

"这个'铁姑娘'！怎么就不知道累呢？我可是要累死了。"铲土的人嘀咕。

"她怎么会累？要是我，也不累！"另一人说。

这时，有个人走过来。"你们英子主任呢？"他问。

"挑土上大坝了。"

那人往大坝那里望了望，然后说："一会儿她回来，麻烦转告一下，让她到指挥部一趟，就说公社王书记找她。"

听到口信，英子撂下挑子，就向指挥部走去。她有些欢快，心想，一会儿王书记见了，一定会表扬的。王书记常说，一个人要经得起考验。她不怕考验。这次水利会战，她带领的大队天天超额完成任务，没人能比得上她。

荷香喂完猪，又把鸡拢进窝里，就喊儿子吃饭，一边吃一边唠叨。她说，家里一分钱都没有了，这日子怎么过？又说儿子你都上中学了，穿的跟那些放牛割草的孩子一样，妈都没脸见人了。等家里那只猪养肥了，换了钱，一定给你做一身新衣服，再买一双球鞋。接着又抱怨，说咱家那猪崽和你三叔家的是同时买的，你三叔家的猪崽都那样大了，差不多都成小肥猪了；咱家的只长毛不长个，跟个老鼠公似的，恐怕几年也养不肥呢！儿子小江只顾低头吃饭。母亲经常这样，他懒得理她。

"今夜里跟着你三叔去收点豆渣吧。"她说。儿子不吭声。

"跟你说话呢！听见没有？"她又说。

"不！天黑，我怕！"

"有三叔在一起，你怕什么？"

"我不会！"

"到时三叔会帮你的，你只管挑回来就是了。"

小江还是不愿意，不过他不再说什么。她以为他默许了。小江离开饭桌时嘟囔了一句："要是姐在家，看您敢不？"

"你姐整天在外面飞，你为什么不也跟着在外面飞？要都像她，只能是喝西北风了！"

英子中学毕业回到村里，不到一年就当了大队干部。她这个人风风火火，卖力肯干，样样起带头作用，说话又不留情面，上级布置的任务，总是能够出色完成，从不打折扣。

"你怎么就这样一根筋呢！难道不怕得罪人？"她母亲说。

"干工作就不要怕得罪人，听领导的不会有错！"

她是公社树立的先进典型，这两年，大会小会上经常受到表扬。虽然也有些闲话，说她是王书记的红人，但她不在乎，该做什么还做什么。

一路上，她想，王书记找她，会不会是带来什么好消息？现在都五月了。随即又觉得自己想多了，怎么就这样沉不住气呢？王书记要是知道了，一定会批评，说她不够成熟的。想想又觉得，很可能上面又有什么新任务布置下来了，要她回村里组织落实；或者是村里有什么事要她回去处理。上工地之前，村里就有些不良现象，性质还很严重，她本来是准备调查落实，然后召开批斗会的，因为急着上工地，这事就耽搁下来了。这样一想，她就特别地牵挂村子，也牵挂自己的母亲和弟弟。

村子就在一座山脚下。离村子不远，隔着一片水田，有个生产粉丝的厂子，是前几年从海口搬迁过来的，据说是出于安全考虑。他们说，战争不定什么时候就会爆发，要是战争爆发了，敌人走路到不了这里；而飞机要想把炸弹扔到山脚下的工厂，自己就得先撞山。因为工厂在这里安全，所以能够保障供给。至于供给谁，村民们知道不会是自己——平时尚且没有，更不用说战时了。当然，村里人也不是没有分享到一点好处。每当天气突变，阴雨连日不开，厂里已经加工出来又来不及晒干的湿粉丝就要处理掉，他们是可以用大米换一些来享用的。一开始觉得稀罕，但几次之后，又感到平常了，再说大米也没有多到能填饱肚子，所以渐渐地便没了兴趣。

不过，有一样东西总让村民惦记。

黄豆加工成粉丝后，留下来的下脚料——豆渣——是极好的猪饲料。物尽其用，厂里办起了一个养猪场，不大，也就百多头猪。这些猪就像掉在米缸里的老鼠，香喷喷的豆汁豆渣吃不完。村里人看到，食槽里常堆满了白花花的豆渣，第二天早上照例是用高压水龙冲洗掉，心里怪可惜的。管理养猪场的姓张，一只眼见风会流泪，却永远睁不开，看人时，仰脸、歪头，样子不雅，大家背后叫他独眼张，但当面还是不少跟他套近乎。

"老张忙啊，吃了没？"

"吃了吃了。"

"老张，想不到你养猪还很有一套，一只一只都这么肥。"

"马马虎虎啦，边干边学。"

讨好之后，接着就会觍着脸，扭扭捏捏地提一点小小的要求——让他们将那些剩豆渣收回去，家里那头猪饿得嗷嗷叫呢。老张不同意，他说：

"国家财产，可不敢乱拿！"

"可这样白白地冲洗掉，不是浪费吗？"

"就是浪费，也不能让你们随便拿。"

"为什么？"村里人感到委屈。不是说工农联盟吗？工人阶级有力量，怎么就不肯搭把手帮一帮农民？

老张告诉他们，说随便进出猪圈，会传染猪病的。一百多头猪啊，都死光了，谁负得起这个责任？话说得很重，但村里人还是不理解。村里也不是经常死猪，而且，他们知道厂里的猪是打过防疫针的，从没病

英子 | 251

过，更不用说死猪了。

"这个独眼张！不过是找借口，故意刁难！"

老张虽是独眼，可整天盯着，也不觉累，村里人没空子可钻。

菊嫂年纪轻轻就死了男人，日子比别人要多一些艰难。为补贴家用，她家也养一头猪，那头猪比别人家的要长得快，起初大家都羡慕她手气好，为她高兴。不久之后发现，原来她家的猪吃的是香喷喷的豆渣呢！人家就问她哪来的豆渣？她说到厂子附近的地里干活，收工时顺便挑回来的。人家就更惊讶了：

"大白天你也敢偷厂子的豆渣呀？"

"我哪敢呀！是人家送的。"

"谁送的？是不是独眼张？"

村里人不缺想象力，多有议论——为什么只对她一个人好？当然，矛头最终指向老张：

"这个独眼张，也不是什么好鸟！"

"他拿得，咱也拿得！"

村里人心里不平衡了，就有几个胆大的，半夜里悄悄溜进猪圈里收豆渣。老张也抓过，说要重罚。但村里人不听劝，还给自己找理由，相互打气壮胆，说他们不过是像捡垃圾一样捡一点猪吃剩的豆渣，又没有偷猪，独眼张能怎么样？又说，老张不是神，不能整夜不睡，十有八九，他是逮不到的。

小猪崽左右摇摆着半截短短的秃尾，低头猛吃，只一会儿，已是肚子滚圆。荷香心里乐，轻轻地抚摸那光溜溜的脊背，然后再一胳肢，小猪崽就顺从地躺倒在地，呼呼睡去，伴随粗重的喘息，一下一下，转眼间，就长成了一头大肥猪。

"哐当——"一声，她受了惊吓，再回首，肥猪没了。她有些气恼。恍惚间，又一声"哐当——"悠悠地由远而近，她一下子就惊醒了——是水桶磕地的声音，隔巷他三叔屋子里传过来的！

"哎呀，睡过头了。"荷香一骨碌爬起来。她本来是不打算睡的，但熬不住。平常，她总是早早就上床休息，因为第二天鸡一叫就得起床，做饭、挑水、喂猪……一切该做的家务，在生产队上工之前一定要做好。

荷香点燃了小煤油灯。豆点的灯苗在黑暗中扑闪，她赶紧套上灯罩，然后一手擎着，向对面儿子的房间走去。

"小江，小江，快起来！"

儿子转身背对，像是没听见。

她又推了推儿子："快起来，你三叔要走了！"但儿子没有要爬起来的意思，反倒拉上被单，将头蒙起来。

"小江，小江——"院门外，三叔轻唤。她连忙走出去，朝院门那里悄声应答："他三叔，知道了。"又折回房间，伸出手要拉起儿子，临了却把手缩回来，想了想，又摇摇头，转身出去了。

夜已深，鸡未鸣，这是一夜中最寂静的时刻。借着微弱的月光，他三叔摸进猪圈，荷香在猪圈外面接应。虽然小心翼翼，尽可能地轻手轻脚，但圈里的猪还是受到惊动，时不时地要哼一声两声，每哼一声，她都吓得心惊肉跳，一遍遍默念，但愿一切顺利，事情马上结束。

一桶……两桶……三桶……一传一递，荷香已经从圈里接出三桶豆渣，再有一桶，就会平安无事了。

"站住！"几个手电筒一齐照过来。他三叔反应快，一撒腿，跑掉了；她本来就心虚，又从没有遇见过这种场面，一下子就吓得茫然不知所措，呆若木鸡，束手就擒。

　　他们把她带到办公室，说是要录口供、做材料。又说，这一次不能轻易放过，否则，此风刹不住。

　　荷香上午才回到家，是大队治保主任将她领回来的。她知道这件事很丢人，而且丢人丢到家了。想想又觉得委屈，便幽幽地哭了起来，却不敢放开哭，压抑着只让呜咽在口腔鼻腔之间流转。哭着哭着，就怨叹自己命苦。她老伴是公社里的一个干部，几年前病死的。她想，要是孩子他爹还在，家里就不至于这样艰难，她也不会去干这种丢人现眼的事。哀哀怨怨，哭了半个时辰，又心痛起那一担水桶，那可是刚买回不久的，这可怎么办呀？

　　中午，荷香从菜坛子里挖了一碗萝卜干，端着就上菊嫂家。她想给菊嫂讲几句好话，看能不能帮着讲情，从独眼张那里取回那担水桶。她相信这事菊嫂能做到。可是，该怎样开这个口才能不让菊嫂多心呢？她一路都在寻思。

　　"你们村那些群众简直是胆大包天！国家的东西也敢随便往家里搬。"英子一走进指挥部，王书记就冲着她发火。她知道书记说的是什么。

　　"他们说，公社如果解决不了，就反映到县里。你说这事怎么办？"

　　英子站在那里，不敢吭一声。等书记火气消得差不多了，她说："是我们的工作没做好，对不起领导。回去我们一定严厉打击，坚决刹住这股歪风。"

　　"你先坐下。"王书记的口气缓和了许多。她顺从地坐下，却硬着身子，只坐了半边屁股。

　　"跟你说件事，希望你能正确对待。"

　　她抿着嘴，看着书记，认真地点了点头。

"你母亲三更半夜去偷粉丝厂的豆渣，被抓了现行，人家告到了公社。"

像是被人当众打了一个耳光，英子满脸通红，头就低了下去。

"公社今天开会了，决定要在你们大队开一个批斗会。"

很快，她就回过来神了，坚决地说："她这是挖社会主义的墙角，走资本主义道路，我坚决支持和拥护公社的决定，把她批烂斗臭！"

"很好！你能这样说，我就放心了。"书记表扬。又说，"那你就回一趟村里，主持这个批斗会吧。"

小英面有难色，她说："工地这边任务也很紧，可不可以让大队在家的干部来主持？"

"不行！这个批斗会必须由你来主持。"

"为什么？"英子不解，有些委屈。

"关键时刻最能考验一个人。今天的会议上，大家认为，你是先进典型，是否立场坚定，爱憎分明；能不能够与一切反动和腐朽的东西彻底决裂，就看你有没有勇气批斗自己的母亲了。是否主持这个批斗会，你自己表个态。"

"…………"

小英是下午回来的，一到家，指着母亲就骂开了——贱相、现世。又说，这种事你也敢做，我都羞得抬不起头了，你让我今后在村里怎么做别人的工作？这辈子恐怕是要毁在你手里了。这要在平时，母女俩肯定有一场好吵，但今天她一声不吭，任由闺女怎么说怎么骂，都不还口。这种态度，非但不能让英子消气，反而激起更大的愤怒，觉得所有的话都是白说了，于是，便恨恨地扔下一句：

"等着吧，我要开你的批斗会，到时你就知道什么叫触及灵魂了！"

跨出门槛时，那只猪崽用长嘴将食槽拱来拱去，嗷嗷直叫，小英顿时火冒三丈，看见墙角杵着一根扁担，便抡起来，狠狠给了它两下，一边打一边说："我让你叫！我让你叫！"

荷香心里直发毛。

荷香以为女儿不过是为解恨，说说而已，她哪里知道，批斗会场这时候已经布置得差不多停当了。

大队部前的会场，几个百瓦白炽灯照得如同白昼；高音喇叭不停地播放革命歌曲；台下黑压压地坐满了几百名社员群众。英子穿一件洗得发白的格子布衬衫，一条军用皮带扎出凛凛威风，噔噔噔地走到台上。她先是向着台下来回逡巡一遍，然后拿起麦克风，噗噗地吹了吹，宣布批斗大会正式开始。

"押上来！"她一声断喝，两个民兵就把荷香押到台上，台下几百双眼睛齐刷刷看过去——她真的是要批斗自己的母亲呢！

"跪下去！"又一声断喝，同时脚一端，荷香便扑倒在地。台下一片嘘唏。

"放老实点！"她将母亲一把揪起来，啪、啪，一左一右打了两个耳光，又逼着跪在台上。可怜的老太婆！披头散发，面如土色，簌簌发抖，显然是被吓坏了。

台下，人们目瞪口呆，而后又议论纷纷：

"动真格的呀？"

"真舍得出手！"

"也只有她能做得出！"

…………

台上，英子满怀义愤，一桩一桩地揭发她母亲怎样走资本主义道路，挖社会主义墙脚，盗窃国家财产……她号召大家积极起来检举揭发，将黄荷香批倒批臭，再踏上一只脚，叫她永世不得翻身。

"千万不要忘记阶级斗争！"

"打倒盗窃分子黄荷香！"

会场里群情激愤，口号声此起彼伏。

批斗会开得很成功，据说公社的领导非常满意。

荷香一回到家，躺到床上就没有起来，不吃也不喝。英子这两天哪儿都不去，做好饭后请母亲起来吃；烧好水端到床头请母亲喝，但荷香不理她。英子也倔，都这种时候了，还是不肯认一声错。她知道自己不对，禽兽不如，可她还是恨母亲，觉得自己走到这一步，都是母亲逼的。

母女俩就这样僵持着。

小江放学回家，一脸不高兴。他看不起母亲，这件事让他在老师同学面前抬不起头来；他恨姐姐，姐姐在大会上批斗母亲的事已经成为笑料，而他却无辜地成为同学们取笑的对象。他一句话也不说，闷头吃饭，吃饱饭后就做作业，然后睡觉，第二天，又一个人悄悄地上学去。

第三天，大舅来了。荷香一见娘家大哥，就抽抽噎噎地哭了起来。估计差不多了，大舅就劝她：

"事情都过去了，你就想开点吧！"

荷香一骨碌爬起来，一把鼻涕一把眼泪，她说："我想不开！天底下哪有这样的女儿？在全村人的大会上批斗自己的母亲，还动手打！这不是作孽吗？我都没脸面活在这世上了。"

"英子是做得不对，可是，你做母亲的就不能原谅她吗？"

"我不会原谅她！"

"你不原谅她，又能怎么样？"

"我没有她这个女儿！我只求她早点自己裹尸，离这个家远远的。"

荷香一时转不过弯来，大舅想了想，又说：

"小妹啊，我问你，你可知道人家为什么要开你的批斗会？"

"我知道我有错！"

"你知道个啥！不仅仅是因为你的错，主要是因为你是英子的妈。"

"是英子的妈就要批斗呀？"

"也不仅仅是因为你是英子的妈，主要是因为英子是大队干部，公社的先进典型。"

荷香更糊涂了，一脸茫然。

"村里那个王槐德在公社当副主任，我听说就是他揪住不放，设下圈套要英子钻，让她左右不是人。"

"这话怎么说？"

"是他坚持要英子批斗你的。你想想看，英子如果批斗你，就坏了人伦；要是不批斗你，就说明她立场不坚定，爱憎不分明，你让英子怎么办？"

"王槐德他为什么要这么做？"

"我跟你说，组织上要保送英子上大学，眼下正在节骨眼上。王槐德的儿子在村小学当民师，他一心要他儿子上大学，跟小英子争这个指标呢。"

荷香说："我好像听明白了，是不是说，因为王槐德想要他儿子上大学才要批斗我的？这个皮相，前世疾笃！"

"听明白就好。不要一根筋了，你以为英子心里好受呀？好了，时间也不早了，我得回去了。"

荷香心里那口气渐渐地就缓过来了。

英子心里确实很不好受，这几天不停地自责。她能感受到乡亲们看她时异样的目光，能够猜测到别人窃窃私语时背后在戳她的脊梁骨。她知道，这件事是自己一辈子的耻辱。当时怎么就答应了呢？一切都已经不可挽回，她现在只希望，能够顺利地被保送上大学，远走他乡，尽早离开这块伤心之地。

王书记说英子经得起考验。有的人一见面就说，英子你干得漂亮！又说，就要做大学生了，前途无量啊！说的是好话，但英子能听出话里有话，不过她心里踏实，只是一笑置之。

一个月后，公社另外保送了别人上大学，这个结果，是村里人没能料到的。英子听到这个消息，伤心得泪水在眼眶里直打转，就像被大人逗耍的小孩，说好了要给糖果，可张开手却是空的。王书记安慰她，说今年上不了，明年还有机会。他信誓旦旦，说不论如何，明年一定送她上大学。英子默默地听着，边听边点头，可她觉得自己实在是克制不住了，不等书记说完，就站了起来，对着书记一个鞠躬，头一扭就走了。

回到家，英子趴在床上哭，哭得十分伤心。荷香不知道发生了什么事，问她，她也不说，心中忐忑不安，不知如何是好。后来终于弄清楚了，是因为保送上大学的事，她又不知道该如何安慰女儿了，只是不停地说："怎么会这样呢？怎么能这样呢？"

"妈，您让我一个人静静地待一会儿吧。"

英子还算理智，很快就没事人一样。村里人看到，她工作更卖力了，表现更积极了。

这一年，接二连三地，发生了几件天大的事情，英子隐隐觉得，好像接着还要发生些什么，心里很不踏实。

春天走了是夏天，整一个夏天，英子都满怀希冀，支起耳朵，却没能等来好消息。待到秋风将起，她耐不住了，便跑去找王书记，书记告诉她，说中央已经做出决定，恢复高考制度，保送不再执行。这个消息，让小英整颗心一下子就凉透了，沮丧得一点脾气都没有。书记鼓励她，让她也报名参加高考，说这也是个机会，没准就考上了呢。

英子不是没有动心，可她知道自己那点墨水，到时候，考不上不说，还会落下笑柄，丢人现眼。她想，看来自己就是这个命，也只能认命了。

很快，村里搞联产承包，英子也分到了责任田。王书记批评英子，说她的表现没有过去积极了。英子说她也想带领大家一起干，但政策变了，好像她还没能够适应过来。

小江这一年正好中学毕业，他倒是参加高考了，没能考上。他本来就不抱有什么希望，只不过是随大流，跟着学校和同学们走一下形式而已，所以，这个结果，他无所谓。年底，部队征兵，他报名应征，顺利通过，这让他很高兴。可是，这件事，荷香不同意，她说："妈就你这么一个儿子，你走了，妈怎么办？"

英子的态度正好相反，她坚决支持弟弟到部队去。她说："这么好的机会，怎么不去？我是没有机会，如果要我，我也去！部队能锻炼人、能成长人，青年人总窝在家里，能有什么出息？"

"话是这样说，但谁知道到了部队会吃多少苦，有多大的难处？"荷香说。

"不吃苦中苦，难为人上人！"小英说。

荷香还是不同意。可问题是小江他想去，要拦也拦不住，她只有妥协。几天之后，小江胸戴大红花，在喧天的锣鼓声中，高高兴兴地到部队上去了。

"英子啊，你现在也不当大队干部了，还是找个人成家了吧。"

"嗯。"

"不是我急。一转眼又一年过去了，你年龄也不小了，千万不要把自己耽误了。"

"妈，您都说了多少遍了，烦不烦呀？"

英子虽然嘴上没有明说，心里却已经不太踏实。她很清楚，要跳出农村，自己是没有机会了，所以也就死了这份心。既然如此，接下来，就是找个人把自己嫁了，村里人是怎么过日子的，自己还怎么过。她是动了心思的。可是，这嫁人吧，说容易也容易，说难也难。十八九的时候，多少人献殷勤啊，那时候，要是心一软，现在孩子都能打酱油了。事情其实也简单平常，就像现在村里那些小青年小姑娘，随便什么场合遇上了，就会叽叽喳喳的，说笑打闹，像风儿一阵一阵地吹，既是那么一回事，又不是那么一回事。当一回事的，你有情我有意，就说上了，就走到一起了；不当一回事的，也没人计较，一切都消失得无影无踪。英子倒是希望，能够有一帮青年男女跟她一起说说笑笑、打打闹闹，就算有一些不够友好的冒犯，她也能谅解和包容。但是，她发现，那些人似乎有意躲着她；不能躲的，在一起也是一副严肃认真的样子。这让她感到很苦恼。

闺女不急，做母亲的不能不操心。荷香瞒着英子，悄悄地托了人，她想，到时自己会有分寸，不会委屈女儿的。可是，虽然托了人，人家答应得也爽快，却不见回音。荷香又另外托人。方圆几十里，能办事的媒婆也就是那么两三个，荷香全都拜托了，一样不见回音。她一急，追着人家就问："大娘，我跟您说过的事，怎么样呀？"

"留意着呢！暂时还没有看得上的。"人家告诉她。

"我家姑娘很不错的，十里八乡谁不认识？怎么就没有看得上的呢？"

"唉，我看上的，问过几个，都不吱声；倒是有愿意的，可我又看不上。"

"都有谁愿意？说来看看。"

"不说了，说不好你会骂我的。"

"说嘛，我不怪您。"

"镇上那个'柴脚'，他求我呢，说他愿意。"

荷香差一点没晕过去。"这不是糟蹋人吗？"

"不说了、不说了，我不说你偏要我说，说了你还是骂我！"那人想想，觉得还是要安慰一下荷香，又说，"这样吧，我继续留意，遇上合适的，一定帮你闺女说上一个。"

"柴脚"是镇上的一个无赖，好吃懒做，年轻时与人相争，被人砍去一条腿，后来安上假肢，走路一瘸一瘸的，四十多了，还没成家，这样的人，也敢比给自己的闺女，这让荷香感到很没面子。当然，面子是小事，现在，女儿的婚事实实在在的已经让她感到担心了。

这天，几个干部模样的人带着一位军人找到家里。那位军人一进门，就紧紧握着荷香的手说："大妈，祖国和人民感谢您！您培养了一个英雄的儿子！"

荷香露出笑容，赶紧说："是部队上教育得好！"她想，肯定是儿子在部队上有进步了人家报喜来的。

"您培养了一个英雄的儿子，祖国和人民感谢您！"军人又说了一句。

荷香觉得，部队上的人就是不同，不过也太客气了，正想着该说句什么，一旁的英子已经哭起来了，她一把抱住荷香："妈，我弟没了。"荷香愣了一下，随即两眼翻白，英子连忙把她扶住。

军人从挎包里拿出一张烈士证书，还有用信封装着的抚恤金。荷香突然反应过激，连喊带嚷："我不要钱！我不要钱！我要儿子！我要儿子啊——"

荷香用了大半年时间，才慢慢接受了儿子没了的事实。她人一下子衰老了许多，头发差不多全白了。

"妈，当初要不是我从中鼓动，我弟现在还是好好的。"英子还在自责，好像弟弟的死全是她的错。

荷香忍不住，已经老泪纵横，她抹了一把眼泪，又擤了一把鼻涕，英子给她递上一块毛巾。虽然已经接受了儿子死亡的事实，但每次提及，荷香总是感到掏心裂肺一般，整个人是空空的，只剩一副皮囊。她甚至都不想活了。但是，她还是放心不下，儿子没了，还有女儿，女儿的事她还得操心。

"英子啊，好歹找个人，趁早成个家吧。"

"妈，我不嫁人，一辈子就陪着您。"

"不要这样说，女孩怎么能不嫁人呢？"

村里人同情荷香，那些伯母婶娘闲聊时提及，都很热心，常说要替英子张罗对象。荷香听了，满怀希望。不过，荷香没能听到什么好消息，倒是有些冷言冷语无意中传入她耳里：

"在父母头上拉屎拉尿，这种女人，谁敢要她做老婆？"

"弄不好，祖坟她也敢掘开曝骨呢！"

荷香一肚子火，也只好窝在心里。

墟日，英子也常去赶集，她既不买也不卖，一个人走来走去，寻寻觅觅，也不知道是要找什么，遇上熟人也不搭话，连一声招呼也不打。走着走着，没来由的突然就盯着某个男孩子，看得人家心里发毛。

"花痴！"被盯住的人不高兴，骂了一句，却不敢惹她。

"叫大姐！我是你大姐！"她抓着一个男孩，逼着人家叫她大姐。男孩挣脱，她也不纠缠。过了一会儿，又逮着另一个男孩，还是要人家叫她大姐。接二连三，就有人说，疯了，她疯了。于是，所到之处，大家像躲瘟神一样纷纷躲着她。

连着服了两个疗程的药，英子不再发病，荷香渐渐地就放心了。可是不久，荷香发现，英子变得郁郁寡欢，整天一句话也不说，她又开始担心起来了。

"英子你不能这样！有什么话你就说，不要憋在心里；要是想哭你就哭，把心里的苦水倒出来，就会好起来的。"

不论荷香怎么求她，都没有用，英子还是老样子。不仅如此，英子还整夜整夜不睡。荷香早上起床，不见英子，她就去找。有时在村道，有时在河边，有时是在田埂上，英子就那样一个人走来走去。

这天早上一起床，荷香又去找英子，却找不着。她把村子周边都找遍了，还是不见踪影，心想，兴许英子已经回家了，就顺便到园子里摘了把菜。但是，回到家里，不见英子，却看见她留下的一张纸条：

"妈，女儿不孝！我走了，不用找我。"

荷香追出来，却不知道要往哪儿去，跌坐在地，脑子一片空白。

早晨的阳光斑斑驳驳，风儿像刚睡醒一样似有似无，荔枝树下，一只会吐丝的小虫悬在半空，晃晃悠悠。

血　脉

回到家，见母亲盘腿坐在沙发上，眯着眼，在欣赏琼剧。茶居上有个小收录机，播放的是《狗咬金钗》唱段。

茶居上还有一张长条状胶版纸，上面印有新近摇出的奖码，还有解码大师对下一期的预测。我妈闲来没事，常常在这张胶版纸上涂涂写写，什么对数啦、加减啦，什么平行线啦、对称啦，也不清楚她是怎么想出来的。她说奖码之间是有规律的，她要找出这个规律，遗憾的是每一期就差那么一点点。她玩得不大，偶尔也中点小奖，因此乐此不疲，有些痴迷。对她这种玩法，我们并不反对，反倒觉得这样能够让她动动脑子，有助于预防老年痴呆，也不是什么坏事。

昨天，她中了一注小奖，既高兴，又惋惜，说是差一点就中了大奖，唠叨了半天。见我回来，她说："我下去一趟哈。"我知道，她这是要到楼下兑奖去。

据说德国人经研究得出一个结论：74岁是人一生中最惬意的时候。我妈今年74岁，大概这几年就是她一生中最惬意的日子。我和小弟都已成家立业，日子过得不错，她一生中该尽的责任也都尽过了，又不用为衣食而担忧。住在我家，甚至连家务都不让她做。我多次劝阻她，我说，妈，您就歇着吧，这一生您操劳的够多了，也该享享清福了。父母能安享晚年，做子女的其实在虚荣心上也能得到满足，百善孝为先嘛，那是人的立身之本，试想想吧，当邻里亲戚啧啧羡慕母亲命好的同时，不也是在对儿女的赞美吗？

可是，今天见她惬意的样子，我不由心生嫉妒，甚至还有一股子怨恨。几十年前，她在我心里植入了一根刺，每当触及，都会隐隐作痛。就在刚才，在没有任何心理准备的情况下，这根刺不由分说地被人深度触及，一下子让我痛彻心扉，到现在还没有缓过气来。

就您舒心了！就您能够安享晚年了！我心里暗道，有点诅咒的意味。我已是退休了的人，也算是个老人了，但我想，这一辈子，我恐怕是不能做到像她那样平静地安享晚年了。

还在朦胧的年龄，我妈抱着我，像走亲戚一样走进了城里的一户人家。这户人家，有三个比我大的孩子，我妈让我管他们叫哥哥姐姐，我一一叫过，可他们却没有表现出应有的热情，连起码的礼貌都没有，只是怀着戒备的眼神，挤在一起。这家还有一位叔叔，我妈要我喊他爸爸，他一脸笑容，满怀期待，可我扭捏着叫不出来，当然，最后还是叫了。他对我很好，给我糖果、饼干，给我买新衣服，这些都是我喜欢的，我好高兴。

我很快就跟三个哥哥姐姐玩在了一起，捉迷藏、做游戏、看小人书，好玩的东西很多。只是，用不了几天，我便有些乏味了。这里没有小鸡小鸭，在家里，只要手里拿着吃食，这些小家伙就会吱吱叫着十分讨好地跟着我转。这里也没有含羞草，没有灯笼花。那含羞草只需用根棍子轻轻一拨，它便生我的气，不过一会儿它又跟我和好了；那灯笼花看起来太像灯笼了，不同的是它只比拇指大一点，绿绿的，捏紧了，往额头一砸，啪的一声，额头上便留下了湿润、清新的气息。还有，我不喜欢那三个哥哥姐姐。本来玩得好好的，一旦起了争执，他们三个串通好似的，集体向我翻白眼，都不理我。

"我要回家！"我不高兴了。

"回什么家？这就是你的家！"我妈说我。

"这不是我的家。我要回我家！"我闹了起来。

我妈于是又哄又劝，可任怎样也不能让我平静下来。气头上，她打了我，我好伤心，嘤嘤地哭了起来。不过，哭过几次之后，我还是无奈地接受了这个事实。

我妈要我做个懂事的孩子，说懂事的孩子就要让着自己的哥哥姐姐。我听我妈的话，当他们向我翻白眼的时候，我不跟他们计较，自己玩自己的。一年之后，我妈给我添了个小弟弟，我才稍稍感到不那么孤独了。

上学了，到学校报名注册，这才知道，我和那几个哥哥姐姐不是一个姓。这件事让我很不解，是不是弄错了？

"妈，为什么他们姓赵，我却姓林？"

我妈一时语塞，显出惊愕和慌乱的眼神。

"妈，让我也姓赵吧，和他们一样。"我觉得这个要求应该可以满足。

可是，迟疑了一下，我妈却说："姓林并没有什么不好，你还姓林吧。"

我觉得我妈的话也对。姓林有什么不好？才不稀罕姓赵呢！但是，他们听了这话之后，又说出另一件事来——他们的爸爸不是我的亲爸。原来是这样！怪不得我要姓林。

"妈，我亲爹是谁呀？他在哪儿？"我有点刨根问底了。

"下南洋了。"

"南洋远吗？可不可以带我去见他？"我缠着不放。

"不行！"

"为什么？"

"他死了！"

我妈很伤心的样子，她显然是不愿触及，我也不好再问什么了。

我亲爹死了！怪不得他们那么得意。一想到这一点，我就不由得变得很自卑。

好在继父对我挺好的，不打不骂，一视同仁，还供我上学读书。中学毕业后，我没能考上大学，他想办法托关系、找门路，安排我进了一家事业单位，变成了吃国家饭的员工。渐渐地，我走出了阴影，变得自信起来。

就在我几乎已经忘了这一茬子事的时候，无意间，突然听说我亲爹还活着。

丽云是我单位的同事，也是最要好的朋友。一天，我到她家玩，她母亲很热情，只是，不知道是为什么，她总盯着我看，搞得我怪不好意思的。她很热心地跟我聊起来，问我家里的情况，特别问起我母亲的名字，问我是不是姓林，我一一如实作答。

"长得真像！"她喃喃自语。

"像谁？"我猜想她一定是说像我妈，可她却说：

"像你爸，一个模子铸出来的。"

她告诉我，她和我亲爹是一个村子里的，她知道我家的情况，我亲爹现在就在村子里。

听了这话，我很惊喜。怎么说呢，我继父对我是很好的，没有他就没有我现在的一切，我感激他，尊重他，很听他的话，但从没有过一般的女孩常对父亲那样的撒娇和任性。我和他的感情，不是同一条血管里滋生出来的，再亲近也只能止于程式化的彬彬有礼。有时，我突然会冒出一个奇怪的想法——他要是我亲爹该有多好！显然，这是异想天开，幼稚得让人窃笑，可它是潜意识里的，不经意中就会冒出来的。我不止一次地做过同一个梦，梦见我亲爹还活着，他从南洋回来了，给我带了很多漂亮的衣服，还有很多好吃的，我高兴得直笑。可醒来之后，知道这不过是个梦，只有暗自垂泪。现在，我突然发现，这不是梦，这是真的！我亲爹还活着，他就在离城里不过几十公里的一个村子里，你说我能不高兴吗？

我找了一些借口，接二连三地上丽云家玩，醉翁之意你知我知。丽云妈陆陆续续地讲述了我亲爹（当然也包括我妈）的一些情况：我亲爹瘸了一条腿，据他说是我母亲怀上我的时候想喝椰子水，他为了满足爱妻的愿望而摘星星捧月亮，冒险爬树跌伤落下的残疾。可村里人都说，那是他晚上喝得醉醺醺地从镇上回来，口渴难耐，仗着有两碗酒壮胆，逞能摸黑爬树，一脚踩空摔的，是自作自受。这件事谁也说不清楚。我亲爹好吃懒做，性格暴躁，家里三天两头吵吵闹闹，动不动就对我妈拳脚相加。我妈要跟他离婚，他不愿意，为了阻止，提出女儿归他抚养。可我妈已经豁出去了，一口同意他提出的所有要求。法院判决之后，他又不想要我了。于是，在三岁那年，我跟着我妈住到了外婆家。十年八年后，我亲爹又娶了一个女人，帮别人养着三个孩子，日子过得很艰难。

我亲爹竟是这样的一个人！了解得越多，我的心越寒凉。一开始，我满怀喜悦，一度有父女相认的冲动，可现在就不能不郑重加以考虑了。说实在话，这样的一个人，我不希望走进他的生活，不愿意称那个女人为"妈"，也不愿意被那几个孩子叫姐姐。我更不愿意他走进我的生活，如果因为他的出现，重提过去的是非恩怨，纠缠一些柴米油盐，继父怎么看？那几个哥哥姐姐怎么看？也许一家子平静的生活从此便被袭扰得七零八落。更重要的是，我还没有恋爱，还没有结婚。我虽然不是什么公主，但也不希望因此而变成灰姑娘。

"这件事你对谁也不要提起。我妈说我亲爹已经死了，就权当他死了好了。"

丽云望着我，颇能理解地点了点头。

从此，我再没有上丽云家，也没有跟什么人提起过这件事。

一晃，几十年就过去了。几年前，我继父没了，八十岁，也算是高寿，善终。我们几个兄弟姐妹这时候全都成家立业，自立门户，原来的大家庭就彻底地散了，就像因风干而散开的一团泥沙，再也拾不起来。对这个大家庭，我没有太多的怀念，它不过是景阳冈前临时搭伙，现在，险冈已过，自然是各奔前程。我和小弟一家常来常往，跟那几个哥哥姐姐呢，大概是遇着乔迁婚庆等大事喜事，相互之间还能有个人情往来，平时则基本上不闻不问，偶尔路遇，也不过打个招呼，寒暄几句而已。我甚至有一种放松的感觉，像是终于从某种桎梏下解脱出来，终于可以按照自己的意愿做自己高兴做的事了。

小弟在一家证券公司上班，混得不错；我呢，就有点灰头土脸了。建明是顶父母的岗进的单位，说起来，我们两个都没什么一技之长，也没别的挣钱门路，所以对现状还是比较知足的，那份工资，虽然不高，却也能维持温饱，让我们过上安稳的生活。我妈随我长住，有时也随兴到小弟那里小住几天，于她来说，也算是安享晚年。

有些遗憾的是，儿子结婚也有两年了，可儿媳的肚皮至今还没有一点动静，这事一想起来就让我郁闷。不过，这事急也急不来。

今天上午，丽云打电话约我一起喝早茶，我想，她一定是觉得在家里待闷了。退休之后，我和她见面也少了，姐妹之间，一起喝个早茶，聊聊天，解解闷，也很不错。没承想，落座之后，她却旧话重提。

"你那亲爹想跟你父女相认呢。"

"为什么？"我感到很突然，"几十年都过去了，一直都没听他说过什么，为何现在突然就提起这个话题来？"

"我也是受人之托，传话而已。"丽云像是要撇清什么，"你亲爹虽说也已再婚，重组家庭，但毕竟是半路夫妻，那几个孩子呢，也不过是帮人带大而已，他们长大成人后，女孩嫁人，男孩认祖归宗，好像都跟他没关系了。我听说几年前，那女的死后，他就一直是一个人过，无依无靠的，日子很艰难。"

这就有些可怜了。我不禁动了恻隐之心，从身上掏出几百元，"丽云，这点钱你帮我转交给他吧，钱不多，也算是一点心意。"可丽云说：

"钱呢，倒是小事，他现在是五保户，有政府养着。他现在最想做的事，是你们父女能够相认。"

丽云的话让我左右为难，不知如何回应。我能理解他现在的心情。他辛辛苦苦带大了几个孩子，可都不是自己的亲骨肉，飞走了也就飞走了，也是没办法的事。七老八十，时日不多了，孤零零一个人，情感上一点寄托都没有，他一定很伤心，我也许是他唯一的希望了。他对我是没有尽到一个父亲的责任，把我养大，给我幸福，可我毕竟是他的亲骨肉啊。说心里话，我倒想认他，赡养他。我想，我如果只是一个人，我立马就把他接过来，或者我到村子里住下，尽一尽孝心，都无所谓。可是，我是有家庭的人，事情就没有那么简单了。母亲怎么看？老公怎么看？儿子儿媳怎么看？他们的想法我一点都不清楚。

"丽云，我要谢谢你！不过，这事我一点思想准备都没有，也不清楚家里其他人是怎么想的，我心里好乱，容我再想想吧。"

家有大事，最该与之商量的应该是老公，可我懒得与他商量，因为商量之前，答案已经有了。

建明也算是个好男人，他的那份工资悉数交我，再从我这里讨一些零用钱，当然，他也因此享受额外的待遇。他顶着家长的名分，却是甩手掌柜，家里大事小事全不操心，落得清闲。就说现在吧，该做午饭了，我要不动手，他也不会狗拿耗子。现在，他就在房间里，半躺在床上，吹着空调，享受他的抗战神剧，虚拟却逼真的枪炮声、喊杀声铺天盖地，搅得我更加心神不宁。我没好气地说：

"你声音弄小点不行吗？"

他瞟了我一眼，干脆关了电视，起身想往外走。

"你别走，我有事跟你说。"

"什么事？"他停了下来。

我把丽云话里的意思简要地说了一遍，然后问他：

"你是怎么想的？"他听了，想都没想就说：

"我没什么，这事你看着办，你怎么做我都没意见。"

果然不出所料！我恨恨地骂一句："窝囊废！"

作为夫妻，我倒是希望建明能问一问：你考虑好了吗？你打算怎么办？哪怕我们看法相左，也可以一起来讨论这件事的是非得失，可能带来的影响，以及如何处理才更妥一些，至少可以让他也承担一点责任。可是他没有，一句话也没有，采取事不关己的态度。也许他是好心，是在尊重我，不想让我为难，但是，在关键时刻，在我需要他的时候，他却让我一个人战斗，夫妻之间能这样吗？

建明一声不吭地踱到阳台，眺望蓝天白云，他显然是生气了，只不过没有与我一般见识。想想，他这样说也没有什么错，再说了，他要不这样说，还能让他怎么说呢？是我态度不好，不该责怪他。

这时，母亲从外面回来，带了些香蕉，她常说香蕉好，助通便。我突然感到，父女相认，母亲这里是道坎，因此想要试探一下她的态度，便堆起笑脸，和颜悦色地说：

"妈，您得了多少钱呀？"

"能有几个钱？够买两天的菜吧。"

我拉着她的手，要她坐下，然后说："妈，有件事想要跟您商量一下呢。"

"什么事呀？这么庄重的，还要与我这个老婆子商量。"她笑呵呵的，一定是认为我在跟她搞笑。

"村里有人寄声来（捎来口信），说是村里我那个爹想要我与他父女相认。"我清楚她对这个问题的敏感，所以尽量将语气放得平淡一些。

果然，她一听这话，脸色就变了：

"你是怎么想的？你打算怎么办？"质问的口气，我听出否决的意思。

虽然如此，我还是要清楚地表明自己的态度。我说：

"我想，我还是与他父女相认了吧。"

"我看你是吃饱塞满，脑子进水了！"她完全像是在训斥一个不懂事的小姑娘，"好了伤疤忘了疼！"

"人家不是在跟您商量吗？您不要这么激动嘛。"

"商量什么？这事没得商量！"

她的态度我其实也早有预料。见她如此动怒，我只好自行熄火。

"好好好，不说了。"

这时，开水壶呜呜地发出警报，我起身去灌开水，也以此结束了我们之间的谈话。

我妈如此决绝，我能理解。她和他因为一张纸结合在一起，然后相互伤害，彼此仇恨，最后，又因为一张纸各奔东西，再无瓜葛。他的出现，带给他的，只能是勾起痛苦的记忆、搅乱生活的宁静。她只想尘封这段历史，离她远远的。可是我呢，我和他是基于血缘之上的父女关系，血浓于水，一扯就痛，断不了。从某种意义上，我的痛苦就是她带来的，她这样只为自己想不为我想，有点自私了吧？

几天后，我们母女之间发生了一场争吵。

那天，母亲刚从小弟家回来，就自个儿在那里嚷开了，我问她这是怎么了？一打听，原来是因为小弟回老家盖房子的事。这事小弟和我说过。他约好他那同父异母的兄弟一起回老家盖房，因为有消息说现在不抢盖，明年政府就不让盖了。兄弟俩联排，要盖一起盖，可他那兄弟却为难，说一时筹不够钱，小弟大方，就帮他先垫上了。

"他是银行的，能没钱吗？那是诳你！你帮他先垫上，他猴年马月才还你？再说了，还不还还另说呢！"我妈还在嚷嚷，好像她心里明镜似的，早把问题看透，只是我们还蒙在鼓里。我妈变了，变得很微妙。她以前可不是这样的。

小弟在证券公司上班，混得还可以，若论起来，他那兄弟家底是比他丰厚，但每个人都有自己的难处，说不清楚的，一时手头紧也很正常，所以我说：

"妈，那是他们兄弟之间的事，小弟也是大人了，该怎么做他自有分寸，您瞎操那份心干什么？"

"我是不想操这份心，可他什么时候才长大呢？傻乎乎的，我实在看不过。"

我妈就这点不好，已经什么时候了，还是把我们当小孩子，一想到这一点我就来气。我要趁机打压她一下。

"妈，您这样就不对了！总以为自己了不起，而我们什么都不懂。可是您想过没有，您这辈子有过什么出色？家庭妇女一个！"

我这话说重了，像一记闷棍敲断了脊梁骨，我妈一下子就变得气短脸黑，软塌塌地蔫了。但她有作为母亲的优势，只需换个角度，不过眨眼的工夫，她就变得理直气壮了：

"我再没出色，也生养了你们两个！"

"生孩子就有出色呀？正常的女人都会！"

"那怎么样才有出色？"

"你连这个都不懂，那还有什么好说的？除了围着锅台灶角对我们指手画脚、咋咋呼呼之外，你还能做什么？"

她没词了，撒起泼来，指着我的鼻子大声数落：

"好啊！你们一个个翅膀硬了，长本事了，了不起了。我一家庭妇女，能有什么出色？'养老鼠咬米袋'，古人的话不会有错的！我一把屎一把尿，辛辛苦苦把你们拉扯大，没想到老了老了，倒被自己的儿女嫌弃，我活着还有什么意思呢……"一边说一边抹眼泪。

我一看，心想，适可而止吧，不能太伤了她的心，便给她递了条毛巾，同时哄她：

"妈，你不要想多了，我们怎么会嫌弃您呢？我是说，您辛苦了几十年，说老就老了，也该享清福了。不是还有我们吗？有些事您想管也管不过来，何必自寻烦恼？"

"我什么都不管了！"她把头扭向一边，再不理我。

"妈，是我不好，给您赔不是还不行吗？您先歇着，我给您做饭去了哦。"这句话算是表示歉意，也表示了和解的意愿。

母女间的争吵，就像小孩过家家，没有结仇的，第二天，我妈就有说有笑的了，好像已经忘了昨天的不愉快。该吃吃，该睡睡，扫地除尘，洗洗刷刷，只管做一些力所能及的事。

我又想重提父女相认的话题，有好几次，话都快要说出口了，但还是生生地咽了回去，担心她会对这个话题和前几天的争吵产生什么什么联想。

"妈，我还是与村里的爹相认了吧。"我终于还是忍不住了。虽然准备了一大堆说服她的话，但心里还是很忐忑：她会有什么样的反应？我能不能打动她、说服她？

没想到她听了，只是很平静地说：

"那是你的事。你都五十好几的人了，该怎么做你自己拿主意。这几天，我也想好了，嫁鸡随鸡，夫死随子，我都七十好几了，老了就要叶落归根，从今天开始，我就住到小弟家去。"

说完之后，就动手收拾包袱，风风火火地要走。我自然是要拦住她。我说：

"妈，您不要这样，这事我们不说了还不行吗？"

可是她很固执，说她主意已定，任怎么拦都拦不住。

我妈就这样住到小弟家里去了。

这一阵子，家里的氛围有些沉闷。建明看起来有些消沉，还有些迟钝，让我不少数落；儿子儿媳呢，几乎看不到笑容，连话也少了许多。我想，一定是自己的情绪影响了家里的氛围。

自从母亲住到小弟家之后，我变得更加心事重重。是我做错了什么吗？母亲为什么不愿跟我住在一起？我了解母亲，她不是那种心眼小、爱赌气的人。我想，她这样做，也许是出于这两个考虑：其一是她不愿面对这件事；其二呢，是她不想让我为难。毕竟是我的亲爹，认与不认全凭我做主，她不想因为她而让我委屈。可是，尽管建明无所谓，他听我的；尽管母亲回避，不再干预，我能自己做主了吗？恐怕还不行。我有儿子儿媳，他们是怎么想的，我不清楚，如果贸然行事，弄不好，事情会很糟糕。我曾打算就这件事征求他们的意见，想想还是算了。我是母亲，他们是晚辈，我这是给自己的父亲、他们的外公尽孝，他们要是赞成，问题就变得很简单；他们要是不愿意呢，那就会使他们很为难了，我不想把责任推给他们。

我如果不跟亲爹父女相认，村里人会怎么说我？丽云会怎么看我？这是不言而喻的事。当然，我与村里面的人都不认识，又隔着几十公里，他们怎么说那是他们的事，不会有一句坏话传进我耳朵里，丽云呢，肯定也不会当面说我，尽管如此，我还是心里难受。

我该怎么办？我能做什么？我想，顺其自然吧，我已经尽力了，在这件事上，自己唯一能做的，就是每月悄悄地接济他一点钱，用这种方式，也算是尽一点孝心吧。

一蹉跎，几个月就过去了。

让我意想不到的，是儿媳主动提起了这件事。

“妈，我娘家的人说，我们还没有认过外祖呢。”

我们这一带，民间是有这个习俗，儿子成亲后，要备好礼物，带上媳妇走访母亲的娘家，叫作认外祖，说是只有这样，今后才能将日子过得红红火火，家和万事兴。这种事我当然清楚，也没有疏忽，儿子成亲后不久，我就备下礼物让他们这样做了。我说：

“你们不是认过外祖了吗？”

"他们说那不算。"

"为什么？"

"他们说你妈姓林，而认的外祖姓赵，认了也不算。"

我明白儿媳的意思了。习俗这东西很微妙，最好是跟着走。如果不加理睬，顺风顺水的时候倒没什么，一旦有事，就会疑神疑鬼了。我儿媳现在就把自己的不顺心和认外祖一事联系在一起。结婚快两年了，肚子没动静，看来她也急，在找原因，她一定是归咎于她所认的这个外祖来路不正，祭的不是自己该祭的神，一点用处都没有。当然，这肯定也是她娘家人的意思。

既然这是儿媳的意思，我也就再没有什么顾虑了。我说：

"好，明天我们就去见一见你们的姥爷！"

第二天一大早，父子婆媳四人穿戴一新，高高兴兴地要去认亲。建明有些磨蹭，临出门又上一趟洗手间，出来时，裆前已湿了一大片，我有些愠怒，但还是和颜悦色地为他找来一件新的换上。出得门来，我让他锁门，他一双手抖抖索索，钥匙愣是插不进锁孔。看他气色不对，我说："你要不舒服，就不要去了。"他不干。他说："不行！我这老丈人我、我还没见过呢，我今天要与他老人家好好地喝、喝两杯。"

这天天气不错。这个热带城市虽然不大，却是风景如画。火红的木棉花季已过，绿叶成荫，凤凰树正花开热烈，如火如荼；一簇一簇的鸡蛋花，洁白中点缀些许鲜红，香气浓郁。街道上车水马龙，人来人往，繁忙中透着淡定和从容。

我们到达超市时，顾客渐渐多了起来。挤挤挨挨中，我们买烟买酒，买鱼买肉，买糖果饼干，买饮料水果，大袋小袋，有一大堆，都快拎不动了。我跟他们说了，今天的认亲不仅是我们一家的事，左邻右舍都会过来相见叙谈的，礼物要多买一些，不能让人觉出寒碜。

建明今天不知是怎么了，一个大男人却显出老态，磕磕绊绊的，手脚像是不听使唤。跨上车的那一刻，他忽然像根葱似的一下子栽倒了。我急忙将他扶起，却见他脸色苍白，两眼紧闭，嘴角歪斜，挂一摊涎水。我冲儿子喊——"赶快送医院"。

建明得了脑血栓，医生说幸亏送院及时，情况还不算严重，一个月后就出院了。不过，我还得遵医嘱，注意调理他的饮食起居，还经常陪他散步，督促他多搞些体能锻炼。我现在所考虑的，是怎么样才能让他尽早康复。

这件事又耽搁了。

这天中午，天气很热，我们正准备休息，忽然听到敲门声，来人约五十上下，神色匆匆。他问我是不是阿梅姐，又说他是林村的，是我爹的堂侄。我问：

"找我有什么事吗？"

"你爹想最后见你一面。"

"他怎么啦？"

"他病得很重，大概是只剩最后一口气了。"

我一听，眼泪哗地一下子就流出来。我有一种不祥的感觉，心里非常不安，急煎煎地就跟来人走了。

村西边一间破旧的房子，敞开的庭院荒草及膝，不闻鸡犬之声。屋里徒有四壁，仅剩的一桌一椅也是歪歪斜斜。右厢房里，有一张破旧的木床，千疮百孔的蚊帐靠墙收起，一枯瘦老头静静地躺在那里，目光无神，有出气没进气。那是一张陌生的面孔，可我却心有灵犀，一把攥住那双干枯的手，悲苦地喊了一声："爹——"这一声喊，让他那暗淡的眼神突然发出光彩，喉管咕噜有声，嘴唇艰难翕动，却只是喘气——他已经说不出话来了。

我发现他的头动了动，像是努力要抬起来，便伸出手扶了一把。一种深深的愧疚在我心里涌起，我满眼泪花，泣不成声：

"爹，您好好的，让女儿尽尽孝心吧！"

他盯着我看了一会儿，眼神里满是慈爱。我一时不知该说些什么好，却感觉手里一偏，他头已歪向一边——他走了。

我总算还是给他送了终，却留下深深的愧疚。我一辈子都忘不了他临终前的无助，也忘不了他眼神里的善良。

第二年的清明节，我和建明，还有儿子儿媳一起去给我爹上坟。荒坡上，新坟已长满了杂草，但草根之间还没有闭合，新来乍到的样子，让人放心不下，让人勾起一些记忆。当然，相关的一切是非恩怨，不可避免地都将长埋在这块土馒头之下。

我们用两块带草皮的尖顶土块给坟头追高，整理出墓庭，上供品、燃烛、焚香、化纸，然后依次拜过。看着儿子儿媳虔诚的样子，我问自己，他在九泉之下会不会保佑他的外孙心想事成？

男人去番

春花嫂儿子还没满周岁的时候，丈夫阿良就去番了。

"番"即番国，这地方将国外都叫"番"。"去番"即到国外谋生。"去番"的人叫"番客"。

外出谋生，不同的地方有不同的方向，有的地方是"闯关东"，有的地方是"走西口"，这个地方是"去番"。

去番就意味着背井离乡，妻离子散，还要吃各种各样的苦，受各种各样的罪，不是去坐金銮殿。可地方穷，土地贫瘠，他们说是种豆没豆，种瓜没瓜，不养人。还说屙屎狗都不爱吃！话难听，伤自尊，但一样抵达事情的真相——饭都没能吃饱，屎能有质量吗？生活所迫，只好外出谋生。

山里面都穷，他们一般不会往山里走；大海的另一边则完全陌生，也充满诱惑。于是，他们怀抱梦想，作别亲人，扬帆起航。船儿飘啊飘，日落日又出，十天八天之后，一出南海，就踏上了异国的土地——越南、泰国、马来西亚、新加坡、印尼、菲律宾等，他们将这些国家统称为南洋。番客去得最多的地方就是南洋各国，所以去番还有另一种叫法——"去南洋"。也有的番客走得更远：檀香山、旧金山、南美、欧罗巴……都有。不过，少！

番客挣了钱，都会寄些回来养家。混得好的，还会带着钱回来起洋楼盖大屋，有点衣锦还乡的意思。番客中混得最好而为人津津乐道的，是一位姓宋的。据说宋氏早年漂洋过海，远赴美国谋生，事业有成，又把大部分资产用来支持革命活动，有人说，没有宋氏的支持，就没有辛亥革命，就没有中华民国。这话姑且不论，但他把一个女儿嫁给孙文，又把另一个女儿嫁给蒋介石，宋氏家族影响中国政治格局几十年，却是不争的事实。

当然，番客中也有人走后音讯全无，客死他乡的。不过呢，世人眼里只有鲜花，谁会去关注飘落的败叶？一直以来，人们一批一批地走，去番渐成风气。

春花嫂这天在家里忙忙碌碌的，她要请客，在置办一桌酒席。

她家的房子为三大间，两边是厢房，中间的一间隔出前后两块，前厅后堂。前厅放几张太师椅，一张八仙桌，八仙桌上方有个小阁楼，写着"三槐堂"几个大字，里面陈列着先人的牌位。这里是祭祖的地方，也是待客的地方。

春花嫂做好了"头盘"。"头盘"是这地方酒席待客的重头菜，很有名气，里面有鱿鱼、角虾、猪肉、腊肠，有冬菇、木耳、笋干、腐竹，还有西芹、小葱、葫芦瓜、红萝卜……一道菜十几二十种食材呢，有荤有素，味道鲜美。做好了"头盘"，她又鱼啊肉啊做了几样，等客人一到，就好酒好肉地摆到前厅的八仙桌上。她往村口望了望，心想，客人应该差不多就要到了。

去番并不是什么时候想去就能去的，得看机缘，要有人引路，有人帮衬。前两天，有个亲戚从南洋回来，阿良把这个消息告诉了她，她说那我们请他来咱家吃顿饭吧。阿良明白她的意思，就说，也不知道人家肯不肯提携。她说，只要他肯赏脸来咱家一趟，到时我们多讲些好话，事情就好办。当然，能否去成，就要看你的造化了。她这话说得轻松，一点思想顾虑都没有，就好像男人去番，理所当然，是求之不得的好事，而她因此要吃多少苦，连想都不想。

几天后，阿良背着一个小包袱，跟随着那个亲戚就去了南洋。

阿良去番后，家里就全靠春花嫂一人支撑了，她要看孩子、做家务，还要侍候那些鸡呀猪呀狗呀。地里的活呢，也都是她一人在做，扶犁斥牛耕地，是她一人在做；间苗除草施肥，也是她一人在做；收割晾晒存储，还是她一人在做。虽然如此，她也不觉得很累，因为这些活计她都会，而且原本都是她应该做的，就算阿良不去番，也是她一个人在做。这地方的男人都懒，有事没事，只知道喝茶闲聊，家务事、地里的活计，全扔给女人做。有人说，这里的女人太过勤快，宠坏了家里的男人；也有人说，这是祖上遗风。这地方原是蛮荒之地，地方上的人，祖上原本都是公卿大臣、社稷栋梁，也不知做错了什么，惹得皇上不高兴，一道圣旨，便遭贬谪发配，最后辗转来到此地。官职丢了，俸禄没了，却不肯躬亲稼穑，以为还是继续像过去那样，经邦济世，坐而论道呢。家风因袭，代代相传，男人在家是条虫，只有出门在外才会拼搏。

阿良已经去番，但春花嫂只当他喝茶闲聊去了，自己该干什么还干什么，像是一点都不受影响。五月初五，包粽子、佩雄黄；六月初六，摘椰子、煮椰子饭；七月节，烧纸钱，先人不做饿鬼。到了八月十五，尝月饼、说团圆，这才想起，阿良在异国他乡，也不知过得怎么样，就有些淡淡的幽思袭上心头。

月兰婶和春花嫂是隔着一条巷子的邻居，她比春花嫂要大上一轮，但因为老公都去番，有共同的话题，所以之间常串门闲聊，大概是物以类聚，好邻居也是好朋友。春花嫂到园子里摘菜，会匀出一些送月兰婶；月兰婶坛子里的萝卜干腌好了，也会挖一碗给春花嫂。春花嫂有什么不懂的就问月兰婶，月兰婶呢，也总是诚心诚意地加以指点。

这天晌午，春花嫂站在家门口，扯开嗓子，"你啊——""你啊——"地叫唤，她是在唤猪吃食。月兰婶走过来，有些不高兴：猪都吃饱了，还唤它干什么？春花嫂望着她，一脸不解。月兰婶就说，你家那只母猪把我家的地瓜地糟蹋得都不成样子了！春花嫂听了，连忙赔罪，说这个杀千刀的，我都把圈关得好好的了，也不知它哪来那么大的劲，一转身就跳出去了，你看，吃食的时间都过了，唤它也不回来。正说着，就看见那只母猪一颠一颠地走回来，她抡起扁担就要打。月兰婶看了看，拦住她，说你打它也没用，我看它是"走园"了。她问什么是"走园"？月兰婶说，"走园"就是……哎呀一时我也讲不清楚，这样吧，你去找只猪爸来，它就老实了。

吃过午饭，春花嫂就赶往镇上，找到猪爸，又匆匆地往家里赶。猪爸高高大大，看起来很威猛，若是个人，也算个美男子，她就担心起来，怎样将它领回家呀？猪爸的主人说，这你就放心吧，它知道自己要去干什么，有得吃又有得玩，巴不得呢！果然，猪爸很老实，顺着她的意思，嘚嘚地就往前走，看来，它是经常往返十里八乡的，路已经走熟了。不过，她还是觉得有些别扭，心想，要是阿良在家，这事就不用她操心。

春花嫂打了几个鸡蛋在米粥里，先让猪爸吃好吃饱。她是有些心疼猪爸，走了这么远的路，它肯定也累了。不过，这说到底还是为了她自己。猪爸主人吩咐过，说回到家，要先给猪爸补一补，这样你家母猪养出来的崽才健壮。这时，圈里的母猪躁动不已，来来回回地转圈，又把两个前爪搭上矮墙，想跳出圈外。她抡起扁担就打，一边打一边骂：急什么急？一会儿有你好受的！还真是！猪爸一进圈里，小母猪立马温顺如小猫，眯起双眼，站着不动，静候临幸。猪爸也是轻车熟路，一把就跨上去。这时，就轮到她受不了了，像是身体深处某个闸门突然就打开，体内有如一锅煮开的豆浆翻滚涌动，胀胀的，燥热难当。她实在看不下去，扭头就走回房间，瘫倒在床。一物降一物，可她手里没有卤水，没法让那些滚动的豆浆静下来。她想起阿良，抽抽搭搭就哭了起来，后悔当初怎么就没拦下阿良，就让他去番了呢？

远水救不了近火，这是没办法的事，那股无名之火从哪儿冒出来，还得回哪儿去。春花嫂哭了一会儿，也就静了下来。肚子挨饿如老公去番，这句话，她不知听人说过多少回，过去总以为是粗口讲咸话，戏谑而已，现在才真切地品尝到其中的滋味。她知道今后的日子会很艰难，但再难也要默默承受，那口气得憋着，不能露怯，否则，徒增笑料，自己犯贱。

儿子已有几岁，有些懂事了。儿子说，别人有爸爸，为什么他没有？跟母亲要爸爸。她告诉儿子，你有爸爸！你爸爸去番了。儿子问爸爸为什么要去番？她说你爸去番挣钱，给你买好吃的，给你做新衣裳，以后我们家还要盖洋楼，你喜不喜欢？儿子说喜欢，就不闹了，就仿佛已经站在自家的洋楼上，见到那些坐在父亲肩上的小伙伴，再不羡慕。

儿子容易摆平，但春花嫂心里难于平静。算起来，阿良去番也有五六年了，却一点音信也没有。这几年，本村的、邻村的，只要有番客回来，她就悄悄地向人打听，有没有看见我家阿良？被问到的人一个一个只是摇头，她就一次比一次失望，甚至有种不祥的预感，难道说他已经客死他乡了？终于有人告诉她，说是不久前在泰国见过阿良。她就问阿良过得怎么样？人家说，路上匆匆，点个头打声招呼而已，不能告诉她更多的情况。不过她还是高兴，因为确认了阿良还活着，活着就有希望，活着他总有一天会回来的。可转念一想，又有些悲观起来。这么多年了，他没有往家里寄一分钱不说，连口信也没捎回一个，这究竟是怎么回事？是不是另有隐情，刻意要躲着什么？难道说，他在异国他乡另有妻室？这样一想，就恨起了阿良，觉得他太没良心，辜负了她，背叛了她。但她没有声张，将心事深深埋藏。

春花嫂虽然很勤快，不惜力，但也免不了有拮据的时候。断粮了，问左邻借三两升；缺钱了，找右舍借十元八元，人家都肯借。村里人说，老公去番，日子哪有不艰难的？但大家知道，困难是暂时的，所以都乐于帮助她。

春天来了，要种花生，没钱买种子，她找到镇上，要经销商赊。人家说我不认识你。她说我是乌坡村的，叫春花。人家说，凭什么要赊给你？谁知道你能不能还得上？她说这个你不用担心，我老公阿良去番，一两个月都会寄钱回来的。人家一听，就赊给了她。她也很守信，家里卖了东西，得了钱，就去把赊账销了。她不仅赊种子，还到服装店里赊衣裤鞋帽，到杂货店赊油盐酱醋，到菜市场赊猪肉咸鱼，人家没有拒绝的，因为都知道她老公去番，人很守信。

也有不顺的时候。有一次，她到种子店里赊了一包化肥，说好一个月内把钱还上。但事有凑巧，儿子看病花了一笔钱，家里又再没有什么可卖的了，期限马上就到，她很焦急，就找到店里，请求老板再宽限些日子。老板听了，不但没有给她脸色，还满脸堆笑，态度和蔼，她有些感动。老板说，化肥的钱就不要提了吧！说着抓过她的手。她吃了一惊，脸红红的，一扭一扭地就挣脱了，说不要这样，钱我会很快还给你的。

月兰婶来串门。先聊了一会儿油盐酱醋，见春花嫂一脸苦相，便问又遇上什么难事了？春花嫂告诉她，说赊了人家一包化肥，也不知道去哪儿找钱还上。月兰婶就问，你家阿良有多久没寄钱回来了？春花嫂说他何曾有过一分钱寄回来？人走后就没有音信，都六七年了！说着眼红红，泪水簌簌地滴了下来。月兰婶听了，默不作声，又叹了一口气，说咱俩都是苦命人，不过呢，春花你比我好！你还有个孩子，不像我，孤零零的一个人。春花嫂问她，当时为什么不要个孩子？月兰婶苦笑了笑，说你说得轻巧，当时我过门没几天，你海叔急煎煎地就去番了，连粒种子也没能给我留下，我去哪里要孩子？哦，是这样的呀？春花嫂好像明白了。她又问，海叔这么多年来一点音信都没有，阿婶就没有想过另外嫁人吗？月兰婶说，不怕你笑话，我是动过这个念头的，但一再犹豫，就耽误了。我也快五十了，说什么都晚了，不像你，你要是有这个想法，现在还来得及。说着看向春花嫂，见春花嫂脸上飞起红晕，月兰婶又说，跟你说件事。种子店的老板是我的一门远亲，人不错，也有些家业。论起来，他要叫我姨呢。他老婆过了，快一年了。他要我带话，说对你有意思，不知道你有什么想法。春花嫂不吭声，她其实很想提起前几天他的无礼，但忍住了。月兰婶又说，你先别急着回话，先考虑考虑，想好了，再跟我说。又扯了一通闲话，略坐一坐，就说，哎呀！我得回去了，换洗的衣服还在盆里泡着呢。

这一次，她是有些动心了。夜深人静的时候，她在无可无不可的思绪中蒙眬睡去，又在一种愉悦的膨胀中醒来，却发现，原来是一场梦，连白云苍狗都不是。密云不雨，干旱未除，反招来闷热难当，唯有辗转反侧，挨到天明。

不过，当她来到海边，驻足远眺，看向海天一色、万里层云，又动摇了。她想，阿良还在海的另一边，具体情况怎么样，其实自己并不清楚，不定明年或者后年就回来了呢，如果自己一时糊涂，到时还有什么脸面面对世人？月兰婶说得对，我还有个孩子，孩子就是依靠，就是希望！于是便打定主意，不管阿良情况怎么样，自己都守着，把孩子拉扯大。

第二天，月兰婶告诉种子店老板，说不要再打春花的主意了。若有什么想法，就把心思用在别的女人身上吧。

转眼又是几年过去。南风吹拂，海边的椰子树默默地摇曳，而木麻黄树林则呼应阵阵涛声。地里花生开花的时候，水稻也在抽穗，时值农闲，村子里静悄悄的。一天，月兰婶的家里突然就热闹起来，海叔回来了，携一家子，带着大包小包。有几天，家里总是门庭若市，叔伯兄弟、姑姨表亲，甚至多年没有来往了的老亲戚，也被邀来相聚。来的人都能得到一些礼物，有的送金项链金戒指金耳环，这当然是属于至亲的；有的送一些侨汇券，侨汇券可是好东西，持侨汇券可在特供商店买到一些紧俏的商品；有的送一些衣裤裙子、皮鞋尼龙袜、围巾领带等等；最远的亲戚，就是一点药品，红花油祛风油鱼肝油，都是市面上买不到的，或者饼干糖果巧克力等，也是稀罕的东西。那场面，就跟皇上的恩典一般，家里人、亲戚们都很高兴，渲染之下，让人羡慕。

这个时候，就有人问，春花嫂，你家阿良什么时候回来呀？到时不要忘了我啊！她就说，他几次说好了要回来的，但总是忙，现在有了自己的生意，不比帮人打工，脱不开身。人家就说，钱是挣不完的，你要催他回来。他要是有大钱了，在那边娶妻生仔，不认你了，就更不回来了。她说，我们家阿良不是那种人。说这话时，她底气不足。

回到家，她把自己关在房间里，足足哭了一个时辰。

月兰婶拎着一包东西，来家里坐。这是红花油，痛风痛湿、跌打烫伤，一搽就好；这是深海鱼油，补血，治头晕；他们说这是巧克力，小孩特爱吃，你也尝尝……春花嫂看着月兰婶一件一件地往外翻包里的东西，没有十分希冀的样子，只是说，海叔在南洋发财了。月兰婶放下手里的东西，淡淡地说，看样子光景不错。她还告诉春花嫂，说你海叔到了南洋，这些年，他结婚离婚、离婚结婚，前妻后妻，连我在内，有好几位；自己的孩子、帮别人养的孩子，也有七八个呢。他现在这个番婆，虽然年轻，还很懂事，你海叔这次带着一家子回来寻根问祖，就是因为她的鼓动和坚持。当然，这话是听他们说的。不过呢，当她听说你海叔跟我结婚没几天就去番了，就坚持要海叔与我同房，自己另住一间，说是要补偿我。还以为我是黄花闺女呢，你说好笑不好笑？早些年干什么去了？现在才回来说补偿！我人老了，花都谢了，能补偿得了吗？月兰婶说着就哽咽起来，不住地抹泪。

海叔在家里住了几个月，他请人给家里修了幢小洋楼，围起一个漂亮的庭院。房子修好之后，他又飞去了南洋，家里还是月兰婶孤零零一个人。

春花嫂很羡慕，心想，阿良要是能够回来一趟就好了。见着月兰婶，就说，阿婶这下好了，小洋楼都修起来了。月兰婶说，好什么好？你海叔这次回来修房子，看来是要完成一个心愿，房子修好了，大概今后也就不再回来了。就算高楼大院，我一个人又能住多少？我要那么多房子干什么？

儿子阿明中学毕业，书也算是读到头了。这孩子读书死心眼，不开窍，但逗女孩子开心，却很有办法，本来不是那么一回事，可经他嘴皮子里出来，立马就变得生动有趣，像真的一样。就有一位姑娘，跟了他，有天上门，要看看他的家底，一见那间破房子，心就凉了。他人精似的，在一旁，什么都看在眼里，就说，我爸在南洋有好几处生意，他说了，明年就回来给家里盖一幢小洋楼。真的？真的！那就等明年房子盖好后再说吧。好，等明年。他那样的善解人意，姑娘很高兴。但是，姑娘等不了，她那肚子一天大似一天，藏都藏不住，没办法，不出几个月，就把喜事办了。

结婚第二年，房子没动静；第三年，还是没动静。姑娘就知道，是阿明骗了她，根本没有那么一回事，于是便闹，带着孩子就回娘家了。阿明也不急，他说，女人回外家，能待几天？春花嫂把儿子骂了一通，又从米缸里量了三升米，逼着儿子上丈母娘家，将媳妇请回来。

阿明上门时，岳父岳母都在。妈！他先喊一声岳母。来了？来了！接着又喊一声爸，同时递上一根纸烟，岳父默默接过。一旁的媳妇就骂开了，说为什么要骗她？阿明说我没骗你。媳妇说你当时说好了要盖小洋楼的，小洋楼呢？他说，这话你也当真啊？俗话说，逗女孩子逗女孩子，恋爱的时候哪个男的没逗过女孩子？也就是为了寻开心嘛，不信你问问妈。说着看向岳母，妈，是啵？我听说咱爸当时就答应过您，说是结婚之后，让您吃香的喝辣的，而且什么活都不用做，是不是有这回事？岳母看向岳父，岳父烟屁股一扔，站起身，走了。

也不是什么大不了的事，吃过饭，你们就滚回自己的家吧！岳母说。当着姑爷的面，又说，你不当真，我闺女要面子，她可是当真的，今后你要好好干，不能偷懒，争取把小洋楼盖起来。

儿媳妇这样一闹，春花家里的一些事，就成了村里人议论的话题。人们这才明白，这么多年来，原来春花嫂不过是强装笑脸。有的人就问她，你家阿良在哪搵食？她摇摇头。又问，他就没有给家里寄过钱？她还是摇摇头。人家就有些替她打抱不平起来，说二十多年啊！你真是屈死了，还不如当年就找个人嫁了呢！春花眼红红，一句话不说。她能说什么呢？

春花嫂已经成了春花婆。

儿子也算是争气。儿媳那么一闹，还真管用，儿子对家庭变得上心了。他先是在承包地里种了两年的西瓜，挣了一些钱，又与人合伙开采钛矿，钱来得比种西瓜要快得多。后来，政府规范钛矿开采秩序，不让搞了，他又挖虾池，养基围虾，一样挣钱。儿子说，等卖掉这批基围虾，就准备盖一间小楼。儿媳自然也不再闹了，还变得特贤惠，特孝顺，她说，妈，您年龄也不小了，就在家里歇着吧。不肯让家婆下地干活。春花婆在家里当然也闲不住，这里洒扫洒扫，那里收拾收拾，煮饭做菜，饲鸡喂猪，事也不少，但家庭和睦，日子红火，她心里乐。

月兰婶还是经常过来串门。她说，春花你命好，现在享清福了。春花婆说，享啥福呢，也就是政策好，不缺吃不缺穿罢了。她嘴上这样说，其实心里是甜滋滋的。月兰婶说，你就不要卖乖了，政策好是不错，但也要个人努力。村头那个伯爹忠（是忠伯爹。这里的人受番客影响，说话的句式有些颠三倒四），他儿子有气有力，人也聪明，不肯吃苦不说，还吸毒，犯瘾时连父母都死命打，你看他们家被糟蹋成什么样子了！这样的儿子，还不如不养呢！两个老人唠唠叨叨的，不过东家长西家短的话题，但不知是从什么时候开始，大概也有几年时间了吧，再没提到阿良。

天气又闷又热。儿媳说，气象预报说今晚要打台风。一说打台风，春花婆就心慌慌的。现在不知是怎么啦，一打台风就特别的大，弄不好就会掀墙揭瓦；过去可不是这样的，那风在外边不管多凶猛，一到村里就会变得要温顺一些。月兰婶就说，要怪就怪那些开钛矿、挖虾池的人。那么好的海防林，多少年的努力啊，好不容易才围拢，也就那么一两年，全都给毁了，没遮没拦的，风能不大吗？这话有道理，但春花婆没有附和。儿子既开钛矿又挖虾池，她不能顺着别人骂儿子。

天一黑，雨就哗哗地下个不停，越下越大。儿子担心他的虾池，坐立不安。到了半夜，果然起风了，雨也更大了，儿子坐不住了，他说不行，得去看看。春花婆拦着他，说风大雨大，又正赶着大潮，海边很危险。儿子说，不去不行，身家全在那里押着呢！不听劝，紧着穿上雨衣，手里拿个手电筒就出去了。

狂风席卷而来，一波又一波，不停不歇。突然就断电了，屋里一片漆黑，只剩下风声雨声。忽然一声响，很吓人，儿媳说屋旁那棵大树给风打折了，有惊无险，但春花婆已经魂飞魄散一般，好久都没能回过神来，一种不祥的感觉袭上心头，像是有什么东西永远失去了，无法挽回。

天亮了，肆虐的台风渐渐远去，雨也停住了。春花婆走出家门，看到地上一片狼藉，屋顶上有些瓦楞已经东歪西倒，就对儿媳说，这些瓦楞得赶紧弄好，要不然，一会儿再下大雨，屋里就要水汪汪的了。儿媳说，这活她不行，等阿明回来弄吧。

春花婆心乱乱，左等右等，不见儿子回来。她怎么也想不到，儿子再也回不来了。村里有三个人在这场罕见的强台风中丢了性命，他们都是在海边看护自家虾池的时候遭遇不测的。听到这个消息，她当即昏倒在地。

家里的天塌了。儿媳整天以泪洗面，但毕竟年轻，渐渐地就从悲痛中走出来，半年之后，她带着小女孩远嫁他乡。一个欢乐安康的小家庭说没就没了，只剩下春花婆一人，独自面对所有的苦难。

村里人见了面，总会劝慰她几句，但每次一说起，又会引出她一把鼻涕一把眼泪，痛不欲生的样子，村里人于心不忍，渐渐地就少有提及了。

命中注定，春花你就认命吧。月兰婶说。春花婆还是抹眼泪，她是想随儿子走的，但命贱，死不了，不认命又能怎样呢？

听天由命，只好赖活着。

月兰婶拄根拐杖，颤颤巍巍的。她的生命已走到尽头。她死了。死的时候，身边没一个亲人。没有守灵、没有哭丧、没有请人做斋、没有打幡摔盆，死的当天，村主任请两个外地民工，草草就将之安葬了。春花婆哭得很伤心，村里人劝，说油干灯灭，她也是享尽天年了的，不要哭坏了身子。可春花婆还是止不住，村里人知道，她既是哭月兰婶，也是在哭她自己。

我的路也不远了，到时只怕比月兰婶还要惨呢！有段日子，村里人时常听她这样念叨。

阿良突然就回来了。村里人谁都想不到，因为大家已经把他给忘了。

这天下午，春花婆在自家院子里打扫落叶，听到院墙外叽叽喳喳的，一抬头，就看见几个小孩子簇拥着一个老头走进院里，那老头手里提着一个旅行包，从穿戴上看，不像是本地人。她正纳闷，想问他要找谁？春花——来人喊出她的名字。她一愣，呆立不动，眼直直地看着那老头，手里的扫把倒地。我是阿良！那老头又说。阿良，你是阿良？你真是阿良？哎、哎，老头笑着点头，原以为会给她带来惊喜，可春花婆却掉转头，左瞅瞅，右看看，像是要寻找什么，突然见她走到墙角那里，抄起一支赶鸡用的响篁，转过身就朝他身上打过来，打了又打。那几个小孩子吓坏了，以为自己闯了祸，呼的一下全跑掉了。

不一会儿，陆陆续续就有几个大人走过来，要探个究竟，只见一个老头垂手站立，像做错事的孩子，而春花婆则坐在门槛上抹眼泪。这不是阿良吗？打量之下，有个阿公试探着相认。寒暄几句，果然是阿良，阿良回来了！

阿良公从南洋回来了！这个消息很快在村里传开。村里人议论，说阿良公去番几十年，什么都没有挣下，条屌带条命就回来了；还说春花婆拿着响篁赶他，不让他踏进家门。于是，就有好些人对老两口今后的日子感到担心。

其实，村里人多虑了。

那天，春花婆拿着响篁打阿良，阿良也不躲闪，死死地站着，任凭春花婆打他。春花婆打了几下，扔掉响篁，一把抱住阿良就哭，哭得好伤心，一边哭一边说，为什么到现在才回来？阿良说，我早就想回来的，但我窝囊，没本事，挣不到钱，没面子回来。春花婆说，那你现在为什么就回来了？阿良说，我老了，做不动了，走投无路，没办法，只好回来了。

咱儿子呢？阿良问。春花婆说，去打工了。去哪儿打工了？去很远很远的地方。他也四十过了，还没成家？成家了。一问一答，阿良发现春花脸色不好，情绪不对，就不再问。

毕竟也算是番客回来，春花想做顿饭，请叔伯兄弟、至亲好友到家里来坐一坐，否则，于情于理都说不过去，别人会笑话的。可是，阿良赤手空拳回来，什么都没有，到时候让客人空手而归，这面子往哪儿搁？一样让人笑话。正犹豫着，就有几个村里的老人登门了，他们与阿良小时候是一起放牛玩泥巴的伙伴，听说阿良回来了，也管不了那么多，不请自到，要看看阿良，跟阿良坐一坐。陆陆续续，邻居和一些亲戚也都上门来看望阿良。那几天，春花在家里烧水端茶递烟，对客人笑面相迎，热情有加，但心里总觉得有些别扭，送客时略显尴尬。

阿良归来，春花那颗孤独的心灵多了一些暖色和生气，与此同时，过去许多已经渐渐冷却和封存的委屈和悲伤，现在反倒给搅动开来，而且有了出口，所以整天唠唠叨叨，少不了抱怨和责备。断断续续，阿良就知道了家里发生的一切，很自责，又想安慰她，但不知从何说起，只好默默地倾听，为迎合才附和一两句。他心想，今后要多做一点事，帮帮春花，也算是弥补自己的过失。可是，他也老了，能做的不过是一些家务——做饭、洒扫、洗衣服，等等。每次他一动手，春花婆就拦着，说做不好，反倒添乱。他说，不做点事，心里不安。春花婆说，你要是闲不住，就去放牛吧，家里的那只黄牛今后就归你管了。

　　出门之前，阿良穿戴整齐，西装革履、硬礼帽、文明棍，春花婆见了，说你这是要去赴宴呢，还是去放牛？阿良说，习惯了，改不掉。春花就说，那就算了，你还在家待着吧。阿良不肯，妥协了，也只是摘下领带，却又戴上领结。春花无奈，只好由他去。他这一身行头在山坡上放牛，引人注目，村里人引以为趣事，茶余饭后笑谈，说是还以为洪常青领着娘子军到咱村里来了呢！春花婆听了，笑笑说，没办法，谁让他是番客呢！

　　时间一长，春花婆的唠叨里渐渐地少了委屈和抱怨，多了理解和宽容，就像乌云散尽，天边晚霞绚烂，老夫老妻出入相携，和睦恩爱。村里人说，老夫老妻这般恩爱，少有！

　　春花婆突然就病倒了，阿良找几个邻居赶紧送医院，医生说是脑中风，得住院治疗。春花婆一醒过来，就闹着回家。阿良知道她心疼钱，不听她的，说这个钱他花得起。在医院，阿良每天端汤端药，也端屎端尿，不敢懈怠。有邻居和亲戚到病房探望，怕阿良累倒，提出帮忙照看，阿良不让，他是怕春花婆受委屈。

病情稳定之后，春花婆出院回家调理。阿良每天坚持搀扶她在院里行走，说多走动有助于康复。春花婆说，不要瞎操心了，我是好不了了。阿良鼓励她，说你一定会好起来的，我还等着你给我做饭呢。春花婆听了，停下脚步，伸出手半捧着阿良的脸颊，流着泪说，下辈子吧，下辈子还给你做饭。

　　春花婆摔了一跤，再也起不来。她走了，死在阿良的怀里。

　　阿良依照地方习俗办理丧事，体面地安葬了春花婆。让村里人想不到的是，十天后，阿良无疾而终。有人说，他追随春花婆去了。

乡村记忆

疾 笃

"疾笃哎——"

岭门婆自言自语地叹了一句。她是从岭门村嫁过来的。村里人总是以娘家的村名称谓那些已婚妇女。

早春的阳光和和暖暖地泼洒下来，村边满树的荔枝花抖了抖，抖去一身湿漉，也抖下一地落红，浓郁的花香便嗡嗡嘤嘤地在村落里四处弥漫。大人们都上集体工去了，村落显得有些空寂。几个顽童在晒场上玩"走营"游戏，偶尔几声喧闹；几个老妪在巷口边慵懒地晒着太阳。

"疾笃"一词在村里时常能听到。隔巷菊婶丢了只大阉鸡，她知道是被人偷了，却不清楚哪个是贼，便坐到村头大榕树下骂开了："你个天打五雷轰的，前世疾笃！吃吧吃吧，偷去吃吧，吃饱了好投胎！"咒骂发出了，谁是贼谁领受，权当解恨。

福爹和永伯两家的自留地相邻，埋石为界。福爹心眼小，爱贪小便宜，他种一季占过半犁地，再种一季又占过半犁地。永伯的地块明显被挤小了，看不过，说他，他不认，两家便吵了起来，相互指着鼻子，

"你疾笃""你疾笃"地对骂。

"疾笃"乃"疾笃而夭",骂人骂到这个份上,显然是最歹毒不过了。

岭门婆愁眉苦脸,看样子,她不是咒别人,她在咒自己。她丈夫早逝,她一人拉扯大六个孩子,很不容易,但也算是挺了过来。前面五个闺女陆续嫁人,做了亲戚,独苗儿子却有些傻,成了她的心病。

"那是小时候日本人给打的。"上了年纪的人这样说。

日本人铁蹄下多少人丧命,他一个小孩子能从魔爪里逃得一劫,已属万幸,不幸的是留下了残疾。

一次,村边树丛里发现一个马蜂窝,几个顽童团团围住,跃跃欲试,可谁都不愿冒险。

"用上衣一下子包裹,准行!"金哥挑逗他。

没想到他竟信以为真,傻乎乎地脱了上衣,纵身一扑,要一下子包住马蜂窝,结果却被马蜂蜇了一身,又红又肿,哭着跳着往家里跑。岭门婆见状大怒,找上门要与金哥拼命,金哥当然早就逃之夭夭,她岂能放过?但也只能是在人家门前"疾笃""疾笃"地咒了大半天。

儿子还小的时候,岭门婆就给他说了一门亲事,女的是个罗锅,也算般配,凑合着过。儿子婚后育有一女一男两个孩子。

"岭门婆,您今后可有指望了。"村里人这样对她说。她听了颇感宽慰,之前蹙着的眉头渐渐地舒展开来。

可几年之后,她又变得愁肠百结:孙女聪明伶俐,健康活泼;孙子却是病病快快,命悬一线。她寻医问药,百般医治,却无明显效果,孙子在十岁时还是夭折了。

孙子没了,岭门婆就一心要把孙女嫁在村里,指望着有个依靠,却不能如愿,兜兜转转,孙女最后还是嫁到了外村。从此,家里的日子越发潦倒。短短的几年，她送走了儿媳，接着送走儿子，只剩下她一人孤苦伶仃，做了村里的五保户。

"怎么就死不了呢？"

"怎么就不替人死呢？"

不知道她是恨自己还是怨造化，村里人常常会看到，她咕咕哝哝，疾笃长疾笃短地咒自己。

尽管求死心切，但生命之灯还是顽强地照亮着，迟迟不见阎王招手。靠着政府的救济，靠着乡亲的帮衬，左邻进汤药，右舍奉饮食，风烛残年，飘飘摇摇，竟至期颐，让村里人感触颇多。

村里最疾笃的人应该是援朝。村里人很少喊他的名字，通常总是喊他为"后村那个疾笃的"。可大队书记说，援朝立场坚定，爱憎分明，让他当了大队的民兵营长。在这个位置上，他做了很多缺德事，既荒唐又没人性。"割资本主义尾巴"，别人说归说，做归做，如果可能，会睁只眼闭只眼，留有余地。援朝却异常坚决，常带着几个民兵，到各家各户的自留地去巡视，如果发现满园葱绿，便不由分说，东一棍子西一棒，仿佛那些菜苗瓜秧跟他有仇似的。村民们虽然敢怒不敢言，但看着一地狼藉，背后少不了骂他疾笃。

开批斗会，援朝总是头号打手，一样的套路他早已娴熟。"押上来！"某位五类分子旋即被五花大绑押到台上。"跪下！"援朝不由分说，先踹一脚，又三拳两脚暴打一顿，然后才开始揭露"罪行"，逼着低头认罪，接着高呼口号，最后再暴打一通，押下台去。几年里，他打人无数，一位地主分子被他打得全身水肿，不久暴病身亡；另一位"反革命分子"被他打得大口吐血，第三天即告不治殒命。被害者家人对他恨得咬牙切齿，杀他的心都有了，且乡里乡亲，五服之内，联姻表亲，牵牵扯扯的人有不少，大家都咒他疾笃，巴不得他早死。

改革开放后，援朝风光不再，在村里倍感孤单，他自知作恶多端，终日惴惴。一次，在水利工地上劳动，没有任何先兆，他突然大口大口地吐血，在被抬回家的路上已命归黄泉。

援朝终于没有辜负村里人的声声疾笃。

孤怙

小时候家里穷，缺粮食，长年吃稀。有时我饿不过，闹着也要吃顿干，母亲就会板着脸教训："敞开肚皮吃当然过瘾，可吃没了就叫孤怙啦！"她是担心青黄不接时家里断炊。春节前，父亲给我买了双新鞋，我穿着满村跑，母亲又说了："你牛脚马蹄地糟蹋，穿坏了就叫孤怙啦！"她是担心我过年时没新鞋穿让他们没面子。和村里其他大人一样，母亲时不时将"孤怙"挂在嘴上，教育孩子。

揣摩之下，村里人所说的"孤怙"，大体的意思是"失去了"或"坏事了"，引申义有二：一是要好生珍惜，二是不要错过机会。大人们在表达这些意思时，常辅以一个背景故事，说是有兄弟俩，父母没了，相依为命。长兄如父，做兄长的很尽责，每次到山上挖山薯（淮山），总是自食薯蒂，将好吃的留给弟弟。做弟弟的却不解其中缘由，因旁人使坏，竟认定兄长将好吃的全占去了，故怀恨在心。一次，兄长正在掏山薯，一旁的弟弟趁机将其推进洞里弄死。他吃过薯蒂，才知道原来不是那么一回事，可悔之晚矣。因无所依靠，饥寒而死，死后化为鸟，早晚常在村边的树林里"哥喂""哥喂"地喊叫，好不凄凉。

"哥喂"——"孤怙"，在村人的言语里，音谐而义丰，前者便演变为后者。

我家虽然很穷，但我妈的日子过得节俭，又能从长计议，早做安排，她尽量不让我们叫孤怙。隔巷的菊婶就不同了。新谷登场，她大手大脚，蒸米饭、磨米粉、做糍粑，变着样子吃，很滋润。待到青黄不接，米缸告罄，只得厚着脸皮到各家各户借粮。每一次手拿笸箩进我们家门，我妈就说："叫孤怙啦？"弄得她有些不好意思。当然，三升两升还是借给她的。

话说回来，每一次看到菊婶家的人由着性子吃着冒出碗尖的干饭，我心里还是很羡慕的。

村里人说到"孤怙"，常拿金哥说事。金哥的母亲是方圆十几里有名的媒婆，经她促成的姻缘无数。金哥成年后，做母亲的自然也惦记着要帮帮儿子，瞅着合适的，给金哥说了一位。可金哥不愿意。

"为什么？"

"不靓。"

金哥嫌人家姑娘模样不好。

他母亲没办法，寻寻觅觅，再说一位，金哥还是不愿意。

"为什么？"

"不靓。"

还是嫌人家姑娘模样不好。她不由得火了，指着金哥的鼻子骂："皮相呀，标致的女孩县剧团早招去了，还轮得到你吗？"金哥还是不买她的账。无奈之下，她不由感叹："'父做医生子病死，母做媒婆子无妻'，没法子的事。"

金哥不买母亲的帐，自有他的道理。他长得一表人才，自然有不少的姑娘惦记他。有的姑娘一有机会，便装作不经意地要和他套近乎，胆子大的，则直接表白，或者托人牵线，要与他发展关系。那几年，姑娘们彩云似的在他身边缠来绕去，村里时有传闻，说又有某个女孩爱恋金哥，要和金哥好。金哥的母亲听了，心里乐，觉得自己是瞎操心了。

可是，只听雷响，不见下雨。金哥自视过高，不懂珍惜，他非但不会想办法讨女孩欢心，还常常说话伤人心。一次，有位姑娘动了春心，挨挨蹭蹭坐到他身旁，要套近乎，可金哥不领情，他劈头就是这么一句："你头上的虱子都满一担了吧？这么臭！"弄得人家姑娘非常尴尬，脸红红的走了。还有一次，一个姑娘献殷勤，拿块糍粑，要他吃，他愣是不肯接。姑娘以为他是怕羞而推让，不料他却冒出这么一句："你刚才洗手了没有？"哼！嫌我手脏呢。姑娘将糍粑往地上一扔，气哼哼地扭头便走，再不理他。这样的事传来传去，在女孩子的圈子里，都说金哥心眼小、脾气怪，人又懒，谁要跟了他，将来不是屈死，就是饿死。久而久之，这样的说法渐渐形成一种集体意识，金哥的婚事就麻烦了。

岁月蹉跎，白驹过隙。金哥三十岁，未娶；金哥四十岁，未娶；到了五十岁，同龄人的孙子都上小学了，也就再没有他的什么事了。金哥打了一辈子的光棍。

母亲曾告诫我，要我及早成家，不要学金哥，叫孤怙。

皮　相

"那个皮相又钻村后的槟榔园里了。"永伯有些不屑，有些恶心，他说的是"假公安"。

在村里，"皮相"是指和尚。"你这个皮相"，是说你这个和尚。

骂人便骂人，为什么要拿和尚说事呢？大概是和尚只会念经，不事农桑，靠化缘维持温饱，以村里人的世俗目光看，也是懒惰的表现。当然，

"皮相"的含义不仅仅是这个意思。细想起来，和尚不同于太监，也有性生理需求，个别品行不端的，表面上无欲无求，背地里干着偷腥的勾当，勾引良家妇女，这就是品德败坏了。还有，和尚出家云游，四大皆空，没有娶妻生子，了无牵挂，虽说也是人生的一种境界，但对村里人来说，绝后是最难接受的一件事。总之，村里没有人愿意别人说自己是皮相。

"你这个皮相"，在村里就是一句骂人的话，深究起来，还是很恶毒的。当然，大多数情况下，人们也仅是随口一说，说笑而已。

"假公安"名叫世贵，生得一表人才，早年在公社派出所里当公安，后因生活作风问题被开除，遣回村里。他虽然不当公安了，但余威还在，在村里有些横，没人敢说他的话，这也就算了，可他恶习不改，不久就和世禄的老婆勾勾搭搭。世禄的老婆在村里算得上细皮嫩肉，是好吃懒做的主。三天两头，她必定装出一副病病快快的样子，或头晕，或目眩，或手脚无力，要到镇上看病，借口不出集体工。其实她在街上不过是转转悠悠，差不多了就一头钻进小食店饱吃一顿，然后油光满面地转回家。几次三番之后，村里人早看清楚了她的嘴脸。

不知从什么时候开始，她就和"假公安"眉来眼去，勾搭在一起了。细心的村民发现，"假公安"每一次经过世禄家的时候，总有两三声口哨高亢地响起，震得树叶一阵乱颤，松鼠也瞪大眼睛惊悚四顾。几分钟后，世禄的老婆会悄悄地溜出家门，然后他们就一前一后走进村后的槟榔园。槟榔园的腹地，草木遮蔽处，垫着张草席，那是他们的苟且之地。村里有人无意中撞见过俩人颠鸾倒凤，那实在是跟撞见鬼一样晦气的事，吓得那人连忙"呸""呸""呸"，落荒而逃。

这件事村人皆知，世禄不可能蒙在鼓里。世禄生性懦弱，平时在家里，老婆一大声，他就准备钻床底。但是，现在人家都欺负到裤裆里了，他心里也是翻江倒海，有几次在村里骂骂咧咧，扬言说要杀了"假公安"这个畜生。村里人相信他是动了心的，也相信他一定是做了准备的，都等着看热闹，但每一次都是密云不雨，大家不免失望。

一天，吃过午饭，世禄剔着牙也到村里大榕树下闲聊。

"世禄你不困吗？"金哥问。

"天热，睡不着。"世禄摇了摇蒲扇。

"嫂子去摘槟榔了，你不知道？"

众人哄笑。他已满脸通红，一转身就回了家。

不一会儿，只见他从家里提着一张锄头，怒冲冲地往村后的槟榔园赶去，金哥等几个好事者也兴冲冲地一路跟着，都以为这一次一定有好看的了。眼看着就到槟榔园了，世禄却像只没头的苍蝇，突然失去了方向，徘徊了一下，又信步走上另外一条小路。

金哥急了："世禄你去哪儿？他们就在里面！"

世禄却没事人一般，不温不火地说："你管得着吗？我放田水去。"

"放田水"一时成了笑话，村里人逗乐，有时会说："你该不会是去放田水吧？"

世贵和世禄是不出五服的堂兄弟，"假公安"这就不仅仅是品德败坏问题，而且是乱伦，自然为村里所不容。可世禄不动手，村里人又能有什么办法？只能在背后指指戳戳。村里的父老不免唉声叹气，说这个祸害，村风早晚会给他败坏了。

改革开放后，村里人做梦也没有想到，"假公安"竟也被落实政策，一摇身又成了真公安。

"这个皮相！"村里人只能这么说了。

现　世

阿梅是菊婶家的外甥女，小时候是她外婆带着，在菊婶家一住就是好几年。那时我和她两小无猜，常在一起玩。说起来，她样样都好，就是有点小脾气，爱闹，争强好胜，虽然我大多让着她，但她还是常在大人那里告我欺负她，让我不少受委屈。

到了上学的年龄，阿梅就回了自己的家。不过，每年的寒暑假，她一般都会来菊婶家住上一段日子。

上初一这年的暑假，阿梅又回来了。一回来，就缠着我一起玩。

"我要放牛，没空。"

"那我就跟你放牛去。"

没办法，只好由她。

阿梅踢踢踏踏地走在山坡上，一会儿哼着小曲要采一两朵小花，一会儿放轻脚步悄悄地要捉只小蜻蜓，有时没来由地却做出一惊一乍的样子。这天，阿梅扎两条羊角小辫，穿一件花裙子，我突然发现阿梅与过去不同了，有一种说不清道不明的感觉，那种喜欢，欲开还闭。

"你看，大石榴！"

循着她的手指看去，一颗熟透的红石榴十分显眼地挂在枝头上。

"我来！"我紧走一步，想表现一下。

"不要！"她一把拽住我，大概是怕我抢食。

那石榴挂得有些高，阿梅叉开双腿，垫高脚尖，手尽可能往上伸去，颤悠悠的，却够不着，就差那么一点点。

"叫你逞能！"我故意不理她，退后几步，干脆坐下来，在一旁看着她折腾。

这时，家里那只小花狗也跑来凑热闹，在阿梅的两腿之间嗅来嗅去，嘴上的须毛挠了小腿挠大腿，仿佛其中藏有香喷喷的猪骨头。

"阿海哥，你不要现世哦！"

咳，她以为是我在逗她呢，骂我现世。

村里人所说的"现世"，大意是"出丑""丢脸"，做了不该做的事，做不好该做的事，都被认为是现世。我姐让我摘菜，我摘不好，她说我现世；在外婆家爬树，裤子被刮破，屁股露出个洞，我妈说我现世；学校考试，我成绩不好，我爸说我现世。电影场里、集市上，对男青年的无礼，女的嗔怪，也总是一句——"现世！"

我默不作声，在一旁偷着乐，是狗耍你，又不是我耍你，一会儿你会吓一大跳的。

那小花狗也够执着，来来回回，不停不歇。

"阿海哥，你可要注意哦！"阿梅大概是有点受不了了。

要我注意，什么意思？是不是她要告大人说我戏弄她？哎呀！这可不是闹着玩的，小花狗这时要是悄悄溜开了，那我岂不是要背黑锅了？得赶快撇清。

"我在这儿呢。"

阿梅一惊，低头一看，马上吓得大喊大叫起来，我不由得哈哈大笑。

过一会儿，我还是觉得有些委屈，心想，阿梅把我看成什么人了？便叫住她："阿梅，你怎么能把我想象成那样的人呢？"

阿梅脸红红，吞吞吐吐说了一句："要是那样，我也不会怪你的。"

真是始料未及！说到现世，我会想起阿梅。当然，这只是我和阿梅之间的故事，并无第三者知晓。村里人津津乐道的，是阿国的故事。

阿国是福爹的儿子。福爹精于算计，在村里从没吃亏，可他的儿子阿国就有些糊涂了。一次，阿国拿着家里的豆种到街上卖，出价一斤二元，有人还价一块二，他不肯。货不错，那人很中意，便缠着还价：

"一块三！"不肯。

"一块四！"不肯。

几次三番，那人都把价出到一块八了，谁知阿国早已不耐烦，一口唾沫飞出："别再说了，要么两块，要么一块！"

那人暗笑。最后，他以一斤一元的价格把豆种给了买主。

有好事者将这事在村里传开，福爹气昏了头，把祖宗三代都骂了，说怎么就生出这个脑塞的货。阿国很委屈："这能怪我吗？我要上学，你偏让我回家放牛！"

"跟这事有什么关系？我也没有上过学，可我有你那么糊涂吗？"

"你是你，我是我！我不上学就是不会算数！一块、两块，整数还可以，一块六、一块七，我哪会算啊！人家要是给少了，我也不知道，岂不吃亏？"

福爹气归气，却很无奈，他已经老得不行了，走不动了。

阿国还在咕哝："轻屁股（勤快）带贱相。"他本来是不想走这一趟的，让媳妇去，可媳妇说，我哪会看秤星啊？

从此，家里有东西要卖，阿国和媳妇就一起去赶集。阿国的妈佝偻着带孙子，村里人问她："你儿媳妇忙什么去了？要你一人带俩孙子。"她摇头叹气，说："别提了，也就几把豆角半筐茄子，也非得要两个人去一天，会看秤星的不会算数，会算数的不会看秤星，两个人半斤八两，凑起来成一担，说出来让人笑掉大牙，真是现世啊！"

我妈老了，有时喟叹："现世坡场（人间）几十年。"这话就有些深远了，有点佛教轮回的意味。

色　水

村里人说的"色水"，是好看、要面子的意思。这个词形象、直白——色泽艳丽，水灵灵的，光鲜。鲜艳好看，有的是表里一致，有的只是表面现象，色水讲的是表面现象。

爱面子，讲形象，人之常情，村民也一样。出井上市，穿件好点的衣服，他会说："穿件新衣色水一回。"这是自谑。约人喝茶，买包好点的烟，别人会说："色水呀，抽这么好的烟。"这是戏谑。这样的色水，是村民自得其乐，没人诟琢。但有的人讲色水，是刻意地炫耀张扬，打肿脸充胖子，甚至弄虚作假，这就为村民所不屑了。

岭门婆的孙女要嫁到外村去，那小青年上了几次门，又是挑水又是劈柴，很勤快。岭门嬷看在眼里，嘴上唠叨："唉，孙女这一嫁，就剩下她父亲和阿婆两个老东西了，大老远的，她也照看不到，今后怕是柴也没得烧水也没得喝了。"小青年嘴很甜："阿婆您放心，我们会经常回来看您的，用车子拉来劈柴，烧不完；水缸里的水挑得满满的，管够。"村里人说："小青年不错，这样的孙女婿上哪儿找？"岭门婆叹了口气，说："女大不中留，不嫁人也不是办法。色水话谁都会说，也就是要讨我欢心，说说罢了。"果然，孙女嫁过去后，孙女婿就回过一次门，再没踪影。

世煌对农活不上心，有事没事爱往镇上跑。他身穿"响云纱"（一种沙沙作响的丝绸），口袋上别着两支派克笔，装着儒雅，像是很有本事的样子。那时，钢笔还是稀罕物，一般人难得有一支，他口袋上一下子插着两支，那是怎样的色水啊！有熟人见了，向他拱拱手：

"世煌你帮我打张白条吧。"

"笔没水（墨水）了。"他摆摆手，表示遗憾。

"世煌你帮忙写张证明吧。"他一样摆摆手:"笔没水了。"

每一次都这样,人家就逗他:"世煌你的笔什么时候才有水呀?"他有些尴尬,但嘴上不软:"蛮丁,懒得理你,有辱斯文。"

村里人知道世煌根本不识字,口袋上插的两支钢笔是用来装色水的,所以没人会让他帮忙抄抄写写,连队里计工分这种事都没有他的份。有时见他装腔作势,看不过,就会拿话噎他——"你那笔有水不?"

生产队里修库房,要买水泥,却没指标,世煌说他有熟人,可以搞到指标。他年轻那会儿在海口帮亲戚看当铺,跑跑腿。虽然那是新中国成立前的事了,但毕竟是在海口待过,没准真有什么有本事的熟人朋友呢,队长便信了他,派他去跑关系。几天后,他车票啊白条啊拿回好几张,让队里给报销,说是请熟人又是吃饭又是喝茶,指标搞定了,过两天就会下来。大家信以为真,对他都有些刮目相看了。可是,左等右等,却不见指标下来,问他,他说再等等,耐心一点。一个月过去了,还是没有动静,大家急了,要世煌再辛苦一趟,看看是哪里出错了。

队长这次火眼金睛,把他看透了,说:"算了,他能有什么本事,也就是色水罢了。"

白　直

小时候母亲经常这样教育我,说做人要白直,不能有太多的巧弊。

"白直"一词,有老实、憨厚,不耍心眼的意思。在村里,白直是一种美德。"这人白直",这样说,是对这人的赞美,认为他信得过,好相处。村里人大多憨厚老实,究其原因,大概是跟他们的生活环境有关。他们直接与土地打交道,与庄稼牲畜打交道,来不得半点虚假,也不需要半点虚假。而且村里人没见过什么世面，社会空间小，从小就缺少心计方面的历练。再说了，一村一寨，大家都白直，耍心眼的市场就不大，过于使心计耍心眼大多是自取其辱，得不偿失。福爹因为占了永伯那一犁半犁的自留地，村里人后来就常拿来说事，口碑上吃亏。当然，太过白直了也不好，老实人吃亏嘛。

村里最白直的人，恐怕就是世忠了。世忠学做生意，什么都试过：摆过菜摊，贩过猪仔，做过牛客（贩牛），卖过豆脑……他能吃苦，人缘又好，但做什么亏什么，没一件是赚钱的，这是为什么呢？人们常常说起他卖豆脑的事。

天一亮，世忠就挑着两桶豆脑到了集上，他娘家的村子就在附近，村里的好些人都很照顾他的生意。

"姑爷，这豆脑像是淡了些。"

他随手给人家舀上半勺糖浆。

吃着吃着，人家又说："姑爷，这豆脑太甜了。"

他二话不说，顺手又往那碗里添一勺豆脑。

"姑爷的豆脑真好吃！"那些人吃饱后，总会恭维这么一句，他听了心里美滋滋的。

他的摊子人气最旺，豆脑卖得最快，但回去一算账，连本钱都挣不回来。

在商言商，世忠不懂这个道理，他人情好，心一软，买卖上也仗义疏财，生意哪还有赚钱的道理？

我三叔在公社当干部，他人也很白直。三婶坐月子时，他丈母娘心疼女儿，将家里唯一的一只大阉鸡捉了，托人捎来，要他带回去给产妇补补身子。鸡圈在院子角落里，给人发现了。

"谁的鸡?"

"我的。"

"哎呀,太好了!都馋了一年半载了,宰了它?"

几个干部一鼓噪,他便点了头,做了东道。因为惦记着妻子,他还是留下了一个鸡腿。

三婶看见鸡腿,心里好感动,暗自庆幸自己没嫁错郎。后来,她还是知道了事情的真相,自然是好一阵的埋怨和数落。

几十年后,三婶还会唠叨这件事:"世上也少有他这样的人,我坐月子,啥好吃的都没有,我娘心疼我,送来一只鸡,他竟与朋友吃了。"

三叔后来当过公社书记、县里的局长,是三婶一家的骄傲,也是村里的骄傲。三婶念叨这件事,不知道是怪他呢,还是在夸他。

戴毡帽

有求于人,要人做什么,或者不做什么,一般都会先说上几句好话,村里人把这叫作"戴毡帽"。毡帽一戴,头脑暖呼呼的,也晕乎乎的,一高兴,十有八九是会乐于提供帮助的。

小孩子最爱戴毡帽。"阿侬是最乖的",只这一句话,许多父母就轻易地让孩子乖乖地放弃自己的要求。在鸡鸣莺翔的仲夏,母亲常常是吃过午饭,就匆匆地要上山打柴。那时我还小,有时会缠住不放,也要跟着去,母亲就哄:"阿侬是最乖的!"不行,就强化效果:"阿侬最听话了,不像哥哥姐姐。"这一下子就满足了我争宠卖乖的孩童心理,如果再许诺一些好处,比如"妈一会儿给侬捉只雀儿小鸟回来",我一般就不再哭,也不再闹了。

人老了，也会变得喜欢戴毡帽。"阿婆身体硬朗，爱干净，不会给小辈添麻烦的"，阿婆听了这话，她心里总是笑眯眯的。

其实，人大概都爱听好话。动物没有语言，否则动物一定也是爱听好话的，人们不难发现，爱抚和关心，会使动物变得温顺。

一年一度的冬修水利、搞农田基本建设，任务艰巨，困难不少。村里照例要开一场批斗会，以激发村民的劳动积极性。这一次，大会要批斗的对象是地主王达义。村里的意思，是让世禄在会上揭发地主如何剥削农民的罪行，可世禄不情愿。他俩是不出三服的叔侄。世禄父母早死，与姐姐相依为命。姐嫁人后，他便无依无靠，是达义叔收留他，给他饭吃，给他衣穿，让他放牛，也做一些力所能及的活计。长大后，做叔叔的还给他说了一门亲事，帮他自立门户，他对达义叔是心怀感激的。村书记和工作队员于是找上门来，做世禄的思想工作。

"新社会好不好？""好！"

"地主富农要翻天，你答不答应？""不答应！"

"这就对了！你家三代贫农，是我们依靠的对象，只有你们带头行动起来，才能粉碎地主富农的白日梦，国家才有希望！贫下中农才有希望！"

这顶毡帽往世禄头上一戴，他不由得晕乎起来，点点头，就答应了。

批斗会上，世禄控诉地主王达义对他的剥削：大冷天，他要我下地种田；酷暑里，他要我上山砍柴。平时在家里，他一会儿要我干这，一会儿又要我干那，把我当作牛马一样使唤，还不给我吃饱。我父母死得早，孤寒一人，有苦无处诉，有冤无处申……说着说着，哭了起来。

"打倒地主王达义！"

"打倒地主王达义！"

会场气氛一下子高涨了起来。

世禄抹了一把眼泪，接着又说："不过，我也要讲句良心话，那时我还小，没父没母的，要不是达义叔收留我，给我口饭吃，我早就曝骨草坡了。"

"停！""停！"大队书记和工作队员连忙截住世禄的话，把他轰下台去。

会场发出一些嘘声和怪叫声，这一场面始料未及，让大会的组织者略为尴尬。

事后，村里人说，书记给世禄的那顶毡帽没有戴好，他没晕乎。

鸡毛火炭

一分耕耘一分收获，这句话道出了付出和收获之间的关系，实际上，二者之间的关系远没有这么简单。大自然强大而神秘，充满变数；社会复杂，随意又任性。有时颗粒无收，并不是因为不努力；有时转喜为悲，也不全都是偶然。

世事难料。村里人表达这一意思时，用的是口头语言——鸡毛火炭。

火炉中，火炭燃为熊熊烈焰，鸡毛则只能瞬间化为一缕青烟，二者的对比强烈。凡把握不准的事，村里人都喻之为鸡毛火炭。

"这孩子眉清目秀的，将来肯定有出息。"有人在夸孩子。

"鸡毛火炭还不一定呢。"孩子的母亲会这么说。

"这香蕉长势这么好，大伯你今年一定有个好收成。"

面对别人的羡慕，香蕉的主人一般总是平淡："谁知道是鸡毛还是火炭？"

清光在自家的承包地上种了十几亩的槟榔，长势不错。"清光你就等着喝酒吃肉吧。"村里人这样对他说。清光嘿嘿一笑，说："还不知道是鸡毛火炭呢。"说这话只是客套，其实他心里早就乐开了花。槟榔是摇钱树，属长期经济作物，再过几年，他就可以每年坐享一大笔收入，你说他能不高兴吗？村里人也听出他的客套，但更多的是嫉妒和不平。清光是世贵的儿子，世贵在镇里当公安。两年前，县里下来一批扶贫种苗，世贵利用关系，把应该拨给村里的种苗全都给了清光。村里人后来听说了这件事，虽然心里不平衡，但也只能无奈地认了，谁让自己没有个当官的爹呢？

几年后，槟榔树该挂果了，却不见开花，清光想，早一年晚一年是常有的事，等明年吧。眼巴巴地又过了一年，依然不见开花。再过一年，还是没有动静。他急了，却不知是哪里出错了。

不久，县里镇里就传开了，说这批种苗是"假槟榔"，属观赏品种，不挂果。这下清光傻了，他骂骂咧咧，说当官的心肝黑，坑百姓，捉起来切肉蘸盐吃尚不能解恨。

村里人议论，这大概也是在骂他爹吧！

有人与他开玩笑："清光呀，虽然不挂果，但槟榔树还是挺好看的。"

"不会下崽的娘们哪个不好看？"清光愤愤然。

清光最终还是将这十几亩的槟榔树砍掉了。类似的事，村里人见得多了，可是又有谁能说得清楚呢？鸡毛火炭，是村里人的思维，更是一种心态。村里人在艰难困苦中一代又一代繁衍生息，也许与这种心态有关。

后　记

我老家在农村，逢年过节，一般都要回去看看。可一次又一次，总感觉故乡正在远离——村边的那片树林没有了，那眼甘泉已遭填埋，那条弯弯曲曲的小路被水泥大道所取代，早年的那些老人自然也已作古。只有在攀谈中，村里人独特的语言，才使我对故乡的记忆鲜活起来。